趙 淳 漢詩集

-奉天昏曉四十年-

趙 淳 漢詩集 -奉天昏曉四十年-

2022년 3월 5일 초판 1쇄 발행

저 자 | 조 순
역 자 | 이장우, 주동일, 남옥주
펴낸이 | 박 기 봉
펴낸곳 | 비봉출판사
출판등록 | 2007-43 (1980년 5월 23일)

주 소 | 서울 금천구 가산디지털2로 98. 2동 808호(가산동, IT캐슬)
전 화 | (02) 2082-7444
팩 스 | (02) 2082-7449
E-mail | bbongbooks@hanmail.net
ISBN | 978-89-376-0486-7 03810

값 20,000원

趙淳 漢詩集

奉天昏曉四十年

이장우 · 주동일 · 남옥주 공역

比峰出版社

조 순 한시집 -봉천혼효 40년-

1.

이 책은 조순 선생님의 한시집 중 세 번째로 번역되는 책이다. 앞의 두 책은 모두 조 선생님께서 난사蘭社라는 한시동인 모임에서 발표하신 시들을 번역한 것이다.

이번에 번역하여 내는 이 책도 그 속편으로 내는 것이나, 이번 번역을 필자는 자청하여, 다음과 같은 편지를 소천 선생님께 올려 허락을 받아낸 것이다.

小泉 先生님께 올립니다.

이번 달에는 蘭社 모임이 없어져서 뵙지 못하게 되어 매우 섭섭하였습니다. 추운 날씨에 筋力이 더 줄지나 않으셨는지 염려됩니다.

제가 지금까지 蘭社詩集에 게재된 선생님의 玉稿를 출력을 하여 보았습니다. 만약 허락만 하여주신다면 이 옥고를 한국어로 完譯 注釋하는 일을 제가 주관하여 한차례 試圖하여 보고 싶은 생각이 나기도 합니다. (중략)

제가 선생님 詩를 한번 工夫해 가면서 번역 주석 작업을 추진하여 보려는 생각을 가지게 된 이유는, 선생님 시를 한 차례 꼼꼼하게 읽어 가면서 선생님의 높은 생각을 좀 자세하게 工夫하여 보고 싶은 생각이 나기 때문입니다.

이 시대의 指導者 중에는 선생님같이 東西古今의 學問과 思想에 博通하시면서도 精深하신 어른이 드물게 생각되기 때문이기도 하며, 또 제 愚見으로는 앞으로 우리나라가 나아가야 할 方向이 선생님이 생각하시는 것과 같이 흘러가야 할 것으로 確信하고 있기 때문입니다.

추위에 玉體 保存하시옵고, 내내 康寧하시기 바라나이다.

2020년 양력 12월 17일 津寬洞에서

後學 李章佑 삼가 올립니다.

2.

난사라는 시 모임은 1983년 가을에 조 선생님께서 발의하여 만들어진 한시 짓기 모임인데, 당대의 최고 한학자 벽사 이우성 교수를 초청하여 윗자리에 모셔놓고, 당시 학계와 사회의 지도층에 속하는 몇몇 한시를 좋아하는 분들이 모여서 만들어 본, 좀 유별난 동호인 모임이다.

이 모임에 필자의 큰형인 이용태 박사도 회원이었기 때문에 필자도 4년 전부터 이 모임에 입회를 하는 영광을 누리게 되었고, 소천 선생도 매월에 한 번씩 뵙게 되었다.

선생님의 한학과 서도에 대한 조예는 자주 들어서 짐작하고는 있었지만, 이렇게 가까이서 자주 뵙게 되니 이 어른이 어떤 분인지 좀 더 깊이 알고 싶은 생각이 났다. 그래서 나는 그분이 80세에 낸 《조순 문집》(4책, 비봉출판사, 2010)을 구하여 보게 되었는데, 그중 제2책에서는 오늘날의 서구세계와 동아시아의 진로에 관하여 해박한 분석을 시도하신 내용을 읽어볼 수 있었다.

이 어른의 논지를 요약하자면, 앞으로의 세계는 구미식의 자본주의, 민주주의 제도가 이미 과잉생산, 과소비, 대외확장, 포퓰리즘(populism) 등등으로 치닫고 있기 때문에, 그 한계를 드러낸 것으로 본다.(451쪽)

그런 고약한 것들이 중국에 그대로 도입될 수는 없고, 유구한 전통문화에 바탕한 중국식의 인본주의, 평화 지향적인 새로운 모델의 통치방식이 나올 것이라고 낙관적인 전망을 하고 있다.(376-77쪽)

이러한 이야기는 매우 독특한 견해이다. 키신져가 쓴 "중국론(On China)"이라는 책을 보면, 체스의 수와 바둑의 수를 가지고 서양과 동양의 전술을 비유하였는데, 결국은 바둑의 수를 사용하는 동양이 서양을 이기고 말 것이라고 예측하고 있다.(이런 이야기는 톨스토이도 이미 하였다고 한다)

조순 선생님은 한학에 관하여 매우 조예가 깊으시며, 유년 시절부터 이미 붓글씨에 뛰어났고, 평양에 가서 중학교에 다닐 때에는 강릉 고향에 계시는 어른과는 한문으로 쓴 편지를 주고받으셨다고 한다. 선생이 영어에 탁월한 조예가 있다는 것은 이미 세상에 잘 알려진 이야기지만, 영어 이전에 이미 한문이 이렇게 체질화 되어 있었던 것이며, 한문 고전, 시문에 대한 애호는 평생 동안 지속된 것이다. 비행기를 타고 외국에 나가실 때에도 비행기 안에서 한시집을 펴서 읽었다는 이야기를 적은 시도 보인다.

지금 한국의 지도자들 중에 과연 이렇게 동·서 고금에 박통한 어른이 몇 분이나 계실 것인가? 중국이나 일본에 비하여 이렇게 온고지신할 수 있는 지식인이 한국에는 매우 드물다는 것이 지금 우리 문화의 비극이다. 이런 때일수록 이러한 어른의 족적이 매우 소중하게 여겨진다.

3.

이 조순 선생의 세 번째 한시집에는 선생님의 80-90대 노경에 쓰신 시들이 작시 선후 순으로 배열되어 있다.

이 시를 난사회를 지금 주관하고 있는 이종훈 선생으로부터 파일로 받아서 앞부분은 남옥주 씨, 뒷부분은 주동일 씨에게 의뢰하여 초역한 뒤에 필자가 수합하여 교정·윤문을 가한 것이다.

선생님의 시에는 동서 고전을 독서하신 내용, 특히 중국의 역사를 생각하면서 찾아본 많은 여행담, 현금의 시국에 대한 걱정과 세계 대세에 대한 견해 같은 내용이 많고, 뒤로 갈수록 노경의 고적, 고향에 대한 그리움, 지금 사는 집에 대한 애착 등등이 다양하게 담겨있다. 내용이 워낙 다양하기 때문에 이러한 내용을 선생님의 주변 사정을 잘 파악하지 못하고서는 시의 뜻을 잘 이해하기 어려운 부분이 많다.

그러나 다행스럽게도 어렵게 생각되는 내용이나 구문에 대하여서는 매우 친절하고도 상세한 저자 본인이 한문으로 쓴 주석이 달려있기 때문에, 이 주석(#표시)을 모두 한글로 풀어 가면서 시의 번역을 진행할 수 있었다. 그래도 보주가 필요한 경우에는 *표시를 하여 가면서 보주를 추가하였다.

필자는 몇 년 동안 직접 선생님을 모시고서 한시를 짓는 행운을 누리기도 하였다. 그러나 최근에는 선생님이 절필을 선언하시고, 작시 모임에는 나오시지도 않고 계신다. 보행은 불편하시지만, 정신력은 아직도 왕성하신 것 같은데 매우 안타까운 일이다.

이 번역 시집이 번역은 비록 보잘 것 없을지라도 선생님의 생각을 세상에 알리는데 일조가 되기를 바란다. 책을 만드는 동안 수고한 공역자들에게 감사하고, 출판을 맡아준 선생님의 제자 박기봉 비봉출판사 사장에게도 사의를 표한다.

2021년 8월 17일
역자를 대표하여 이장우 삼가 씀.

〈일러두기〉

1. 작품은 3부(4집, 5집, 6집)로 구성되었으며, 편집 순서는 연도별로 배치하였고, 정확한 始作(시작) 연도는 제목 아래에 달았다.

2. 地名, 國名, 人名 중 우리에게 익숙한 관용적으로 쓰는 것은 한자음대로 썼다. 北京(북경), 天津(천진), 獨逸(독일), 英國(영국), 진순신(陳舜臣), 부작의(傅作義) 등이다.

   그러나 일본의 地名, 人名은 원래 발음대로 썼다. 예를 들어, '律句'는 '하이쿠'로, 夏目漱石(하목수석)은 '나츠메 소세키'로 썼다.

   기타 외국의 인명과 지명은 저자가 표현한 내용을 중국어 사전에서 표현된 방식으로 인용했다. 예를 들어 메르켈(黙克尒), 네팔(尼泊爾), 시리아(敍利亞) 등이다.

   일관성이 없다고 하겠으나 '이것이 자연스럽다.'는 1, 2권의 凡例를 따른다.

3. 著者(저자)의 주(注)는 앞부분에 '#'로 표시하고, 역주자의 주에는 앞부분에 '*' 표시를 하였으며, '주운(奏韻)' 등 따로 설명이 필요한 보주에 '※' 표시를 하였다.

目 次

第5輯

第 6 輯

第4輯

奉天昏曉四十年

4.1. 八一五解放六十四周年有感
8·15 해방 64주년 유감

[2009.09.04.]

長夏雨風撽八荒[1]　　장하우풍 교팔황 이러니
　　긴 여름 비바람이 천지 사방에 몰아치더니,

今朝炎退已秋陽　　금조염퇴 이추양 이라
　　오늘 아침 불꽃같은 더위 물러가고 이미 가을볕이
　　라네.

無休轉變乾坤韻　　무휴전변 건곤운 하고
　　쉼 없이 만물이 생멸 변화함은 자연의 울림이고,

有則執中人世香[2]　　유칙집중 인세향 이라
　　법칙이 있어 중도를 잡아서 인간 세상이 향기롭게 되
　　리라.

鼎立三韓留國體　　정립삼한 유국체 하고
　　삼한 때 세 나라를 세운 이래 나라의 모양이 변하
　　지 아니하였는데,

瓜分兩域斷民腸[3]　　과분양역 단민장 이라

---

1) *팔황(八荒): 팔방의 넓고 넓은 범위, 곧 온 세상 또는 천지 사방.
2) *유칙(有則): 사물이 있으면 그 법칙이 있다는 의미이다. '하늘이 많은 백성을
　낳으시니, 사물이 있으면 그에 따른 법칙이 있다.' 天生烝民 有物有則. 『詩
　經』「蒸民」.
3) *과분(瓜分): (박을 쪼개듯이) 분할 또는 분배하다. [특히 강대국이 연합하여
　약소국이나 미개발국의 영토를 분할하는 것을 가리킴]. 당 유종원의 「봉건
　론」에 주나라가 천하를 차지함에 모든 땅을 쪼개어 오이 같이 갈랐다. '周
　有天下, 裂土田而瓜分之' 「封建論」.

양쪽으로 갈라져 백성들의 창자가 끊어지는 아픔인
듯하네.

亞洲將造新天地　　아주장조 신천지 한데
아시아 지역에 장차 새로운 세계가 조성될 것인데,

欲把時機半島忙　　욕파시기 반도망 이라
기회를 잘 잡으려면 한반도가 할 일이 많다네.

4.2. 秋懷
가을 회상

[2009.09.04.]

長夏心身兩放荒 　장하심신 양방황 하고
　　긴 여름날 몸과 마음 둘 다 거칠게 풀어지고,

炎天今過喜秋陽 　염천금과 희추양 이라
　　불타던 하늘은 이제 지나가고 가을 태양이 즐겁구나.

罷駑觀世都如幻1) 　피노관세 도여환 하여
　　피로하고 재주는 없으나 세상을 살펴보니 모두 덧
　　없는 것 같아서,

强覓書中長者香 　강멱서중 장자향 이라
　　애써서 책 가운데 옛날 어른들의 남기신 향기를 찾는
　　다네.

---

1) # 피노(罷駑)…장자향(長者香): 제가 비록 재주는 없으나, 어른들의 유풍을 어렴풋
　이나마 들었습니다. 僕雖罷駑, 亦嘗側聞長者之遺風－사마천司馬遷이 「임소경에
　게 답장한 편지. 報任少卿書」 [漢書 卷62].
　※ 보주: 이 경우 '罷' 자는 '피로할 疲(피)' 자와 같이 읽고 풀이함.

4.3. 僞滿皇宮[1]
만주국 괴뢰정부의 황궁

[2009.10.09.]

僞滿宮廷殘影荒   위만궁정 잔영황 한데
> 만주 괴뢰국 궁궐 조정의 이지러진 흔적이 황량한데,

薄煙成帶掩朝陽   박연성대 엄조양 이라
> 엷은 안개 띠를 이루어 아침 햇빛을 가리었구나.

八旗威勢今安在[2]   팔기위세 금안재 오
> 위세 떨치던 여덟 색 깃발 든 군사들은 지금은 어디 있는가?

自陷中原失舊香   자함중원 실구향 이라
> 중원을 잃은 뒤부터 옛 향기를 잃어버렸구나.

---

1) *위만(僞滿): 일본 관동군 군부가 청나라의 마지막 황제 부의(溥儀)를 데려다가 허수아비 황제로 삼고 세운 만주국이라는 괴뢰국. 수도는 신경(新京). 지금의 길림성(吉林省) 장춘(長春).

2) #팔기(八旗): 청나라 조정 군기의 여덟 색. 정황, 양황, 정백을 상 3기라고 하고, 양백, 정홍, 양홍, 정람, 양람을 하 5기로 삼는다. 淸朝軍旗之八色, 正黃, 鑲黃, 正白, 爲上三旗, 鑲白, 正紅, 鑲紅, 正藍, 鑲藍, 爲下五旗.
#양鑲: 가장자리를 꾸미다. 緣其邊.

4.4. 東北沈淪史博物館　僞滿皇宮越便

동북침륜사박물관-만주괴뢰국 황궁 건너편에 있다

[2009.10.09.]

惨憺當年此地荒　　참담당년 차지황 하고
> 비참하고 가슴 아픈 일을 당한 그때 이 땅은 황폐해졌고,

倭兵殺氣暗無陽　　왜병살기 암무양 이라
> 일본군의 살기는 암흑 천지였다네.

蒼天不必關人苦　　창천불필 관인고 하니
> 푸른 하늘은 인간의 고통을 반드시 관계하지는 아니하니,

秪待新民他日香1)　　지대신민 타일향 이라
> 다만 백성들을 새롭게 하여 다른 날에 향기롭기를 기다릴 뿐일세.

---

1) *신민(新民): 『대학』의 3강령 중의 하나. '대학의 도는 밝은 덕을 밝히고, 백성을 새롭게 하고, 지극한 선에 이르게 하는 것이다.' '大學之道 在明明德 在新民 在止於至善'. 『大學』.

4.5. 鴨綠江北邊 望惠山鎭
압록강 북쪽에서 혜산진을 바라보다

[2009.10.09.]

惠山光景禿而荒[1]　　혜산광경 독이황 하여
　　혜산의 풍경은 벌거벗은 듯 황량하여,

山腹無遮耀夕陽　　산복무차 요석양 이라
　　산 가운데 가리는 게 없어 석양빛에 빛나는구나.

鴨綠大江流不盡　　압록대강 류부진 한데
　　압록 넓은 강은 쉼 없이 흐르는데,

千秋長白保元香　　천추장백 보원향 이라
　　오래도록 백두산은 원래의 향기대로 보존해야 하리
　　라.

---

1) *혜산진(惠山鎭): 북한 지역의 지명, 지금의 혜산시, 양강도청 소재지.

4.6. 從南坡新路 登白頭山
남쪽 언덕 새 길을 따라서 백두산을 오르다

[2009.10.09.]

長白連山鎭八荒　　장백연산 진팔황 한데
　　백두산은 여러 산으로 이어져 천지 사방을 지키는데,

縱觀大塊理陰陽　　종관대괴 이음양 이라
　　큰 지구를 가로질러 관찰하여 보니 음양의 이치를
　　관리하고 있구나.

太初靈氣今猶在　　태초영기 금유재 하니
　　태초의 영험한 기운 지금도 그대로 남아있으니,

風景萬千無限香　　풍경만천 무한향 이라
　　풍경은 천만 가지로 오래도록 한없이 향기로우리라.

又
또

[2009.10.09.]

莊嚴靈嶽白頭容　　장엄영악 백두용 은
장엄하고 신령스런 큰 산 백두산의 모습은,

秋葉南坡黃之紅1)　　추엽남파 황지홍 이라
가을 단풍이 남쪽 언덕으로 노랗던 것이 빨갛게 물
드는구나.

鴨水源流溝澮等　　압수원류 구회등 하고
압록강 물의 근원은 작은 시내와 같으나,

靈山鑲嵌玉瑚同2)　　영산양감 옥호동 이라
신령한 산은 첩첩 바위를 두르니 옥으로 만든 제
기 같구나.

---

1) # 남파(南坡): 백두산 정남에서 정상으로 오르는 등산로로 백두산 조선족 자치현
　　에서 압록강으로 이어져 백두산 정상에 이른다. 산세는 험악하고 고원지대는
　　넓고 크다. 천변만화하는 신비한 형상은 가히 천하의 으뜸이다. 白頭山正南登
　　頂路. 而自長白朝鮮族自治縣, 沿鴨綠江, 至山頂. 山勢磅礴, 高原廣大. 千
　　變萬化, 神秘之狀, 冠於天下.

2) # 양감(鑲嵌): 길림성 간행 {장백산사진첩} 책자에 '멀고 가까운 곳에 이름난 장
　　백산을 아주 뚜렷하게 상감하여 넣어둔 것과 같다.' 라는 구절이 있다. 吉林省
　　刊行 長白山寫眞帖冊子, 有 '聞名遐邇的長白山, 宛如鑲嵌 之句.'

　　# 양(鑲): 물건을 서로 배합하는 것이니, 양감(鑲嵌), 양변(鑲邊) 같은 것이다. 以
　　物相配合 如鑲嵌, 鑲邊 『辭源』.

　　# 감(嵌): 깊이 파임. 深陷. 『辭源』 '한 물체가 다른 물체의 테두리를 둘러싸거
　　나, 다른 한 물체 안을 새겨서 들어간 것' 一物體圍在另一物體一的邊緣.
　　或嵌入另一物體內' 『漢語大辭典』.

　　*양감(鑲嵌): 끼워 넣다. '상감(象嵌)하다', '상안(象眼)' 이라 함.

　　※ 현 중국어 발음은 鑲嵌[xiāngqiàn]이나 한자 사전에는 鑲(ráng)임.

神工峭壁深溪上 신공초벽 심계상 하고
　　신이 빚은 가파른 벼랑은 깊은 시냇가에 있고,

鬼刻石花斜谷中 귀각석화 사곡중 이라
　　귀신이 조각한 돌꽃들은 골짜기 가운데 굴곡져 있
　　구나.

來此老身英氣入 내차노신 영기입 하여
　　장차 이 늙은 몸에 뛰어난 기운이 들어 와서,

餘生將作一豪雄 여생장작 일호웅 이라
　　남은 일생 장차 한 호걸이 되었으면 하고 있네.

又
또

[2009.10.09.]

莊嚴無比白頭容　　장엄무비 백두용 하고
　　장엄한 백두산의 모습은 비할 바 없고,

滿眼連峰落日紅　　만안연봉 낙일홍 이라
　　눈앞에 가득한 산봉우리에 붉은 노을이 비치고 있
　　다네.

天地與人元是一　　천지여인 원시일 하니
　　자연과 더불어 인간은 원래 하나인 것이니,

欲來不老此山中　　욕래불로 차산중 이라
　　이 산중에 와서 늙지 않았으면 하네.

4.7. 與申昌浩翁,朱永寬,具範謨 老友共飮

신창호 옹과 주영관과 구범모[1] 같은 오랜 친구들과
더불어 함께 마시다

[2009.10.9.]

白首心身矍鑠容　　백수심신 확삭용 에
　　흰머리 몸과 마음 늙은이 기력이 정정한 모습에,

交驩對酌老顏紅　　교환대작 노안홍 이라
　　서로 즐거워하며 마주하여 술을 마시니 늙은이들
　　얼굴에 홍조가 띠네.

風塵歲月多經歷　　풍진세월 다경력 하여
　　어지러운 세월 살면서 지나온 경력도 많아,

緬憶流年感慨中　　면억유년 감개중 이라
　　흐르는 세월 아득하니 돌아보면 감개무량 하구나.

---

1)　*신창호(申昌浩1928~2003): 현대 부산에서 활동한 풍경화가.

　　*주영관(朱寧寬1928~2015): 언론인, 국회의원 역임.

　　*구범모(具範謨1934~): 교육학자, 서울사대 교수, 충북대 총장 역임.

4.8. 觀歌劇 [英雄]
      뮤지컬 [영웅]을 보다.

[2009.10.09.]

十月二十六日, 卽安重根義士義擧, 一百周年記念日
也. 此日, 有一歌劇團, 公演歌劇 [英雄], 余往觀焉.
    10월 26일은 곧 안중근의사 의거 100주년 기념일이다. 이
    날 가극단공연 뮤지컬 [영웅]을 가서 관람하였다.

授命驛頭眞可悲   수명역두 진가비 하고
    하얼빈 역에서 이토 히로부미를 저격하려 목숨을
    내던진 것 정말 슬픈 일이로다!

況思儀表獄中時   황사의표 옥중시 라
    하물며 뤼순 감옥에서 보이신 떳떳한 모습 생각이
    나 할 수 있었으랴?

嗟公墓域今無處   차공묘역 금무처 하니
    슬프구나! 공의 묘역 지금 어느 곳인지 알 수도 없
    으니,

遺恨此民何有期   유한차민 하유기 라
    이 백성에게 남겨진 한이 어느 세월을 기약할꼬?

4.9. 夢見芝軒金浩吉故友
꿈에서 본 지헌 김호길 옛 친구

[2009.10.09.]

夢中相握豈生悲　　몽중상악 기생비 하고
　　꿈속에서 서로 악수하니 어찌 슬픔이 생길 것인가?

氣宇浩然同昔時1)　　기우호연 동석시 라
　　도량이 넓기는 예전과 똑같구나.

夜半入來如有約　　야반입래 여유약 하니
　　한밤중에 들어옴이 약속이나 있는 것 같더니,

瞬間出去若無期　　순간출거 약무기 라
　　눈 깜짝할 사이 가버리니 기약할 수도 없는 것 같
　　다네.

---

1) *기우(氣宇): 기개와 도량을 아울러 일컫는 말.

4.10. 老懷
늙은이의 마음

[2009.12.03.]

耋年加壽若殘暉　질년가수 약잔휘 한데
　　여든 하고도 나이를 더하니 저녁 햇살 같은데,

但恨才疎聞道微　단한재소 문도미 라
　　다만 아쉬운 것은 재주가 없어 이치를 얻어들음이
　　적은 것이라네.

却喜老身餘事盡　각희노신 여사진 하고
　　그래도 즐겁구나! 늙은 몸 남은 일 다 마치고서,

家鄕千里得閑歸　가향천리 득한귀 라
　　천 리 길 내 집이 있는 고향으로 한가로이 돌아갈
　　수 있음이.

4.11. 觀海亭
관해정

[2009.12.03.]

余友林君廣淳, 貫羅州, 居務安. 勤於爲先, 篤於師友.
嘗得余筆其十二代傍祖, 東里公諱瑋之觀海亭五言一
律, 而刻石爲碑, 竪於觀海亭舊址. 蓋此亭, 林君之十
二代祖. 夢村公諱타(土+尙: 음직일 타)槃建立, 而中間毁
撤者也. 今般, 羅州林氏營造新亭于舊址, 擧行落成
式, 于前月十八日. 一鄉大小人員, 來參于式. 余陳祝
辭焉. 夢村東里兄弟, 友愛甚篤, 其說話廣傳于世.

나의 벗 임광순은 본관은 나주, 무안에 살고 있다.
선조를 높이 모시는 일에 부지런하고, 스승과 벗에게 돈독
하다. 일찍이 내가 그 12대 방조이신 동리공 휘는 위란 분
의 [관해정] 5언 율시 1수를 돌에 새겨 비를 만들고 관해정
의 옛터에 세웠다. 대개 이 관해정은 임군의 12대조 몽촌
공 휘 타란 분이 그 형제들이 우아하게 여가를 즐기시던
일을 기념하기 위하여 세운 것인데, 중간에 훼철된 것이
다. 이번에 나주 임씨들이 옛터에 새로 정자를 조성하고서
지난달 18일 낙성식을 거행하였다. 온 고을의 대소 인원들
이 와서 낙성식에 참석하였다. 나는 이에 축사를 하였다.
몽촌, 동리 형제분들은 우애가 지극히 돈독하였는데, 그에
관한 이야기는 후세에 널리 전하여 온다.

觀海高亭映夕暉　　관해고정 영석휘 한데
　　관해정 높은 정자에 저녁 햇살 비치는데,

逶迤遠水綠波微　　위이원수 녹파미 라
　　구불구불 멀리 흐르는 물 녹색 물결 잔잔하네.

舊基新閣含多意　　구기신각 함다의 한데
　　옛터에 새로 선 누각은 많은 뜻을 머금었는데,

弟兄最難携手歸　　제형최난 휴수귀 라

형제 사이 가장 어려운 일손을 맞잡고 돌아온 것
이라네.

4.12. 訪安東觀西義門
안동 가서 서의문을 보다

[2009.12.03.]

安東市, 今秋建立仁義禮智四大門, 于市之東西南北高速公路上. 而信字門于市中. 四大門中在西曰西義門, 以余書爲懸板, 完工于去月. 餘他四門, 將逐次完成云. 十二月初一日, 金暉東市長, 招余觀西義門模樣. 往觀則規模雄大, 施工纖細, 丹靑典重, 可怡觀者眼矣.

> 안동시는 이번 가을에 인.의.예.지 사대문을 동.서.남.북 고속도로 가에 세웠다. 그리고 신자문은 시의 중앙에 있다. 사대문 중에서 서쪽에 있는 것을 서의문이라 하는데, 내가 그 현판을 썼고, 지난달에 완공하였다. 나머지 사대문도 차례대로 완성한다고 한다. 12월 초하루, 김휘동 안동시장이 나를 초청하여 서의문 모양을 보라고 하였다. 가서 본즉 규모가 웅대하고 시공이 섬세하며 단청은 법에 맞게 중후하여 보는 사람의 눈을 기쁘게 할 만하였다.

福州勝景耀秋暉1) 복주승경 요추휘 하고
　　복주의 아름다운 경치는 가을 햇살에 밝게 빛나고,

西義門邊烟靄微 서의문변 연애미 라
　　서의문 주변에는 옅은 안개 끼어 있구나.

繼往開來爲政略2) 계왕개래 위정략 하니
　　성현의 가르침을 이어받아 후손에게 길을 열어줌을 시정(市政)의 방향으로 삼았으니,

---

1) *복주(福州): 안동의 옛 이름.

2) *계왕성개래학(繼往聖開來學): 성현(聖賢)의 가르침을 이어받아 후손(後孫)에게 전함. 주자의 [중용장구. 서]에서 '옛 성현을 잇고 후손들에게 길을 열어줌이, 요순보다도 그 공로가 도리어 더 낫다.' 朱子「中庸章句. 序」'繼往聖開來學, 其功反有聖於堯舜者.'

古今歷史未來歸   고금역사 미래귀 라
　　　　　　　　고금의 역사가 미래로 잘 연결되겠구나.

4.13. 觀朴瓊娘舞踊
박경랑의 무용을 보다

[2009.12.03.]

余友權君五春, 後援國樂團, 已有年矣. 曩者. 招余于
國樂公演. 有一舞姬朴瓊娘演技, 姿態佳麗 舞容嬌妙,
翩翩飄飄 花中蝴蝶, 眞可觀也矣.

> 나의 벗 권오춘 군은 국악단을 후원함이 이미 몇 년이 되
> 었다. 얼마 전에 나를 국악공연에 초대하였다. 무희 박경
> 랑의 무용과 연기 자태가 아름답고 고우며 춤추는 모습은
> 예쁘고 묘하여 가볍게 나부끼거나 훨훨 나는 모양이 꽃 가
> 운데 나비 같아서 정말 볼 만 하였다.

颯爽翩翻一蝶飛　　삽상편번 일접비 하니
> 바람결에 상쾌하게 훨훨 한 마리 나비처럼 날고 뒤집
> 으니,

瓊娘舞藝入纖微　　경랑무예 입섬미 라
> 경랑의 춤의 예술은 섬세한 경지에 들어갔다네.

英姿妙技瞠人目　　영자묘기 당인목 하고
> 훌륭한 자태 오묘한 기술에 사람들의 눈 휘둥그레
> 지니,

試問渠將誰與歸1)　　시문거장 수여귀 라
> 장차 이 사람은 누구와 함께할 지 물어보고 싶네.

---

1) *거(渠): 여기서는 대명사 그 사람(she).

4.14. 大雪
대설

[2010.01.18.]

大雪街中萬象枯　　대설가중 만상고 하고
　　큰 눈 내린 길 가운데 온갖 형상은 메말라 있고,

衰翁獨坐榻床隅　　쇠옹독좌 탑상우 하네.
　　쇠잔한 늙은이 책상 모퉁이에 홀로 앉아 있다네.

披書每讀思家國　　피서매독 사가국 이나
　　책 펴고 매양 읽으며 가정과 국가를 생각하는데,

廢井渾忘用轆轤　　폐정혼망 용녹로 라
　　버려진 우물의 두레박처럼 도르래를 사용할 것도
　　잊혀졌다네.

伊昔健駒馳奮鬣　　이석건구 치분렵 이나
　　지난날 건장한 말로 갈기를 휘날리며 달렸으나,

如今老馬睡垂胡　　여금노마 수수호 라
　　지금은 턱밑살 드리운 채 졸고 있는 늙은 말 같이
　　되었구나.

耋齡尙保滄溟意　　질령상보 창명의 하나
　　팔십에도 넓은 바다 찾고자 하는 생각은 아직 들지만,

故里臨瀛勝五湖1)　고리임영 승오호 라
　　옛 고향 강릉 땅은 다섯 호수보다 더 낫다네.

---

1) *오호(五湖): 중국 강소성과 절강성에 걸쳐 있는 큰 호수, 일명 태호(太湖)라
　고도 한다. 고대 오월(吳越) 지역의 다섯 호수를 가리키지만 여러 설이 분분
　하다. 대개 전체 강호를 비유한다.

又
또

[2010.01.18.]

霏霏大雪潤焦枯　　비비대설 윤초고 한데
　　펄펄 내리는 눈이 초췌하고 메마름을 적셔주는데,

連日蟄居書室隅　　연일칩거 서실우 라
　　날마다 서실에 꼼짝 않고 틀어박혀 있다네.

家國事情今似古　　가국사정 금사고 하니
　　가정이나 국가의 사정은 예나 지금이나 비슷하니,

窓邊太息又盧胡1)　　창변태식 우로호 라
　　창가에서 크게 한숨짓다가 또 껄껄껄 웃는다네.

---

1) #노호(盧胡): 목구멍으로 내는 웃음소리. 笑聲在喉間 『辭源』.

4.15. 歲換新舊
새해와 지난해가 바뀌다

[2010.02.26.]

老夫居巷苦寒侵 　노부거항 고한침 하니
늙은이 사는 마을에 모진 추위 엄습하니,

如鳥無聲巢雪林 　여조무성 소설림 이라
눈 쌓인 산림에 갇힌 소리 없는 둥지 속의 새와 같구나.

青眼古今看治亂 　청안고금 간치란 하니
따뜻한 눈으로 고금의 혼란함과 다스려짐을 살펴보니,

皤頭日月費身心 　파두일월 비신심 이라
흰 머리로 날마다 달마다 몸과 마음을 기울이게 되었다네.

菲才傳習空磨玉 　비재전습 공마옥 이나
변변치 못한 재주로 전해오는 책을 익혀 옥을 가는 것처럼 빛낼 것 없으나,

庸質經營不事金 　용질경영 불사금 이라
우둔한 바탕에 해보려 하였던 것은 돈을 벌려고 한 건 아니었다네.

八耋加三何所願 　팔질가삼 하소원 고
여든하고도 세 살에 원하는 바가 무엇이겠는가?

廓清槿域太平臨 　곽청근역 태평림 이라
우리나라를 깨끗하게 하여 태평세월을 보게 하는 것이라네.

4.16. 散策冠岳北麓서울大後門切感身衰
관악 북한산 기슭 서울대 후문에 산책하면서 몸의 쇠약함을 절감하다

[2010.02.26.]

冠山霜氣老軀侵 　관산상기 노구침 이나
　　　관악산의 서릿발 같은 기운 늙은 몸에 엄습하여 왔으나,

北麓雲開見雪林 　북록운개 견설림 이라
　　　북쪽 산기슭에 구름 걷히니 눈 덮인 숲이 보이는구나.

嗟我衰身難可復 　차아쇠신 난가복 하니
　　　한탄스럽구나! 나의 쇠약한 몸 다시 회복하기 어려워,

遲遲曳杖也寒心 　지지예장 야한심 이라
　　　더디고 더디게 지팡이 끌고 가니 정말 가엽고 딱하구나.

4.17. 還鄉廬宿數日
고향집으로 돌아가서 며칠 묵다

[2010.03.23.]

雪霽前山帶霧疎　　설제전산 대무소 하고
눈 갠 앞산에 띠 같던 안개도 흩어지니,

市塵暫脫悅閑居　　시진잠탈 열한거 라
도시의 티끌에서 잠시 벗어난 한가로운 거처를 기
뻐한다네.

古村幽靜村常若1)　고촌유정 촌상약 하야
옛 마을은 그윽하고 조용하니 마을은 항상 이와 같
아서,

夜夢平安夢自如　　야몽평안 몽자여 라
밤에 꾸는 꿈도 평안하여 꿈도 저절로 그렇게 된다네.

那望人間是非絶　　나망인간 시비절 가
어찌 바라겠는가 사람 사이의 시비가 끊어지기를,

猶希天下泰和初　　유희천하 태화초 라
다만 바라노니 온 천하에 옛날같이 태평천하가 오
기를.

衰身昏眼眞堪笑　　쇠신혼안 진감소 하니
육체는 쇠하고 눈도 어두우니 진실로 웃음이 나오니,

難作書中老蠹魚　　난작서중 노두어 라
책 속에서 늙은 책벌레 노릇하기도 어렵구나.

---

1) #약(若): 이와 같다. 如此也.

4.18. 傷五葉松受難
상처 난 오엽송의 수난

[2010.03.23.]

余鄕廬, 有一株五葉松, 余於日政末期, 手植者也.
枝葉鬱密, 可怡人眼. 今年早春, 嶺東大雪時, 其枝葉
摧落, 殆失昔日容貌. 蓋此樹受難, 本質太軟, 加之樹
齡漸增, 幹枝硬化, 而枝葉不堪載雪故歟 可惜也.

내 고향 오두막집에 오엽송 한 그루가 있는데
내가 일제식민시대 말기에 손수 심은 것이다. 가지와 잎
이 울창하고 빽빽하여 사람들의 눈을 기쁘게 하였다. 올
해 이른 봄에 영동지방에 큰 눈이 왔을 때, 그 가지와
잎이 부러져 떨어지니, 거의 지난날의 모습을 잃어버렸
다. 이 나무의 수난은, 본질은 아주 부드러운데, 나무의
나이가 점점 더할수록 줄기와 가지가 뻣뻣하여진 데다
가 줄기와 잎이 눈의 무게를 견디지 못한 것이 아닐까?
참으로 안타까운 일이다.

枝葉成叢鬱未疎   지엽성총 울미소 하고
가지와 잎이 떨기를 이루니 울창하여 성기지 않고,

清風怡眼潤吾居   청풍이안 윤오거 라
맑은 바람은 눈을 즐겁게 해주고 우리 집을 윤택하
게 해주었네.

少時到此經多苦   소시도차 경다고 한데
젊은 시절 이곳에 이르러서 얼마나 많은 어려움을
겪었던가?

嗟爾佳容不復初   차이가용 불복초 라
아! 너의 아름다운 모습 처음으로 돌아갈 수 없음
이 안타깝구나.

4.19. 想過溪故事
호계를 지나가는 고사를 생각하다

[2010.04.27.]

余近讀蘇東坡＜過溪亭＞詩1), 想晉代三家過溪故事.
晉高僧慧遠(334-416), 在廬山東林寺時, 未嘗過虎溪.
一日, 陶淵明與道士陸修靜訪慧遠, 歸時, 慧遠送兩
人, 緩步談話甚密, 三人不覺過溪, 而相顧大笑.

나는 최근에 소동파의 과계정시를 읽으면서, 진나라 때
세 사람이 호계를 지나는 고사를 생각했다. 진의 고승
혜원이 여산 동림사에 있을 때, 일찍이 호계를 넘어가지
않았다. 하루는 도연명과 도사 육수정이 혜원을 방문하
였다가, 돌아갈 때, 혜원이 두 사람을 보내면서, 천천히
걸으면서 이야기를 매우 친밀하게 하다가 보니, 세 사람
이 호계를 지나온 것을 깨닫지 못하여, 서로 돌아보면서
크게 웃었다.

送客東林緩步漫　　송객동림 완보만 한데
　　동림사에서 손님을 송별하니 걸음걸이 완만한데,

虎溪淸水映亭欄　　호계청수 영정란 이라
　　호계의 맑은 물에 정자의 난간이 비치는구나.

安居禁足祇禪俗　　안거금족 지선속 이나
　　안거할 때 출입을 금하는 것이 다만 선가의 풍속이나,

---

1) *과계정시(過溪亭詩):
　'날렵한 몸으로 사뿐사뿐 돌아감을 잊었더니,
　사주정 앞 들판에 외나무다리 희미하였지.
　개울 지났음을 홀연히 깨닫고 도리어 한바탕 웃으니,
　물새들도 놀라서 푸른 깃털을 떨어뜨렸더라.'
　身輕步穩去忘歸 / 四柱亭前野彴微 / 忽悟過溪還一笑 / 水禽驚落翠毛衣.
　「蘇東坡詩集註 卷29」.

超脫三家每處安 초탈삼가 매처안 이라

유, 불, 선 3가를 뛰어넘었으니 있는 곳마다 편안
하다네.

4.20. 方漢巖禪師
방한암 선사

[2010.04.27.]

方漢巖禪師, 入五臺山月精寺時, 渡月精川, 謂從者
曰: '吾將不再渡此溪' 日帝總督府屢招漢巖來京, 不
應. 南次郎總督訪江陵時, 欲見漢巖, 又不應. 曹溪宗
初代宗正被選時, 亦不渡溪而赴京. 六二五戰爭一四
後退時, 國軍將兵, 恐此寺爲人民軍據點, 欲焚之, 强
勸諸僧退去. 漢巖曰:'吾決不退去. 爾輩如欲焚寺, 勿
關吾生死, 而放火焉. 爾輩從軍令, 吾從佛令, 不亦宜
乎?' 軍人不忍焚寺, 撤四周堂門而焚之. 漢巖乃獨坐
禪定于法堂, 而涅槃酷寒之中焉.

방한암 선사께서 오대산 월정사에 들어가실 때, 월정사 시
내를 건너면서, 따르는 사람에게 이르기를 '내가 장차 이
시내를 다시 건너지 않을 것이다.' 라고 하셨다. 일제 총
독부에서 한암스님을 서울로 오시도록 여러 번 초대하였으
나 응하지 않으셨다. 남차랑 총독이 강릉을 방문하여 한암
스님을 뵙길 원하였으나 또 응하지 않으셨다. 조계종 초대
종정으로 피선되었을 때에도 역시 시내를 건너 서울로 가
지 않으셨다. 6·25전쟁 1·4후퇴 때 국군장병이 이 절이 인
민군의 거점이 될까 두려워하여, 절을 태우려고 하며, 모
든 승려들이 떠나가기를 강력히 권하였다. 한암스님께서
말씀하시길: '나는 결코 퇴거하지 않으려 한다. 자네들이
절을 태우고 싶으면 내가 살고 죽는 것에 관계하지 말고
불을 놓아라. 자네들은 군의 명령을 따르고, 나는 부처님
의 명령을 따르는 것이 마땅하지 않겠는가?' 하셨다. 군인
들이 차마 절을 태우지 못하고, 사방에 있는 집의 문들을
헐어 태우고 철수하였다. 한암스님은 이에 홀로 법당에 앉
아 선정에 들었다가, 여기서 혹독한 추위 속에서 열반에
드셨다.

不再過溪行道安　　부재과계 행도안 하니
　　시내를 다시 건너지 않고 도를 편안히 행하니,

居留佛境濟人難　　거유불경 제인난 이라
　　부처님의 경지에서 살고 머무르며 중생의 어려움을
　　구제하셨다네.

百年心眼如明鏡　　백년심안 여명경 하고
　　백 년을 내다보는 마음의 눈은 밝은 거울과 같고,

觀照去今來世看　　관조거금 내세간 이라
　　과거와 현재를 비추어 보고 미래까지 보셨다네.

4.21. 登冠岳山東北稜線
관악산 동북 능선을 오르다

[2010.04.27.]

雨霽風停雲霧安　　우제풍정 운무안 한데
비 개고 바람 그치니 구름안개 즐길 만한데,

冠山誘我莫憂難　　관산유아 막우난 이라
관악산은 나를 유혹하며 걱정하고 어려울 게 없다
고 하는구나.

登高俯視渾春色　　등고부시 혼춘색 하고
높이 올라 굽어보니 사뭇 봄빛이고,

人列塡蹊無盡看　　인렬전혜 무진간 이라
사람의 행렬이 길을 메워 바라보니 끝이 없구나.

又
또

匍匐支肢僅得安　　포복지지 근득안 하니
　　사지로 기어서 겨우 편안함을 얻었으니,

上山猶易下山難　　상산유이 하산난 이라
　　산을 오르기는 쉬우나 내려가기 어려워라.

春光元是無情物　　춘광원시 무정물 이나
　　봄볕은 본래 무정물인데,

叢裏幽花不忍看　　총리유화 불인간 이라
　　여기저기 그윽한 꽃 무더기 차마 보기 어려워라.

4.22. 四月二十九日往安東 車窓遠望小白連山
新雪皚皚
4월 29일 안동에 가며 차창 밖으로 멀리 바라보니,
소백산의 연이은 산등성에 새로운 눈이 희디희다

[2010.05.08.]

倒錯人間奔走忙　　도착인간 분주망 하고
　　뒤바뀌고 거꾸로 된 인간 세상은 분주하게 바쁘기
　　만 하고,

失常天地也荒唐　　실상천지 야황당 이라
　　정상에서 벗어난 천지자연 또한 황당하구나.

遙看小白連山雪　　요간소백 연산설 하니
　　아득히 소백산 등성이의 이어진 눈을 바라보니,

歲已春闌花未香　　세이춘란 화미향 이라
　　세월은 이미 봄이 무르익을 철인데 꽃에 아직도 향
　　기가 없다네.

4.23. 弔李東恩先生
이동은 선생을 조문하다

[2010.05.08.]

自適悠悠不太忙　　자적유유 불태망 하니
　　유유자적하며 크게 조급하지 않으시니,

賦天壽福滿高堂　　부천수복 만고당 이라
　　하늘로부터 타고난 수명과 복록 높은 집에 가득 찼
　　구나.

百年筆力如奇蹟1)　　백년필력 여기적 한데
　　백 세에 쓰신 필력이 기적과 같으니,

儒業平生永世香　　유업평생 영세향 이라
　　유가의 가업에 평생 종사하신 일 영원히 세상에 향
　　기롭겠네.

---

1) #상주 성유[이근필] 씨가 나에게 선고[이동은 옹: 이퇴계 15대 종손, 101세
　까지 장수]의 유묵 복사본 한 점을 주었다. 백 세 때 퇴계선생의 〈수신십훈〉
　을 필사한 것이다. 살펴본 즉 글자 획이 곧고 바르며 필치가 건강하고 또
　촘촘하여, 조금도 팔 힘이 쇠함이 없으니, 경탄하여 마지않는다. 喪主聖幼
　氏, 貽余以先考遺墨複寫一點, 蓋百歲時筆寫退溪先生修身十訓者也. 披見則
　字劃楷正, 筆致健且密, 少無衰腕之痕, 驚歎不已矣.

4.24. 觀三栢堂復元工事
삼백당1) 복원 공사를 보다

[2010.05.08.]

建材繩準匠人忙　　건재승준 장인망 하니

건축하는 재목을 법도에 맞게 하느라 장인의 손길이
분주하니,

三栢堂基眞浩唐　　삼백당기 진호당 이라

삼백당의 터는 진실로 넓고 크다네.

相地何須風水術　　상지하수 풍수술 고

땅의 형상을 살피는데 어찌 꼭 풍수의 기술만 필요
하리요?

名家古宅又新香　　명가고택 우신향 이네

이름난 가문의 옛 집터에 또 향기가 새롭다네.

---

1) *삼백당: 퇴계 선생의 형님인 온계 이해(1496-1550) 선생이 20세 되던 해에 노송
정 본가에서 분가하여 마련한 집. 1896년 일본군에 의해 소실된 지 110여 년
만인 2011년 5월 5일 낙성식을 갖고 제 모습을 찾았다.

4.25. 六二地方選擧
6.2 지방선거

[2010.07.26.]

信誠於政等根株　　신성어정 등근주 나

믿음과 성실함이 정치에 있어 뿌리와 그루터기 같으니,

無信無誠到海隅　　무신무성 도해우 라

믿음도 없고 정성도 없음 바다 끝까지 이르렀구나.

權柄民聲都不顧　　권병민성 도불고 면

권력을 잡고 있는 이들 백성들의 목소리를 도무지 돌아보지 않으면,

元元痛斥作官奴　　원원통척 작관노 라

모든 백성들에게 호되게 물리침 받아서 벼슬하는 노비가 된다네.

4.26. 過長夏
긴 여름을 지나다

[2010.07.26.]

宿雨暫晴雲未開　　숙우잠청 운미개 하고
긴 비 그치고 잠시 맑아지나 구름 걷히지 않고,

花園階石久衣苔　　화원계석 구의태 라
정원의 섬돌 계단은 오래도록 이끼가 끼었다네.

壺中天地棋千局1)　　호중천지 기천국 하고
병처럼 좁은 세상살이도 바둑 수처럼 다양하고,

角上人生酒一杯2)　　각상인생 주일배 라
달팽이 뿔 같은 좁은 인생살이엔 술 한 잔을 마실 뿐이라네.

新報每朝看厭棄　　신보매조 간염기 러니
매일 아침 새 신문을 보자마자 싫어서 버렸더니,

故廬隔月喜歸來　　고려격월 희귀래 라
고향 집에 한 달 건너서 돌아감이 기쁘다네.

苦炎長夏何能避　　고염장하 하능피 오
긴 여름의 뜨거운 열기를 어찌 피할 수 있으리?

晨夕祗望戀主臺3)　　신석지망 연주대 라
아침 저녁으로 다만 연주대를 바라보고 있다네.

---

1) #호중(壺中): 병처럼 협소한 것과 같다. 狹小如壺.
2) #각상(角上): 좁은 세상. 蝸牛角上.
3) #연주대(戀主臺): 관악산 정상에 있는 대를 연주대라 한다. 불꽃 더위를 피하
　는 방법은 다만 연주대의 시원한 바람을 상상하는 것뿐이다. 冠岳山頂上,
　有臺曰: '戀主臺'. 炎夏納凉之方, 祗想戀主臺凉風而已.

4.27. 歎世
세상을 탄식하다

[2010.07.26.]

世風頹兆逐時開　　세풍퇴조 축시개 하고
　　세상 풍조가 쇠퇴하는 조짐 시간 따라 촉박하고,

國步蹉陀我思灰　　국보차타 아사회 라
　　나라의 발걸음 비틀거리니 내 생각 실망케 하네.

自作孼耶天作孼1)　자작얼야 천작얼 고
　　내가 지은 죄인가? 하늘이 지은 죄인가?

長吁呼號鬼神來2)　장우호호 귀신래 라
　　길게 탄식하며 귀신이 오기를 부르짖는다네.

---

1) #하늘이 저지른 잘못에는 오히려 살 수 있지만, 스스로 지은 잘못에는 살
   수가 없다. 天作孼, 猶可活也. 自作之孼, 不可活也. 『孟子』「公孫丑」.
2) #호호귀신(呼號鬼神): 심사가 억울한 끝에 크게 귀신을 울부짖으며 부르고 싶
   다. 心思抑鬱之餘, 欲大叫鬼神.

4.28. 處署
처서

[2010.08.25.]

蜻蛉赤翅上空飛　　청령적시 상공비 하고
　　잠자리 붉은 날개 펴고 상공을 날고,

夏尾街衢吐熱微　　하미가구 토열미 하네.
　　여름의 끝자락 거리는 희미한 열기를 토해낸다네.

四季循環來又去　　사계순환 내우거 하고
　　사계절의 순환은 오고 또 가고,

百年不息逝無歸　　백년불식 서무귀 라
　　백 년 동안 쉬지 않고 가서는 돌아오지 않는다네.

溪邊老蚊歌哀曲　　계변노보 가애곡 하고
　　시냇가 늙은 매미는 애달픈 곡조로 노래를 하고,

園後秋花笑暮暉　　원후추화 소모휘 라
　　동산 뒤의 가을꽃들 해 질 무렵 햇살에 미소 짓는
　　구나.

幸過苦炎如苦瘧　　행과고염 여고학 하니
　　다행스럽게 학질 같은 더위가 지나고 나니,

却欣山野帶黃衣　　각흔산야 대황의 라
　　그래도 기쁘구나, 산과 들에 황금빛 옷 둘렀음이.

4.29. 濟州道
제주도

[2010.08.25.]

漢拏山腹霧煙飛　　한라산복 무연비 하고
한라산 산허리에 안개구름 날고,

暗暈遮光視界微　　암훈차광 시계미 하네
어두운 햇무리 빛을 가려 보이는 곳이 희미하다네.

徐福能分靈草否1)　　서복능분 영초부 아
서복이 능히 분별하였든가? 불로초를,

祖龍已殂盍思歸2)　　조룡이조 합사귀 오
조룡이 이미 죽었는데 어찌 돌아갈 생각을 접었는가?

---

1) *서복(徐福): 서불(徐市)로도 적음. 진시황의 명령으로 불로초를 구하려 동쪽
바다의 신선이 사는 산을 찾았다는 사람. 찾지 못하자 돌아가지 못하였는
데, 이 시에서는 제주도에 와서 머무른 것으로 보았음. '조룡(祖龍)'의 祖는
시(始)자와 통하고, 龍은 황제를 상징하니 곧 시황제라는 말로 사용됨.

2) *조룡(祖龍): 진시황(秦始皇, BC 246~BC 210)의 별칭이다. 『사기(史記)』「진시
황본기(秦始皇本紀)」에 '올해 조룡(祖龍)이 죽었다.[今年祖龍死.]' 라고 하였는
데, 이에 대해 배인(裴駰)은 '조(祖)는 처음이다. 용(龍)은 임금의 징후이다.
시황(始皇)을 이른다.[祖, 始也. 龍, 人君象. 謂始皇也.' 라고 하였다.

4.30. 安國祠[1]
안국사

[2010.08.25.]

鳩鵲成群穿靄飛　　구작성군 천애비 한데
비둘기와 까치들이 무리를 지어 아지랑이 속을 뚫
고 나는데,

落星舊址早曠微　　낙성구지 조돈미 라
낙성대 옛터에는 새벽 햇살 희미하구나.

缺頭古塔蕭條景　　결두고탑 소조경 이나
머리가 없어진 옛 3층탑은 쓸쓸한 풍경이나,

彫琢麤豪停客歸　　조탁추호 정객귀 라
새기고 다듬은 솜씨 거칠지만 기운차서 돌아가는
나그네의 발길을 멈추게 하는구나.

---

1) #안국사(安國祠): 강감찬 장군 사당. 낙성대 공원에 있다. 姜邯贊(948-1031)將軍祠
堂. 在落星垈公園.

又
또

[2010.08.25.]

安國祠頭烏兎飛[1]　　안국사두 오토비 한데
국사당의 지붕에는 세월이 비꼈는데,

功名千載日星輝[2]　　공명천재 일성휘 라
장군의 공명은 천년토록 해와 별처럼 빛나는구나.

浮沈元是人間事　　부침원시 인간사 나
성하다가 쇠다가 하는 것이 본래 인간의 일이기는
하지만,

分斷悲哀淚濺衣　　분단비애 누천의 라
남북 분단의 슬프고 애통함에 옷자락에 눈물 흩뿌
리누나.

---

1) #오토(烏兎): 일월, 세월. 태양에 깃들인 까마귀. 달에 깃들인 토끼. 日月, 歲
月. 太陽棲烏. 太陰棲兎.

2) #공명천재(功名千載): 고려 현종 원년, 거란군이 쳐들어왔을 때, 강감찬장군
의 위국헌신이 이로부터 시작되었다. 헌종 원년 즉시 막아서 지키니 지금으
로부터 1000년 전 서기 1010년 경술년이다. 高麗顯宗元年. 契丹軍入寇, 姜
邯贊將軍爲國獻身自此始焉. 憲宗元年卽拒今一千年前西紀1010年庚戌年也.

4.31. 讀[夏目漱石詩注]
나쓰메 소세키의 시집을 읽다

[2010.08.25.]

近讀[夏目漱石詩注](吉川幸次郎著,岩波文庫, 2002).
夏目漱石(1867-1916)爲語文學天才, 以小說批評等, 擅
名于明治日本. 少時渡英, 修英文學. 其漢文造詣, 拔
于時流, 壯年多忙時. 未假賦詩. 中年大患以後, 詩作
甚勤. 1916年冬, 臥病百餘日而終生. 其間每日作一首,
上午執筆小說, 下午作漢詩. 與人書曰. '每日執筆小
說, 易陷于時俗. 欲脫俗氣, 莫如作漢詩.' 平素以爲日
本詩歌, 長于抒情, 短于思索. 而此故, 漱石平昔不多
作俳句等日本詩焉. 病席所作百首中七十首爲七律, 皆
以無題爲題. 詩思悲凉, 韻律錯綜, 鬼氣逼人, 莫知其
意者許多. 其晚年行蹟, 世所罕見. 言辯之多, 人或嫌
之. 然而其五十平生, 以文筆爲業. 而不暫休. 垂死病
中, 此業難棄. 辭或奇怪, 眞情流露. 亦可謂思無邪乎?

최근에 [나쓰메 소세키의 시집주석]을 읽었다.(요시카와 코지
로 저, 이와나미 문고, 2002). 나쓰메 소세키(1867-1916)는 어
문학의 천재로 소설 비평 등으로 일본 명치시대에 이름을
드날렸다. 젊을 때 영국으로 건너가 영문학을 수학하고 한
문에도 조예가 깊어 당시 사람들 중에서 뛰어났지만, 장년
에 많이 바쁠 때에는 시를 지을 틈이 없었는데, 중년에 크
게 앓고 난 이후에 시를 매우 열심히 지었다. 1916년 끝내
병으로 누워 백여 일 만에 생을 마쳤다. 그사이에 매일 한
수씩 지었는데 오전에는 소설을 집필하고, 오후에는 한시
를 지었다. 사람들에게 말하길 '매일 소설만 집필하면 시속
에 빠지기 쉬우나 속기를 벗어나는 데 한시를 짓는 것보다
좋은 게 없다'라고 하였다. 평소에 일본 시가는 서정에는
뛰어나나 사색은 부족하다고 하였다.
이런 고로 소세키는 평소 하이쿠[俳句] 등 일본 시가를 지
은 것은 많지 않다. 병석에 있을 때는 100수 중 70수가 7언
율시이고 모두 무제를 제목 삼았다. 시 사상은 슬프고 쓸

쓸하며, 운율은 여러 가지가 뒤섞여 있고, 기괴한 기운이 사람에게 파고드나, 그 뜻을 알지 못할 것이 많다. 만년의 행적은 세상에 드물게 보이고 말은 많아서 사람들은 혹 그를 싫어하기도 하였다. 그러나 그 50 평생 문필로써 일을 삼아 잠시도 쉬지 않았다. 병중에 죽음의 그림자가 드리워도 이것을 버리기 어려웠다. 논술은 혹 기괴하였으나 참된 감정은 이슬처럼 흘렀으니 또한 '생각에 간사함이 없었다[思無邪]'고 할 만하지 않은가?

嬴得大名如鳳飛　　영득대명 여봉비 하고
큰 이름을 넉넉하게 얻으니 봉황이 나는 듯하고,

詞章論理兩精微　　사장논리 양정미 라
문장과 논리가 모두 다 정미하다네.

縱橫獨白如何意　　종횡독백 여하의 오
종횡으로 홀로 지껄였는데 어떤 뜻이었던가?

知命知期讖大歸1)　　지명지기 참대귀 라
천명을 알고 죽을 시기를 아니 예언처럼 크게 돌아갔구나.

---

1) #지명(知命): 소세키, 향년 50세. 漱石, 享年 五十歲.
　#지기(知期): 죽는 시기를 알다. 知死期.

4.32. 讀十五年戰爭史 想滿洲事變慘狀
15년 전쟁사를 읽고 만주사변의 참상을 생각하다[1)]
[2010.09.25.]

獨走倭軍謨略人[2)]　　독주왜군 모략인 이
독주하던 왜군 모략인들이,

欲呑大陸若瓜分　　욕탄대륙 약과분 이라
대륙을 삼키고 싶어서 오이를 나누는 것 같이 하였
구나.

白刀來襲殘民賊　　백도래습 잔민적 하니
흰 칼이 엄습하여 와서 백성들을 죽이고 해치니,

赤手護身黔首輩　　적수호신 검수군 이
맨주먹으로 몸을 보호하려는 무고한 백성들 많았구나.

王道大同都不見[3)]　　왕도대동 도불견 하고

---

1) #십오년전쟁(十五年戰爭): 만주사변, 지나사변, 태평양전쟁을 합하여 15년 전
쟁이 된다. 滿洲事變, 支那事變, 太平洋戰爭, 當合爲十五年戰爭.

2) #왜군모략인(倭軍謨略人): 일본 관동군 참모 이시하라 소령, 이타가키 세이시
로 중령, 관동군사령관 혼조 시게루 소장 세 사람을 가리킨다. 指日本關東
軍參謨石原莞爾少佐, 板垣征四郎中佐, 關東軍司令官本庄繁少將.

3) #왕도대동(王道大同): 세 사람이 만주와 몽골을 일본의 식민지로 합병하기 위하
여 유조교를 폭파(1931년)한다. 이것이 만주사변 전쟁의 발단이 된다. 그래서 식
민지계획이 난관에 봉착하게 된다. 삼인은 새로운 계책을 내놓는데 괴뢰국을 창
건하는 것이 이것이다.(1932년) 부의를 장춘으로 모셔와 만주제국을 건설한다.
일본 농민 이주를 재촉하여 만주에 장차 왕도 낙토 대동 사회를 드날린다고 말
한다. 三人, 欲合倂滿蒙爲日本植民地, 爆破柳條橋(1931년). 以開滿洲事變戰
端. 然植民地計, 逢着難關. 三人案出新計. 創建傀儡國是也. 迎傅儀于長春,
建滿洲帝國(1932년). 欲促日本農民移住, 揚言滿洲將爲王道樂土大同社會.

왕도정치와 대동 천하라는 이상은 도무지 보이지
않고,

將兵跋扈日常聞4)　　장병발호 일상문 이라
장병들이 제 마음대로 날뛰며 행동함만 나날이 들
리는구나.

沈淪歷史雖留迹　　침륜역사 수유적 이나
가라앉은 역사의 물결이 비록 자취는 남았더라도,

再造如今霽戰雲　　재조여금 제전운 가
지금 만약 나라의 틀을 다시 짠다면 전쟁의 구름
맑게 겠다고 할 수 있을까?

---

4) #장병난동(將兵亂動): 당시 일본 재벌들은 크게 성하였으나 농촌은 피폐하였
다. 군부에는 다수의 농촌 출신 청년 장교들이 포함되어 있었다. 장병들이
제멋대로 날뛰어 권세를 마음대로 하니, 15년 전쟁이 만주에서 촉발하게 되
었고, 5·15사건, 2·26 사건이 본국(일본)에서 촉발되었다. 當時日本, 財閥大
熾, 農村疲弊. 軍部擁有多數農村出身靑年將校. 將兵跋扈專橫, 觸發十五年戰
爭于滿洲. 五一五事件, 二二六事件等于本國.

4.33. 落星垈秋氣
낙성대의 가을 기운

[2010.09.25.]

霖雨熱炎長苦人   임우열염 장고인 이러니
장맛비와 폭염으로 오랫동안 사람들이 괴로워하였
는데,

今朝始覺夏秋分   금조시각 하추분 이라
오늘 아침 비로소 여름과 가을이 구분되는 것을 느
꼈다네.

落星垈樹連山綠   낙성대수 연산록 한데
낙성대의 나무들은 산에 잇닿아 초록빛인데,

頭上秖看烏鵲羣   두상지간 오작군 이라
머리 위로 다만 까막까치 무리들만 보이는구나.

4.34. 洪水浸市
홍수로 도시가 잠기다

[2010.09.25.]

水浸都城更苦人　　수침도성 갱고인 하고
　　도성이 물에 잠기니 다시 사람들은 괴롭고,

街衢溝澮不能分　　가구구회 불능분 이라
　　시가지의 도로를 봇도랑과 구분할 수가 없구나.

蒼天元不關仁義　　창천원불 관인의 하니
　　푸른 하늘은 원래 인의와 관계가 없으니,

萬物無非芻狗羣[1]　　만물무비 추구군 이라
　　만물은 풀로 묶은 개와 같은 무리가 아닌 게 없다네.

---

1) #천지가 어질지 않아서 만물을 풀로 만든 개로 삼고, 성인이 어질지 않아서
　백성들을 풀로 묶은 개로 삼는다. 天地不仁, 以萬物爲芻拘. 聖人不仁, 以百
　姓爲芻狗. [老子].
　#추구(芻狗): 풀을 묶어서 개를 만들어 제사 지낼 때 사용하다가, 제사가 끝나
　면 즉시 그것을 버린다. 結草爲狗, 以供祭時之用, 祭終則棄之. [辭源].
　#그것을 사용하든 그것을 버리든 다 자연이 하는 것이다. 用之棄之, 皆自然之
　所爲.

4.35. 觀國內外情勢
국내외 정세를 바라보다

[2010.10.26.]

曾知道有門　증지 도유문 하나
　일찍이 길에 문이 있는 것을 알았으나,

失路地球村　실로 지구촌 이라
　지구촌은 길을 잃어버렸구나.

歐美風狂驟　구미 풍광취 하고
　구미에는 미친바람이 닥쳤고,

亞洲氣失溫　아주 기실온 이라
　아시아 지역은 기운이 따뜻함을 잃어버렸구나.

兩韓常角勝　양한 상각승 하고
　두 개의 한국은 항상 승부를 겨루고,

半島痛傷痕　반도 통상흔 이라
　반도는 상처의 흔적으로 아프다네.

擧世交征利　거세 교정리 하며
　온 세상은 서로 이익을 다투며,

鼓吹戰鬪魂　고취 전투혼 이라
　싸울 생각만 크게 북돋우는구나.

4.36. 雲林茶會
운림다회

[2010.10.26.]

余以北方交流協會理事長丁君海勳之請, 參國際茶文
化交流大會. 十月九日, 韓中日茶人會於中國杭州, 余
爲祝辭. 其前夜祭擧行于靈隱寺. 余到山門, 時已夕
晡. 大雄殿階前, 茶人開會, 曰雲林茶會. 一同啜茶,
聽琴奏樂. 節目進行中, 杭州副市長張建庭氏, 乘興請
余揮毫, 余曰雲林大刹似好, 張曰古刹如何, 曰尤好.
於是, 余於大雄殿前庭, 書雲林古刹四大字焉.

나는 북방교류협회 이사장 정해훈 군의 요청으로 국제다문
화교류대회에 참석하였다. 10월 9일 한·중·일 다인회가
중국 항주에서 열려서 내가 축사를 하기로 했다. 그 전야
제가 '영은사'에서 거행되었다. 내가 산문에 도착했을 때
시간은 이미 저녁 무렵이었다. 대웅전 계단 앞에서 다인회
가 열렸는데 이름하여 '운림다회'라고 한다. 일동이 차를
마시고 거문고 연주를 들었다. 그리고 절차대로 진행되는
중에 항주 부시장 장건정 씨가 올라와서 나에게 휘호를 청
하였다. 내가 '운림대찰로 쓰는 것이 좋을 것 같다'고 하
자 장이 말하길 '고찰이 어떻습니까?' 하여 '더욱 좋다'고
했다. 이에 나는 대웅전 뜰 앞에서 '운림고찰'이라고 크게
4글자를 썼다.

日暮到山門　　일모 도산문 하니
　　해 질 무렵 영은사 문 앞에 도착하니,

雲林湖畔村　　운림 호반촌 이라
　　운림의 호숫가 마을이라네.

名流殿下會　　명류 전하회 하니
　　이름난 사람들이 대웅전 아래 모이니,

和氣座中溫　　화기 좌중온 이라
화목한 분위기에 좌중이 따뜻하구나.

昆曲長風韻1)　　곤곡 장풍운 하여
곤산 지방 곡조는 풍류와 운치가 뛰어나고,

越茶禪味痕2)　　월다 선미흔 이라
월지방의 차 맛은 참선의 흔적이 난다네.

夜闌古刹裏　　야란 고찰리 에
밤이 무르익은 고찰 속에서,

揮筆老儒魂　　휘필 노유혼 이라
늙은 선비 혼을 다해 일필휘지 한다네.

---

1) #곤곡(昆曲): 곤산지방의 오페라 昆山劇曲
2) #야간프로그램: 용정차와 무이산 암차와, 대홍포(복건성오룡차)와 보이차가 있
　다. 내가 자리에 앉자 영은사 인공화상이 차를 달여 잔에 나누는데 손의 움
　직임이 춤추는 것과 같다. 나에게 그가 지은 『다중선미』 책을 주었다. 當
　夜節目單: 龍井茶, 武夷山岩茶, 大紅袍(福建省烏龍茶), 普洱茶. 余座之席, 靈
　隱寺仁空和尙, 煮茶配杯, 手動如舞. 贈余其所著 『茶中禪味』.

4.37. 還鄉廬

고향집에 가다.

[2010.10.26.]

十月十二日 余自中國歸京, 十六日還江陵. 參故崔容
根校長銅像除幕式于農工高校而歸京. 二十二日再次
還鄉修墓祀于先塋.
> 10월 12일 나는 중국에서 서울로 돌아와서 16일 강릉으로
> 갔다. 강릉농공고의 고 최용근 교장 동상 제막식에 참석하
> 고 서울로 돌아왔다. 22일 다시 고향으로 가서 선영에 제
> 사 지냈다.

歸國還踰嶺   귀국 환유령 하니
> 귀국하여 대관령 넘고 다시 고향에 돌아오니,

吾廬在鶴村   오려 재학촌 이라
> 내 고향집은 학촌에 있다네.

秋風吹古木   추풍 취고목 하고
> 가을바람은 오래된 나무에 불고,

落日染衡門   낙일 염형문 이라
> 지는 해는 은자의 사는 곳을 물들이네.

花竹蕭條景   화죽 소조경 하고
> 꽃과 대나무는 고요하고 조용한 풍경이고,

族親談笑溫   족친 담소온 이라
> 족친들이 얘기하고 웃으니 따뜻하구나.

四周如畵幅　　사주 여화폭 하고
　　사방 주위는 그림과 같고,

故老足怡魂　　고로 족이혼 이라
　　고향 늙은이들 나의 마음을 아주 기쁘게 한다네.

4.38. 弔玄洲
현주[김동한 선생]를 조상하다

[2010.10.26.]

元氣禀天人　　원기 품천인 이나
원기는 하늘로부터 받았으나,

幽明一夕分　　유명 일석분 이라
하루 저녁에 삶과 죽음으로 갈라서게 되었구나.

諸孤悲殯席　　제고 비빈석 하고
여러 자녀들 빈소에서 슬퍼하고 있고,

親友歎餘羣　　친우 탄여군 이라
친구들은 무리에서 남게 된 것을 탄식하는구나.

學德京鄉達　　학덕 경향달 하고
학문과 덕행은 서울과 지방에서 모두 뛰어났고,

家聲遠近聞　　가성 원근문 이라
가문의 명성은 원근에 자자하다네.

功成何處去　　공성 하처거 오
공적을 이루고 어디로 가시는가?

寂寞故山雲　　적막 고산운 이라
고향 산의 구름만 적막하구나!

4.39. 庚戌國恥一百周年 歡響山李晚燾, 梅泉 黃炫兩先生殉國
경술국치 백 주년에 향산 이만도, 매천 황현 두 선생의 순국을 한탄한다

[2010.11.23.]

當國恥一百周年, 古典飜譯院, 出刊當年殉國兩公文集飜譯版. 十月,(某)日, 行紀念會于梨花大學文化館. 余往參. 想當年兩公心情.

> 국치 일백주년을 당하여 고전번역원에서 당시 순국한 두 분의 문집 번역판을 출간하였다. 시월 며칠에 행사기념회가 이화대학문화관에서 있어 내가 가서 참석하였다. 당시 두 분의 심정을 생각해 본다.

國破乾東海 국파 간동해 하고
> 나라가 망하니 동해도 마르고,

君亡裂白山1) 군망 열백산 이라
> 임금은 없어지고 백두산은 갈라졌구나.

身心無所寄 신심 무소기 하고
> 몸과 마음 의지할 곳 없어졌고,

家室永難還 가실 영난환 이라
> 온 집안도 사뭇 지탱하기 어렵게 되었다네.

義就成仁裏 의취 성인리 하고
> 의리는 살신성인 가운데 이루고,

---

1) #백산(白山): 백두산. 白頭山.

仁隨取義間   인수 취의간 이라
　　어짊은 의리를 취함에 따랐다네.

人間祗芻狗   인간 지추구 니
　　인간은 단지 짚으로 만든 개와 같이 되었으니,

烏兔太虛閑   오토 태허한 이라
　　해와 달이 온 하늘에 부질없이 떴구나!

4.40. 旅遊大邱八公山
대구 팔공산을 두루 다니며 놀다

[2010.11.23.]

十月,(某)日, 與孫秉海敎授, 散策桐華寺周邊. 觀覽
方字鍮器博物館, 休息于〈茶香園〉, 喝松茶吃紅柿甘
藷. 李英世君來參午餐.

> 시월 어느 날 손병해 교수와 동화사 주변을 산책하였다.
> 방자 유기 박물관을 관람하고 〈다향원〉에서 휴식하며 솔
> 잎차를 마시고 홍시와 고구마를 먹었다. 이영세 군이 와서
> 오찬에 참석하였다.

冠佛八公山1)   관 불 팔 공 산 하니
> 팔공산에 갓바위 부처님 있으니,

四時禱衆還   사시 도중환 이라
> 언제나 중생들이 기도하러 간다네.

綠苔花徑上   녹태 화경상 하고
> 초록빛 이끼는 꽃 지름길 옆에 피었고,

華閣樹林間   화각 수림간 이라
> 화려한 전각은 나무 수풀 사이에 있구나.

香氣松茶淡   향기 송다담 하고
> 향기로운 솔잎차는 맑고,

雅風客座閑   아풍 객좌한 이라
> 우아한 분위기에 나그네들은 한가롭다네.

---

1) #관불(冠佛): 속칭 '갓바위'. 팔공산의 꼭대기에 있는 관을 쓰고 있는 약사여
래석상으로 복을 비는 사람들의 줄이 사철 서는데 언제나 끊이지 않는다고
한다. 俗稱 갓바위, 八公山頂, 有載冠藥師如來石像 祈福人列, 四時不絕云.

霜楓如錦繡　　상풍 여금수 하니
　　서리 맞은 단풍나무 수놓은 비단 같으니,

滿目翠紅班　　만목 취홍반 이라
　　눈 안에 녹색과 홍색이 가득하구나.

4.41. 記夢
꿈을 기록하다

[2010.11.23.]

夢中登高, 俯視四周, 連山戴雪, 如串銀丸. 萬里藍天, 開我胸襟.

> 꿈에 높은 데 올라 사방을 굽어보니 잇닿은 산에는 눈이 쌓여 있음이 마치 은빛 둥근 알을 꼬치에 꿰어놓은 것 같았다. 멀리 쪽빛 푸른 하늘에 내 가슴을 펼쳐 놓는다.

夢入紫霞烟　　몽입 자하연 하여
　　꿈에 자줏빛 노을 속으로 들어갔는데,

暫吞秘境泉　　잠탄 비경천 이라
　　잠시 신비한 곳의 샘물을 삼켰다네.

銀丸連翠嶂1)　　은환 연취장 하고
　　은빛 알은 푸르고 가파른 산이 이어져 있음이오,

玉帶亘藍天2)　　옥대 긍람천 이라
　　옥빛 장부는 쪽빛 하늘까지 뻗쳐있구나.

宇宙無今古　　우주 무금고 하나
　　우주는 지금이나 예전이나 구분이 없으나,

人生有後前　　인생 유후전 이라
　　인생은 앞과 뒤가 있구나.

起床心更闊　　기상 심갱활 하니
　　침대에서 일어나니 마음이 다시 넓게 트이니,

---

1) #은환(銀丸): 연이은 산이 눈을 이고 있는 모습. 連山載雪之貌.
2) #옥대(玉帶): 옥색으로 된 문서. 玉色簿帳.

庶可繼餘年 서가 계여년 이라

　　바라건대 남은 세월, 이 꿈 이어갈 수 있기를…

4.42. 延坪島事態
연평도 사태

[2010.12.28.]

譎計今同古   휼계 금동고 하고
속임수 계책은 예나 지금이나 같아서,

相酬後異前   상수 후이전 이라
서로 주고받음이 앞과 뒤가 다르구나.

好兵如好色   호병 여호색 하니
전쟁 좋아함이 여색 좋아함과 같으니,

癡想不知年   치상 부지년 이라
어리석은 생각이 몇 년인지 알 수가 없다네.

4.43. 侖香筆詩篇
윤향이 쓴 시편

[2010.12.28.]

侖香金粉鎬, 著名女流書藝家, 余知其人有年矣. 篤於
基督教, 月前展示其筆舊約聖經詩篇與篆刻. 觀其書
帖, 內容體制, 參差不一. 一見可知帖載多年所筆, 而
筆者外圓內方之資, 黙想獨行之迹, 滲於每章. 仍作五
絶一首.

> 윤향 김분호는 저명한 여류서예가로서 내가 안 지 수 년이
> 되었다. 독실한 기독교 신자로 지난달에 구약성경의 시편
> 과 전각을 전시하였다. 그 서첩을 보니 내용 체제가 매우
> 다양하여 한 번 보아도 그 글씨가 다년간 쓴 것임을 알 수
> 있으며, 이 필자는 바깥으로는 둥글지만 안으로는 곧은 자
> 질을 가져서 묵상하며 홀로 행하는 자취가 모든 문장마다
> 스며있다. 이에 오언절구 1수를 짓는다.

端正詩篇帖　　단정 시편첩 은
　　바르고 얌전한 구약성경의 시편 첩은,

侖香筆淡然　　윤향 필담연 이라
　　윤향의 필체로 담담하다네.

純心如白玉　　순심 여백옥 한데
　　순수한 마음은 백옥과 같은데,

獨步送流年　　독보 송유년 이라
　　독보적으로 여러 해를 정진하였구나.

4.44. 舊臘以後, 以酷寒, 大雪, 口蹄疫等 民苦滋甚
지난 섣달 이후 혹한에 큰 눈이 내리고 구제역 등 으로 백성들의 고통이 더욱 심하여졌다

[2011.01.27.]

宿雲鬱未淸 　숙운 울미청 하고
　　묵은 구름도 빽빽하여 아직 개지 않고,

瘴氣乘風零 　장기 승풍령 이라
　　병 기운은 바람 타고 퍼지는구나.

雪落山灰白 　설락 산회백 하고
　　눈 내리니 산은 하얀 잿빛이고,

霧收水暗靑 　무수 수암청 이라
　　안개 개니 물은 짙푸르구나.

苦寒籠舊屋 　고한 농구옥 하니
　　모진 추위가 옛집을 둘러싸니,

罷酒討新瓶 　파주 토신병 이라
　　술을 비우고 새 병을 찾는구나.

災禍盈天下 　재화 영천하 하니
　　재앙과 화가 세상에 가득하니,

釋憂囑舊扃1) 　석우 촉구경 이라
　　근심을 풀려면 낡은 빗장을 풀어야만 하리.

---

1) *구경(舊扃): 옛날 빗장, 옛날 관문. 당나라 유우석(劉禹錫)의 〈일본 중 지장에 게 주다(贈日本僧智藏)〉에 '조각배 타고 만 리 길 큰 바다를 지나와서, 이름난 산을 순례하고 옛 문화를 찾아다녔네. 浮杯萬里過滄溟, 循禮名山適舊扃.' 라 한 데서 유래함.

又

또

[2011.01.27.]

天地久忘分濁淸　　천지구망 분탁청 하고
　　천지는 오랫동안 흐림과 맑음을 구분하기를 잊었고,

陰陽失軌雪飄零　　음양실궤 설표령 이라
　　음양의 기운은 법도를 잃어버리고 눈은 나부끼며
　　떨어진다네.

眼前竹木秖冬景　　안전죽목 지동경 이나
　　눈앞의 대나무는 다만 겨울 풍경이나,

入夢故山依舊靑　　입몽고산 의구청 이라
　　꿈속 고향 산천은 옛 그대로 푸르다네.

4.45. 金勝鎭君1)
김승진 군

[2011.01.27.]

莫言人事摠歸烟　　막언인사 총귀연 하고
　　　사람의 일 모두 안개 같다고 말하지 말라!

誠信於君似活泉　　성신어군 사활천 이라
　　　그대의 성실함은 솟아나는 샘과 비슷하구나.

眞實一如君子質　　진실일여 군자질 하고
　　　진실함은 군자의 자질과 같고,

平生盡己事仁天　　평생진기 사인천 이라
　　　평생 몸을 다 바쳐 어진 하늘을 섬기는구나.

---

1) *김승진(金勝鎭): 저자의 서울 상대 제자로 한국외국어대학교 교수로 재직하
　　였음.

4.46. 韓中關係
한중관계

[2011.01.27.]

十二月一日, 經濟人文社會研究會, 主催韓中國際討論
會, 囑余以主題發表. 題曰 'G-20 時代韓國與中國'. 退
而思之, 分斷兩韓, 熾烈相攻, 實委古今罕有之悲劇.

> 12월 1일 경제인문사회연구회에서 한중국제토론회를 주최
> 하여 나에게 주제발표를 부탁하였다. 제목이 'G-20시대 한
> 국과 중국'이다. 물러나서 생각하니 분단된 두 한국이 치열
> 하게 서로 공격하니 실로 고금에 드물게 있는 비극이다.

脣齒韓中掃暗烟　　순치한중 소암연 하니
이와 입술처럼 가까운 한중관계에서 어두운 연기를
비로 쓸어버려야 하니,

文明從古出同泉　　문명종고 출동천 이라
우리들 문명은 옛날부터 같은 샘에서 흘러나왔다네.

千鈞一髮槿邦運1)　　천균일발 근방운 하니
머리카락 한 올로 삼만 근을 드는 것 같음이 우리
나라의 운명이니,

盍使雙方知順天　　합사쌍방 지순천 고
어찌 양쪽으로 하여금 하늘의 뜻을 따르게 아니하
는가?

---

1) *천균일발(千鈞一髮): 극도로 위험함을 표시하는 말. 당나라 한유(韓愈)의 〈맹
간 상서께 올림(孟簡尙書書)〉에 '그 위태로움이 머리카락 하나로 3만 근의 무
거움을 끄는 것과 같습니다.(其危如一髮引千鈞)' 함.

4.47. 埃及事態
이집트 사태

[2011.02.23.]

終日看電視　　종일 간전시 하고
하루 종일 TV를 보고,

深哀埃及人　　심애 애급인 이라
이집트 사람들에게 깊은 슬픔을 느낀다네.

半生擔國柄　　반생 담국병 하고
반 생애를 나라의 권력을 휘어잡고,

卅載苦良民　　삽재 고양민 이라
삼십 년을 선량한 백성들을 괴롭혔구나.

伐罪難成事　　벌죄 난성사 하고
죄를 벌하지만 일을 이루기는 어렵고,

無辜易殺身　　무고 이살신 이라
허물이 없어도 사람을 죽이기는 쉽다네.

萬年金字塔1)　　만년 금자탑 이
오래도록 영원한 피라미드가,

應願廣場春　　응원 광장춘 이라
틀림없이 광장의 봄날을 원하겠네.

---

1) #금자탑(金字塔): 피라미드. [pyramid].

4.48. 穆巴拉克[1]
무바라크

[2011.02.23.]

君臨三十載　　군림 삼십재 에
　　군림한 지 30년에,

率土莫非臣　　솔토 막비신 이라
　　땅 위의 모든 것 굴복시키지 않음이 없었네.

造反如無理[2]　　조반 여무리 하니
　　반역자를 만들어내는 데 이치에 없었던 것 같으니,

奈何埃及春　　내하 애급춘 고
　　이집트의 봄은 언제나 올까?

---

1) #목파랍극(穆巴拉克): 무바라크. [Muhammad Husnī Mubārak].
2) #조반(造反): 반역, 혁명. 叛逆, 革命.
　　#조반무리(造反無理): 인민혁명에 정도가 아니면 허용할 수 없다. 이것이 반
　　혁명 분자를 타도하는 구호가 된다. 人民革命, 非正道, 不可許容. 此爲反革
　　命口號.
　　#조반유리(造反有理): 모택동 혁명구호. 毛澤東革命口號.

4.49. 除夜 舊曆臘日
제야

[2011.02.23.]

兩韓爭暫息   양한 쟁잠식 하니
남북한이 다툼을 잠시 멈추니,

疑我作天民1)   의아 작천민 이라
우리가 하늘이 낸 백성이 아닌가 의심스러워.

旣往何須憶   기왕 하수억 하며
이미 가버린 것을 어찌 꼭 기억하며,

將來那更詢   장래 나경순 고
다가올 날을 다시 누구에게 물을 필요 있을까?

看前多衆幻   간전 다중환 하고
앞을 보니 현란한 일 많고,

顧後一孤身   고후 일고신 이라
뒤를 돌아보니 오로지 외로운 신세로구나.

除夕風纔緩   제석 풍재완 하니
섣달그믐 저녁 바람이 금방 잦아드니,

苦寒切冀春   고한 절기춘 이라
모진 추위에 간절히 봄을 기다린다네.

---

1) *천민(天民): '하늘의 뜻을 알고 이에 걸맞게 행하는 백성'이라는 뜻으로 현인(賢人)을 가리키는 말이다. 천민은 자기의 도에 통달하여 천하에 펼칠 수 있게 된 뒤에야 행하는 사람이다. 有天民者, 樨而行於天下而後行之者也. 『孟子』「盡心 上」.

4.50. 老懷
늙은이의 생각

[2011.03.25.]

羈客何須慽慽憂　　기객 하수 척척 우 오
굴러다니는 나그네 어찌 근심으로 시름만 할 것인가?

一筆海上任飄浮　　일필 해상 임표부 라
붓 한 자루로 바다 위를 멋대로 나부끼며 떠다닌다네.

年高殆盡輸贏事　　연고 태진 수영사 하고
나이가 많아지니 승부를 다툴 일 거의 없고,

病起屢懷風雨秋　　병기 루회 풍우추 라
병상에서 일어나니 자주 비바람 치던 날 회상하네.

窓下看書昏曉過　　창하 간서 혼효과 하고
창 아래서 책을 보면서 저녁과 새벽이 지나가고,

胸中閱世愛憎留　　흉중 열세 애증유 라
가슴속에는 겪어온 세상에 대한 사랑과 미움이 머
문다네.

行雲流水元無慾　　행운유수 원무욕 하니
지나가는 구름 흐르는 강물 같은 인생 원래 욕심이
없었으니,

莫使餘生作蜃樓　　막사 여생 작신루 라
앞으로 남은 생에 신기루 같은 일 기대하지 않는다네.

4.51. 奉祝碧史壽筵
벽사 생신잔치를 받들어 축하함

[2011.03.25.]

不惑平生也不憂 　불혹평생 야불우 하고
의혹이 없는 평생에 근심도 없었고

一心弘毅未輕浮 　일심홍의 미경부 라
한마음 뜻이 넓고 굳세어 가볍게 떠돈 일 없었다네.

成蹊學舍苗多實1) 　성혜학사 묘다실 하니
배우는 집에는 샛길이 생겨 싹을 틔워 많은 열매를 거두게 되니

可卜佳筵繼百秋 　가복가연 계백추 라
아름다운 축하연이 백세토록 이어지는 점이 가능하다네.

---

1) #성혜(成蹊): 복숭아와 오얏은 오라고 하지 않아도 찾아오는 사람이 많아 그 나무 밑에는 길이 저절로 생긴다는 말. 桃李不言 下自成蹊. 『史記』.
　*묘실(苗實): 공자께서 말씀하시길 싹을 틔웠으나 꽃을 피우지 못하는 사람이 있고 꽃을 피웠으나 열매를 맺지 못하는 사람이 있다. 子曰, 苗而不秀者有矣夫. 秀而不實者有矣夫. 『論語』「子罕」.

4.52. 電視器, 日本地震海溢, 與利比亞擴戰等, 大慘事

TV에서 본 일본 지진 해일과 리비아 전쟁 확대 등 커다란 비극

[2011.03.25.]

吞聲瞠目暫忘憂   탄성당목 잠망우 한데
　　소리를 삼키며 눈이 휘둥그레져서 잠시 근심할 겨를도 잊었는데,

人海家田難復浮   인해가전 난부부 라
　　많은 사람들과 집과 밭이 잠기더니 다시 떠오르지 않는구나.

天地不仁人作孽   천지불인 인작얼 하니
　　천지도 어질지 않는데 사람이 재앙을 지었으니,

環球元少蕩平秋   환구원소 탕평추 라
　　세상은 원래부터 고요한 날이 드물구나.

4.53. 訪白羊寺雲門庵
백양사 운문암을 방문하다

[2011.03.25.]

雲門拂俗憂　　운문 불속우 하고
　　운문암은 속세의 근심을 떨쳐 버리고,

樹海萬山浮　　수해 만산부 라
　　숲은 바다를 이루고 온 산온 떠있구나.

長廣高僧舌　　장광 고승설 하니
　　고승대덕의 깊고 넓은 설법이,

如今巖窟留　　여금 암굴유 라
　　지금도 바위굴에 머물러 있는 것 같다네.

4.54. 昨秋以來 久未還鄕, 今纔得還 感懷尤多
작년 가을부터 오랫동안 고향에 돌아가지 못하다가,
지금 비로소 고향에 돌아오니 감회가 더욱 많다

[2011.04.19.]

迢迢臨海舊江山　　초초임해 구강산 에
아득히 바다에 임하여 있는 옛 강산에,

擾擾年初未暇還　　요요년초 미가환 이라
시끌시끌한 연초에는 돌아올 틈 없었다네.

林鳥來啼園樹裏　　임조래제 원수리 하고
수풀 새들은 날아와서 정원 안에서 지저귀고,

李梅花發堵籬間　　이매화발 도리간 이라
자두와 매화꽃 울타리 사이에 피었다네.

每思故友情懷切　　매사고우 정회절 하고
매양 고향 친구 생각하니 다정한 마음 간절하고,

時憶瞻依感淚潸1)　　시억첨의 감루산 이라
때맞춰 부모님 떠오르니 감회의 눈물이 흐르는구나.

留此盤桓眞可樂　　유차반환 진가락 하여
이곳에서 어정거리며 머물고 있으니 참으로 즐거워서,

鏡中華髮自和顔　　경중화발 자화안 이라
거울 속에서 허옇게 변한 머리카락에 저절로 기쁜
얼굴이 되네.

---

1) #첨의(瞻依): 아버지를 쳐다보고 어머니께 의지하다. 쳐다보아 아버지 아님이 없고,
안김에 어머니 아님이 없다. 瞻父依母. 靡瞻匪父, 靡依匪母. 『詩經』 「小雅 小弁」.

又
또

[2011.03.25.]

春花滿故山　　춘화 만고산 하고
봄꽃은 고향 산에 가득하고,

鶴洞待人還　　학동 대인환 이라
학동은 사람이 돌아오길 기다린다네.

細雨簷楹外　　세우 첨영외 나
가랑비는 처마 기둥 밖에 내리나,

陽光田畝間　　양광 전묘간 이라
태양빛은 밭이랑 사이에 퍼지네.

新苗穿地潤　　신묘 천지윤 하고
새싹은 기름진 땅을 뚫고 나오고,

古木克天寒　　고목 극천한 이라
메마른 나무는 추운 날씨 이겨냈구나.

百歲康壯老　　백세 강장노 하야
100세까지 건강하고 꿋꿋하게 늙어야지,

何須作皺顔　　하수 작추안 고
어떻게 모름지기 주름진 얼굴을 지을까?

4.55. 悼郭承瀅教授
곽승영 교수를 애도하다

[2011.03.25.]

余友郭承瀅博士, 在美經濟學者. 少余八年, 而與余同
學于加洲大學院. 稟性純粹, 求學甚切. 對余如兄, 不
闕問候. 前月美國自宅, 失火夜半, 郭君遇禍, 卒于其
間. 此人有此死, 慘懷無量, 而不忍問其遭難之詳矣.

내 친구 곽승영 박사는 재미경제학자다. 나보다 8세 적으
나 나와 함께 캘리포니아 대학원에서 같이 공부하였다. 품
성이 순수하고 학구열이 아주 대단하였다. 나를 마치 형같
이 대하고, 문안인사를 빠진 적이 없었다. 지난달 미국 자
택에서 한밤중에 불이 나서 곽군은 화를 당하여 그때 죽었
다. 이 사람이 이러한 죽음을 당하다니 참혹한 생각은 끝
이 없어 그 조난을 당한 상세함을 묻기가 힘들었다.

求學何曾厭　　구학 하회염 고
학문을 구함에 어찌 싫어함이 있었을까?

教人敦舌耕　　교인 돈설경 이라
남을 가르침에 강의를 돈독히 하였다네.

訃聞寧忍語　　부문 영인어 오
부고 소식 어찌 차마 말할 수 있으리오?

勤苦度年生　　근고 도년생 이라
부지런하게 애쓰면서 해를 넘겨 가며 살아왔는데.

4.56. 春日旅遊榮州安東地域
봄날 영주 안동지역을 두루 다니면서 놀다

[2011.05.17.]

以權五春君運轉車, 走看窓外風景. 過淸凉山, 擎天臺,
浮石寺 等 名所
　　권오춘 군이 차를 운전하여 차창 밖의 풍경을 바라보며 달
　　린다. 청량산, 경천대, 부석사 등 명소를 거쳤다.

溪山衣錦繡　　계산 의금수 하고
　　계곡과 산은 비단으로 수를 놓은 듯하고,

田野見春耕　　전야 견춘경 이라
　　논밭과 들에는 봄 밭갈이하는 것 보이네.

畜舍牛羊去　　축사 우양거 하고
　　축사의 소와 양들은 풀 뜯으러 나가고,

農家翁嫗生　　농가 옹구생 이라
　　농가에는 늙은이들이 산다네.

環風開霧暗　　환풍 개무암 하고
　　순환하는 바람은 안개의 어두움을 걷고,

氳氣擴嵐晴　　온기 확남청 이라
　　천지의 기운은 맑은 기운을 확충하여 간다네.

小白山南地　　소백 산남지 에
　　소백산의 남쪽 지역은

到今保勝名　　도금 보승명 이라
　　지금까지 명승지를 보존하고 있다네.

4.57. 三栢堂復元落成式
삼백당 복원 낙성식

[2011.05.17.]

溫溪李瀷先生宗宅三栢堂, 復元役事竣工, 以五月五
日, 擧行落成式于堂前. 當日日暖風和, 安東慶北儒林
來參者甚衆. 余爲祝辭.

> 온계 이해 선생 종택 삼백당 복원 공사가 준공되어 5월 5
> 일 삼백당 앞에서 낙성식이 거행되었다. 그날 날씨는 따뜻
> 하고 바람도 온화하였는데, 안동 경북 유림들이 많이 참석
> 하였다. 나는 축사를 하였다.

三栢高堂再建成　　삼백고당 재건성 한데
　　삼백당 높은 집이 다시 건축되어 낙성되었는데,

春風遍野促耘耕　　춘풍편야 촉운경 이라
　　봄바람이 들판에 두루 불어오니 밭 갈고 김매기를
　　재촉하는 계절이로구나.

此臺從古眞名地　　차대종고 진명지 하니
　　이 누대는 옛날부터 진실로 좋은 곳이니,

志士仁人繼世生　　지사인인 계세생 이라
　　뜻있는 선비와 어진 사람들이 대를 이어 태어났다네.

4.58. 鄕廬迎春
고향집에서 봄을 맞이하다

[2011.05.17.]

五月七日還鄕, 四泊而歸京.
　　5월 7일에 고향으로 돌아가서 4일 머무르고 서울로 돌아왔다.

紅白花開玉闕成　　홍백화개 옥궐성 하고
　　붉고 흰 꽃들이 피어 아름다운 궁궐을 이루었고,

前郊方値薯田耕　　전교방치 서전경 이라
　　앞들에서는 바야흐로 감자밭을 갈고 있구나.

春風駘蕩心身愜　　춘풍태탕 심신협 하니
　　봄바람 화창하게 부니 몸과 마음이 상쾌하고,

依舊山川怡老生　　의구산천 이노생 이라
　　변함없는 산천을 대하니 늙은 몸 즐거워지네.

4.59. 慶州
경주

[2011.06.24.]

六月五.六 兩日, 余等以良洞孫友長鎬周旋, 遊慶州爲
觀光. 觀南山麓佛閣, 鮑石亭, 天馬塚, 金庾信墓, 崔氏
古宅, 訪良洞書百堂, 觀稼亭, 無忝堂, 上達菴等名庄.
　　6월 5, 6 양일 우리들은 양동 손씨 친구 장호의 주선으로
경주에서 놀며 관광을 하였다. 남산 기슭의 부처님 전각과
포석정, 천마총, 김유신묘, 최씨 고택을 구경하고 양동의
서백당, 관가정, 무첨당, 상달암 등 이름난 분들의 유적지
를 방문하였다.

頭上耀春天　　두상 요춘천 하고
　　머리 위 봄 하늘이 빛나고,

林間飛鳥翩　　임간 비조편 이라
　　수풀 사이 새들이 나부끼며 날아가네.

綠陰遮佛閣　　녹음 차불각 하고
　　초록빛 그늘이 부처님 전각에 드리우고,

新水滿秧田　　신수 만앙전 이라
　　새로운 물이 못자리에 가득하구나.

武烈雄圖壯[1]　　무열 웅도장 하고

---

1) #안순암(安順庵)의 『동사강목』에서 태종을 평하였다: '불세출의 자질을 가지
　고 태어나서 의지를 크게 떨치려고 하였고, 의관과 문물은 모두 당나라 제도
　를 따랐다. 백제와 대대로 맺힌 원수를 갚고, 고구려를 손바닥 안의 물건처
　럼 대담하게 내려다보면서 장차 취하며 가지려고 하였으나, 오래 살지를 못

태종무열왕의 웅장한 도모는 장대하고.

角干輔國賢[2]　각간 보국현 이라
각간 김유신 장군은 나라를 어질게 도왔다네.

鷄林兩代史[3]　계림 양대사 는
경주의 무열왕과 문무왕 양대 역사는,

千歲白眉篇　천세 백미편 이라
천년 세월에서 가장 뛰어났다네.

하여 끝내 업적을 이루지 못하였으니 애석하도다!' 安順庵『東史綱目』評
太宗曰: 挺生以不世出之資, 奮大有爲之志, 衣冠文物, 并從唐制, 雪百濟世
讐, 雄視高句麗, 如掌中之物, 將取而有之, 享年不永, 功業不究, 惜哉.

2) #각간(角干): 김유신(金庾信).

3) #계림양대(鷄林兩代): 무열왕(29대) 문무왕(30대) 부자. 武烈王(二十九代) 文武王
(三十代) 父子.

4.60. 太大角于金庾信墓
태대각간 김유신묘

[2011.06.24.]

幽兆占龍尾1) 유조 점용미 하니
그윽한 조짐을 용의 꼬리가 차지하였으니

俯看左右田 부간 좌우전 이라
좌우의 봉토를 굽어보고 있다네.

何須興武諡2) 하수 흥무시 오
어찌 꼭 '무를 일으켰다(흥무)' 는 시호만 내렸는가?

將相令名全 장상 영명전 이라
장수와 문인 재상을 겸한 아름다운 명성 온전하다네.

---

1) *용미(龍尾): 묘소의 봉분 뒤를 꼬리처럼 만든 부분.
2) #흥무시(興武諡): 제42대 흥덕왕이 김유신이 죽은 뒤에 흥무대왕이라고 추존
하여 책봉함. 第四十二代 興德王, 追封金庾信, 爲興武大王.

4.61. 校村崔氏古宅
교촌 최씨 고택

[2011.06.24.]

富貴在蒼天　　부귀 재창천 하니
부귀는 푸른 하늘에 달려 있으니,

豈祇由沃田　　기지 유옥전 고
어찌하여 다만 논밭을 기름지게 하는 데서만 유래
할까?

家規溫且厲　　가규 온차려 하니
집안의 가르침 온화하고 또 엄격하니,

歷代自然賢　　역대 자연현 이라
대대로 저절로 어질었다네.

4.62. 太宗武烈王陵碑
태종무열왕릉비

[2011.06.24.]

陵碑身滅失　능비 신멸실 하니
　　왕릉의 비석은 비신이 다 없어지고,

慘狀幾經年　참상 기경년 고
　　참혹한 모습으로 몇 해가 지났던가?

欲保鷄林制　욕보 계림제 에
　　계림의 제도를 보존하려고 함에,

愚民常最先　우민 상최선 이라
　　어리석은 백성들을 항상 먼저 생각하셨다네.

4.63. 書百堂
서백당

[2011.06.24.]

鷄川君, 敵愾功臣, 月城孫公, 諱昭, 諡襄敏之堂號.
公始居良洞. 書百, 書百忍之意.

계천군, 적개공신, 월성 손공, 휘는 소, 시호는 양민이라
는 분의 당호이다. 공은 처음 양동에서 살았다. 서백은
참을 인자를 백 번 쓴다는 뜻이다.

書百開堂後　　서백 개당후 에
　　서백이라는 집이 열린 후에,

半千五十年　　반천 오십년 이라
　　오백 년 하고도 오십 년이로구나.

何須祇貴忍　　하수 지귀인 고
　　어찌 모름지기 다만 참는 것만 귀하였으리?

繼世出名賢　　계세 출명현 이라
　　대를 이어서 이름난 어진 분들 배출하였구나.

4.64. 祝慕何八秩
모하[이헌조 금성사장]의 팔순을 축하하다

[2011.09.27.]

八旬無缺虧　　팔순 무결휴 하니
　　팔십 년 동안 이지러짐이 없었으니,

烏兎亦云遲　　오토 역운지 라
　　세월이 역시 느리다고 말하는구나.

德行爲明鑑　　덕행 위명감 하니
　　덕행은 밝은 거울이 되고,

經營適現時　　경영 적현시 라
　　경영은 현실에 꼭 맞았다네.

心堪悲喜事　　심감 비희사 하니
　　마음은 슬픔과 기쁨을 견디고,

腹滿古今詩　　복만 고금시 라
　　뱃속에는 고금의 시가 가득하다네.

靑眼看人世　　청안 간인세 하며
　　좋은 눈길로 인간 세상을 보면서,

悠然送老期　　유연 송노기 라
　　유연하게 노년기를 보내는구려.

4.65. 祝杏坡八秩
행파[이용태 삼보회장]의 팔순을 축하하다
[2011.09.27.]

稟天性罔虧　품천 성망휴 하니
하늘에서 받은 성품 이지러짐이 없으니,

錐不出囊遲1)　추불 출낭지 라
송곳이 주머니에서 더디게 나오지 않았다네.

才德能鳴世　재덕 능명세 하고
재주와 덕행은 능히 세상에 드날리고,

經綸可濟時　경륜 가제시 라
훌륭한 경륜은 한 시대를 구제할 수 있다네.

棲山呑浩氣　서산 탄호기 하고
산속에 깃들면 호연지기를 삼키고,

臨水嘯題詩　임수 소제시 라
물에 임하면 시를 쓰며 휘파람 분다네.

渾率常和樂　혼솔 상화락 하니
온 집안의 식구들 항상 화평하고 즐거우니,

子孫垂福期　자손 수복기 라
자손들이 복 받을 것 기대된다네.

---

1) #어진 선비의 처세는 주머니 속에 있는 송곳과 같아서 그 끝이 바로 보인다.
賢士之處世也, 若錐之處於囊中, 其末立見. 『史記』「平原君傳」.

4.66. 憫老

늙음이 민망스럽구나

[2011.09.27.]

嗟吾筋力退　　차오 근력퇴 나

나의 근력이 떨어짐이 한탄스러우나,

天道健無虧　　천도 건무휴 라

하늘의 도는 굳건하여 이지러짐이 없구나.

人也非微物　　인야 비미물 이니

사람도 또한 미물이 아니니,

天人本有期　　천인 본유기 라

하늘이나 사람에게 본래부터 기한이 있다네.

4.67. 觀歐元國(歐洲單一通貨採擇國) 財政危機
유로(유럽 단일통화 채택국) 재정위기를 보고

[2011.10.31.]

金融危機後, 南歐歐元國, 陷入財政危機, 弊端日益加
重. 歐元創設, 似有遠大抱負, 而其構想與運營, 喻於
小利, 而多有缺陷. 近來外信報道, 歐元國將受中國一
千億弗借款云. 以余觀之, 此額甚大. 然亦不過一時糊
塗之策, 而恐爲狂藥非佳味矣. 歐元當事者, 須想起孔
子之戒. 孔子曰: '人無遠慮, 必有近憂'. 又曰: '天作
孽, 猶可活也, 自作之孽, 不可活也'.

> 금융위기 이후, 남구 유로국이 재정위기에 빠져 폐단이 나
> 날이 더하여진다. 유로 창설은 원대한 포부가 있는 듯 보
> 이나, 그 구상과 운영에 조그마한 이익에만 빠져, 많은 결
> 함이 있다. 근래 외신 보도는 유로국이 장차 중국으로부터
> 일천억 불의 차관을 받는다고 한다. 내가 보기에 이 금액
> 은 아주 크다. 그러나 또한 일시적으로 얼버무리는 계책에
> 불과하니 아마도 미치게 만드는 약이요, 아름다운 맛이 아
> 닐 것이다. 유로 당사자는 모름지기 공자의 계책을 떠올려
> 야 한다. 공자께서 이르기를 '사람이 멀리 생각함이 없으
> 면, 반드시 가까운 근심이 있다.' 또 이르기를 '하늘이 만든
> 재앙에는 오히려 살아날 수가 있지만, 스스로 지은 재앙에
> 는 살아날 수가 없다.'고 하셨다.

未秋葉已黃　　미추 엽이황 하고

　　가을이 오기 전 잎이 이미 누렇게 되었고,

匪意夏飛霜　　비의 하비상 이라

　　뜻밖에 여름에 서리 날리네.

匡世匡人孽　　광세 광인얼 하고

　　세상을 바로잡음은 사람이 지은 재앙을 바로 잡아
　　야 하는 것이고,

更生更病腸　　갱생 경병장 이라
　　다시 살려면 병든 창자를 고쳐야만 한다네.

富隣愁悶悶1)　　부린 수민민 하고
　　부자나라들은 답답하게 걱정만 하고,

貧圈想茫茫2)　　빈권 상망망 이라
　　가난한 나라들은 생각이 아득하기만 하네.

累積糊塗策　　누적 호도책 하니
　　일시적인 미봉책만 포개어 쌓여,

成丘鮮矣香　　성구 선의향 이라
　　언덕을 이루나 향기가 적다네.

---

1) #부린(富隣): 독일, 프랑스 등 구제 당사국. 德國, 法國 等 救濟當事國.
2) #빈권(貧圈): 그리스, 이탈리아 등 위기 당사국. 希臘, 意大利 等 危機當事國.

又
또

[2011.10.31.]

歐元前路似羊腸　　구원전로 사양장 하여
유로의 앞날은 양의 창자처럼 꼬여서,

頻雪田園屢降霜　　빈설전원 누강상 이라
전원에 자주 눈이 내리고 여러 번 서리도 내리는 꼴
이라네.

莫事目前毫末利　　막사목전 호말리 하고
눈앞의 터럭 같은 작은 이익에 매달리지 말고,

虛心自助有遺香　　허심자조 유유향 이라
마음을 비우고 스스로 도와야 남는 향기가 있다네.

4.68. 還鄉 留鄕廬 11월 22, 23 兩日
고향에 가 11월 22, 23 양일 고향집에 머물다
[2011.10.31.]

北風樹染黃　　북풍 수염황 하고
　　북풍 부니 나무는 누렇게 물들고,

庭菊傲秋霜　　정국 오추상 이라
　　뜰의 국화 가을 서리에 오뚝하구나.

依舊蕭條景1)　　의구 소조경 이
　　여전히 쓸쓸한 풍경이,

奈何斷老腸　　내하 단노장 이라
　　얼마나 노인의 애간장 끊어놓는가!

---

1) *소조경(蕭條景): 고향 마을이 도로 개발 등으로 황폐화되어 감을 말하는 듯함.

4.69. 祝向川八秩
향천[김용직 서울대 교수]의 팔순을 축하하다
[2011.11.24.]

良玉本無虧　　양옥 본무휴 하니
좋은 옥은 본래 이지러짐이 없으니,

磨光罔速遲　　마광 망속지 라
빛나게 갊에 빠르고 더딤이 없다네.

濯纓淸水際　　탁영 청수제 하고
맑은 물가에서 갓끈을 씻고,

上達咀華時1)　　상달 저화시 라
천리를 체득하고 깊이 음미하여 문장을 지었네.

廣述人文學　　광술 인문학 하고
인문학을 폭넓게 저술하고,

會通韓漢詩　　회통 한한시 라
한국 시와 한문 시에 두루 통달하였다네.

詠觴多興趣　　영상 다흥취 한데
잔을 들어 읊으니 흥취가 많은데,

餘慶萬全期2)　　여경 만전기 라

---

1) #상달(上達): 하늘을 원망하지 않고 사람도 탓하지 않는다. 아래로 배워서 위로 통한다. 不怨天, 不尤人, 下學而上達 『論語』「憲問」.

　#저화(咀華): 그 묘미를 머금고 씹어서 문장을 지어내니, 그 글이 집에 가득하다. 含英咀華 作爲文章 其書滿家. 『古文眞寶』.

2) *여경(餘慶): 넘치게 남을 정도의 경사가 있다. : '선을 쌓은 집안에는 후손에게 반드시 남은 경사가 있게 마련이고, 불선을 쌓은 집안에는 후손에게

남은 경사 완전하기를 기대하노라.

반드시 남은 재앙이 돌아오게 마련이다. 積善之家, 必有餘慶, 積不善之家, 必有餘殃.' 『周易』 「坤卦 文言」.

4.70. 安東國學振興院
안동 국학진흥원

[2011.11.24.]

今月初一日余旅安東, 於國學振興院, 爲一座講演. 振
興院收藏此地方傳統文化遺物, 使觀者深感安東精神
文化之盛.

이번 달 초 1일에 나는 안동을 여행하여 국학진흥원에서
한차례 강의를 하였다. 진흥원 수장고에 있는 이 지방 전
통문화유물은 보는 사람으로 하여금 안동정신문화의 성대
함을 깊이 느끼게 하였다.

樓閣凡幾層　　누각 범기층 고
　　누각은 무릇 몇 층이나 되는가?

古香棟宇凝　　고향 동우응 이라
　　옛 향기는 용마루에 엉기어 있다네.

長江容細水　　장강 용세수 하고
　　긴 강은 작은 물줄기를 받아들이고,

大岳擁丘陵　　대악 옹구릉 이라
　　큰 산은 나직한 산을 둘러쌌다네.

勸勉同師友　　근면 동사우 하고
　　부지런히 노력함은 스승과 벗이 같고,

和諧共士僧　　화해 공사승 이라
　　화해는 선비와 승려가 한가지라네.

花山眞面目　　화산 진면목 하니
　　안동의 참모습을 보니,

嘉運永傳燈　　가운 영전등 이라

　아름다운 운세 영원히 전해지는 등불되리라.

4.71. 回顧平壤箕林里時節
평양 기림리 시절을 돌아보다

[2011.12.26.]

箕林里, 平壤近郊古里. 位于牧丹峯西北麓箕子陵下.
余叔父舊居之郊, 而余平壤高普(平壤第二公立中學校)在學時寄寓之處也. 回顧當年, 感慨無量.

> 기림리는 평양 근교의 옛 마을이다. 모란봉 서북 산기슭의 기자릉 아래에 있다. 나의 숙부가 옛날 사시던 곳이고, 내가 평양고보(평양 제2공립중학교) 재학 시 잠시 의지하여 살던 곳이다. 그때를 돌아보면 감개가 무량하다.

陵下鬱蒼林[1]　　능하 울창림 하고
　　기자릉 아래 푸른 수풀 무성하고,

松風萬里音　　송풍 만리음 이라
　　솔바람 긴 소리를 내는구나.

山高棲壯麗　　산고 서장려 하고
　　산이 높아 장엄하고 아름다움 깃들고,

村靜景幽深　　촌정 경유심 이라
　　마을은 고요하여 그윽하고 깊은 풍경이라네.

好運能禪力　　호운 능비력 하고
　　좋은 기운은 능히 힘을 보태주었고,

良朋善補心　　양붕 선보심 이라
　　좋은 친구들은 착한 마음 보태어 준다네.

故郊思碧海　　고교 사벽해 하니

---

1) #릉(陵): 기자릉. 箕子陵.

옛 놀던 곳이 상전벽해가 되었을 것으로 생각하니,

懷緬夢中臨　　회면 몽중림 이라

아득히 꿈속에서나마 그 풍경 품어볼까?

4.72. 歲暮
세모

[2011.12.26.]

開窓望北林　　개창 망북림 하니
　　창을 열고 북쪽 숲을 바라보니,

風雪大冬音　　풍설 대동음 이라
　　눈바람 불어 겨울 소리 크게 들리네.

四海波瀾激　　사해 파란격 하고
　　사대양의 큰 파도는 세차게 출렁이고,

六洲混沌深　　육주 혼돈심 이라
　　육대주는 혼돈이 극심하다네.

何須循感憤　　하수 순감분 고
　　어찌 모름지기 분한 감정을 지킬까?

最是保平心　　최시 보평심 이라
　　가장 좋은 것은 평상심을 지키는 것이라네.

幸我身舒闊　　행아 신서활 하니
　　다행스러운 것은 내 몸 넓게 펼 수 있음이니,

轉機新歲臨　　전기 신세림 이라
　　어떤 전기가 새해에는 오리라.

4.73. 觀維也納四重奏樂團演奏
비엔나[1] 4중주 악단 연주를 보다

[2011.12.26.]

統一部招請, 維也納四重奏樂團于京. 十二月六日, 行
公演于藝術殿堂. 其目的, 蓋今年德國統一, 二十周年
也, 而鑑于我國民統一意識, 漸冷趨勢, 竊希此會, 激
發國民統一意慾. 樂演技, 旋律纖細莊重, 氣象海闊天
高, 觸發場喝采. 演奏者四人中, 有一朴亨宰君, 余外
叔金五振氏女壻. 年未三十, 壇名于維也納云.

> 통일부 초청 비엔나 4중주 악단이 서울로 와서, 12월 6일
> 예술의 전당에서 공연이 있었다. 그 목적은 금년이 독일 통
> 일 20주년인데, 우리 국민의 통일의식이 점점 식어가는 추
> 세라, 이 음악회를 계기로 삼아 국민의 통일 의욕을 격발시
> 키기를 은근히 희망하는 것이다. 음악의 연주는 선율은 섬
> 세하고 장엄하며 기상이 넓은 바다 같고 높은 하늘 같아서
> 연주장 안에서 갈채가 쏟아졌다. 연주자 4인 중의 한 사람
> 인 박형재 군은 나의 외삼촌 김오진 씨의 사위다. 나이는
> 30이 안되었으나, 비엔나에서 이름을 날린다고 한다.

平闊演場如靜林　　평활연장 여정림 한데
　　평평하고 넓은 연주장은 고요한 숲 같은데,

四人四器出和音　　사인사기 출화음 이라
　　네 사람 네 개의 악기로 조화로운 소리 내는구나.

東西統一眞奇績[2]　　동서통일 진기적 하니
　　동·서독 통일은 정말로 기적 같은 일이니,

偉業秘方祇恕心[3]　　위업비방 지서심 이라

---

1) #비엔나(維也納): 오스트리아의 수도. Wien, 奧地利首都.

2) #동서(東西): 동서독일(東西獨逸).

이러한 위업을 이룬 비방책은 다만 서로 용서하는
마음에 달렸을 뿐이리라.

---

3) #위업(偉業): 통일사업(統一事業).

4.74. 平壤訃音
평양에서 온 부고[1]

[2011.12.26.]

霹靂雷聲擾北林　　벽력뢰성 요북림 하고
　　벼락같은 천둥소리 북쪽 숲을 흔들고,

初喪通訃到來音　　초상통부 도래음 이라
　　초상을 당한 부고 소식, 전해오는구나

兩韓戰鼓聲無盡　　양한전고 성무진 하니
　　남북한의 전쟁 북소리 그침이 없는데,

一縷和機幸自臨　　일루화기 행자림 이라
　　한 가닥 화해의 기미 다행히 저절로 오게 된다면.

---

1) *부고: 2011.12.17. 북한 김정일 사망.

4.75. 自遣
스스로의 마음을 위로함

[2012.01.26.]

自足幾忘隣　　자족 기망린 하고
　　스스로 만족하니 거의 이웃을 잊게 되고,

棲遲不覺貧　　서지 불각빈 이라
　　둔하게 사니 가난함을 느끼지 못한다네.

奉天何陋洞1)　봉천 하루동 고
　　하늘을 받드는 마을이 어찌 누추한 동네인가?

幸運伴仁人2)　행운 반인인 가
　　행운동이 되면 어진 사람들과 어울리게 되는가?

繫事離京罕　　계사 이경한 하고
　　일 때문에 시내에 들어갈 일 드물어지고,

望鄕踰嶺頻3)　망향 유영빈 이라
　　고향 바라보며 대관령을 자주 넘는다네.

無求心思靜　　무구 심사정 하고

---

1) #봉천(奉天): 동명(洞名).

　　*하누(何陋): 공자가 일찍이 구이(九夷)에 가서 살려고 하자, 혹자가 말하기
　　를, '누추한 곳인데, 어떻게 살겠습니까? 〔陋如之何〕' 하니, 공자가 이르
　　기를, '군자가 살면 무슨 누추함이 있겠는가. 〔君子居之 何陋之有〕' 라고
　　하였음. 『論語』「子罕」.

2) #행운(幸運): 봉천동민이 동네 이름을 행운동으로 고치다. 奉天洞民, 改洞名
　　爲幸運洞.

3) #영(嶺): 대관령(大關嶺).

구할 것이 없으니 마음의 생각이 고요하고,

昏曉一燈親　　혼효 일등친 이라

아침저녁 한결같이 등불과 친하여지는구나.

4.76. 送年
송년

[2012.01.26.]

月洞卅年隣1)   월동 삼년린 하고
　　달동네 삼십 년을 이웃하여 살면서,

久忘量富貧   구망 양부빈 이라
　　오랫동안 부귀와 가난을 헤아리길 잊었다네.

壺中飛日月2)   호중 비일월 하고
　　병 속에서 세월은 나는 듯이 흘러갔고,

榻上老天人3)   탑상 노천인 이라
　　평상 위에서 하늘도 사람도 늙었다네.

---

1) #월동(月洞): 달동네.

2) #호중비일월(壺中飛日月): 달동네가 병처럼 좁지만, 그 가운데도 오히려 일월
   의 운행이 있다. 月洞陜如壺, 其中猶有日月之行.
   *호중천지(壺中天地)의 고사에서 온 말이다. 후한(後漢) 때 시장에서 약을 파
   는 한 노인이 자기 점포 머리에 병 하나를 걸어 놓고 있다가 장사가 끝나면
   매양 그 병 속으로 들어가곤 했다. 그때 비장방(費長房)이 이 사실을 알고는
   노인에게 가서 재배하고 노인을 따라 병 속에 들어가 보니, 옥당(玉堂)이 화
   려할 뿐만 아니라 좋은 술과 맛있는 안주가 그득하여 함께 술을 실컷 마시고
   돌아왔다고 한다. 『神仙傳』.

3) #탑상로천인(榻上老天人): 평상 위는 비록 좁으나, 대천세계와 다를 바 없으니
   오직 하늘과 사람이 그 위에서 함께 늙어간다. 榻上雖陜, 無異於大千世界,
   猶有天人俱老于其上.
   #노천인(老天人): 하늘과 사람이 함께 늙는다. 근래 기후변화가 그 궤도를 잃
   어버리고, 삼한사온이 실종된 것은 하늘이 늙은 까닭이다. 天人俱老, 近來
   氣候變化失軌, 如三寒四溫失踪, 天老故也.

心愜塵緣遠4)　　심협 진연원 이나
　　마음은 상쾌하여 세속과의 인연은 멀지만,

身勞憂患頻　　신로 우환빈 이라
　　몸을 힘쓰면 자주 근심이 온다네.

耄期何所冀　　모기 하소기 오
　　80 넘은 나이에 무엇을 바라겠는가?

莫峻別疎親　　막준 별소친 하라
　　싫고 좋은 사람 너무 엄하게 구별하지 말지니.

---

4) #진연(塵緣): 외계의 사물과 내가 접촉하는 것임. 불가에서 사용하는 말. 外
界事物之與吾接觸者也, 佛家語. 『辭源』.

4.77. 輓金槿泰君1)
김근태 군 만사

[2012.01.26.]

縷絏芳年與鬼隣2)　누설방년 여귀린 하니
　　　　꽃다운 나이에 감옥에 들어갔던 이가 죽음을 맞았
　　　　으니,

囚留虎窟噬身頻3)　수류호굴 서신빈 이라
　　　　호랑이굴에 잡혀 들어가 자주 물어 뜯기었다네.

殯前弔客吞聲哭　　빈전조객 탄성곡 하고
　　　　빈소 앞의 조문객들은 통곡소리를 삼키고,

慟送天涯君子人　　통송천애 군자인 이라
　　　　애통해하며 이 군자를 하늘로 떠나보내는구나.

---

1) *김근태(金槿泰 1947-2011): 운동권 출신 정치가로 국회의원, 보사부장관 역
임. 1985년 민청련 의장으로 영장 없이 치안본부에 끌려가서 혹독한 고문을
받았는데, 그 후유증으로 죽을 때까지 고생하였음.

2) #누설(縷絏): 감옥(監獄). '(사위 삼을 만하다.) 옥(獄)에 갇힌 적이 있지만 그
의 죄가 아니었다. (可妻也) 雖在縲絏之中 非其罪也'『論語』.
　　#귀린(鬼隣): 귀신의 옆(鬼神之側): 죽음이다. 死也.

3) #서(噬): 물어뜯을 서(去聲). 마른 살을 물어뜯다. 噬乾肉.『易經』「噬嗑. 六
五爻」.

4.78. 新年看日本電視
신년에 일본 TV를 보다

[2012.01.26.]

新年, 看日本放送公社(NHK)放影罹災地域復舊狀況.
元朝有娘子十餘名, 盛裝以傳統衣裳, 合吟杜甫春詩.
詩帶哀調, 聲含傷時, 適合於今日日本罹災民情緖. 有
一初等學校敎師, 使兒童選一漢字要約過年經驗. 兒
童選字中友字最多. 其他, 散見家興字等. 童子書字劃
諧正. 此景, 亦足以瞠目.

새해 일본방송공사(NHK)에서 방영하는 재난피해지역 복구
상황을 보았다. 설날 아침에 10여 명의 아가씨들이 전통의
상을 입고 두보의 〈봄〉 시를 함께 읊었다. 시는 슬픈 곡조
를 띠고 소리는 아주 애절하다. 지금의 일본 재난민의 정
서에 딱 맞는다. 어떤 한 초등학교 교사가 아동들로 하여
금 지난해의 경험에서 요약한 한자 1자를 선택하여보라 하
였다. 아동들이 가장 많이 선택한 글자는 '벗 우(友)'자다.
그 외에 '가(家)', '흥(興)'자 등을 볼 수 있었다. 소년들이
쓴 글자 획이 바르고 단정하다. 이 모습은 역시 눈을 번쩍
뜰 만하다.

出海桑田新設隣　　출해상전 신설린 하고
　　뽕밭이 바다가 되는 것을 벗어나서 새롭게 만들어
　　진 이웃이,

空拳勤勉克窮貧　　공권근면 극궁빈 이라
　　맨 주먹으로 부지런히 힘써서 곤궁함과 가난함을
　　이겨낸다네.

不尤不怨欣堪苦　　불우불원 흔감고 하고
　　원망하지 않고 탓하지 않으며 고생스러움을 기쁨으
　　로 견디고,

自力更生是福人   자력갱생 시복인 이라

스스로의 힘으로 다시 살아가는 사람들 이런 사람
들이 복 받을 사람이라네.

又
또

[2012.01.26.]

娘子吟詩整　　낭자 음시정 하니
　　낭자들은 시를 정연하게 읊어내고,

兒童師友親　　아동 사우친 이라
　　아동들은 스승과 사이가 친밀하구나.

此民持懿德　　차민 지의덕 하고
　　이 백성들은 아름다운 덕성을 간직하고,

尚貴效先人　　상귀 효선인 이라
　　아직도 앞 사람들을 본받는 것을 귀하게 여긴다네.

4.79. 回憶六十二年前與數友遊於江陵鏡浦
62년 전 여러 벗들과 강릉 경포에서 놀던 추억을 되돌아보다

[2012.02.24.]

六十餘年前, 余以英語教師, 在職於江陵農業學校.
1950年, 6·25動亂直前春日, 與朴大煥, 曹圭松君, 船
遊於鏡浦, 飮酒於曹君家. 其後動亂渦中, 三友間音信
杜絶, 不復相見. 回顧當時, 感慨無量.

> 60여 년 전, 나는 영어교사로 강릉농업학교에 근무하고 있
> 었다. 1950년 6·25동란 바로 전 봄날에 박대환, 조규송 군
> 과 더불어 경포에서 뱃놀이를 하고 조군의 집에서 술을 마
> 셨다. 그 후 동란 와중에 세 친구의 소식이 끊어져서 서로
> 다시 볼 수 없었다. 당시를 돌이켜보면 감개무량하다.

鏡浦春波泛片舟　　경포춘파 범편주 하고
경포호 봄 물결에 조각배 띄우고,

風流嘯傲幾春秋　　풍류소오 기춘추 오
바람 따라 멋대로 휘파람 불며 논 뒤 이미 몇 해가
지나갔던가?

水中淸靜遊魚鼈　　수중청정 유어별 하고
물속은 맑고 고요하여 물고기와 자라가 놀았고,

巖上峭嵬飛鷺鷗[1]　　암상초외 비로구 라
바위 위는 가파르고 높은데 해오라기와 갈매기가
날았다네.

---

1) #암상(巖上): 새바위 위 호수 가운데 유일하게 바위섬이 있다. 이름하여 '조
암'이라 한다. 鳥巖之上. 湖中有一巖島, 曰 '鳥巖'.

萬朶花開湖畔徑 　만타화개 호반경 하고
　　　만 송이 꽃 호숫가 오솔길에 피어 있었고,

千杯酒盡海邊樓 　천배주진 해변루 라
　　　천 잔의 술 해변의 누각에서 다 마셨다네.

亂餘情友音塵斷2) 　난여정우 음진단 하니
　　　난리 뒤에 정다운 친구들 소식이 끊어지니,

如畵江山心獨愁 　여화강산 심독수 라
　　　그림 같은 이 강산이 마음 유독 슬프다네.

---

2) #음진(音塵): 소식(消息).

又
또

[2012.02.24.]

戰亂波瀾覆片舟　　전란파란 복편주 하고
전란의 물결 속에 조각배 뒤집히고,

奮身冒險幾年秋　　분신모험 기년추 오
위험을 무릅쓰고 몸을 떨치고 나온지 몇 년의 세
월이 지나갔는가?

旣知人是流星一　　기지인시 유성일 한데
이미 사람도 떨어지는 별 중 하나라는 것을 알게
되었으니,

底事心懷萬古愁　　저사심회 만고수 오
무엇 때문에 가슴 속에 만고의 근심을 품고 있는가?

4.80. 隨想
생각을 따르다

[2012.02.24.]

飄飄一片舟　　표표 일편주 가
회오리바람 속에 한 조각배가,

風雪幾多秋　　풍설 기다추 오
얼마나 많은 세월 동안 눈바람을 겪었던가?

驅犢紅顔豎　　구독 홍안수 요
송아지 몰던 것은 홍안의 더벅머리였고,

貪魚白色鷗　　탐어 백색구 라
고기를 탐내던 것은 흰 갈매기였다네.

文明祇幻閣　　문명 지환각 이요
운명은 다만 환상 위에 지어진 건물일 뿐이요,

人世亦虛樓　　인세 역허루 라
사람 사는 세상 역시 공허한 누각이라네.

變革徼天下1)　　변혁 요천하 하니
변화와 혁신을 천하는 요구하니,

吾生本足愁　　오생 본족수 라
우리 인생 본래부터 근심이 가득한 것이라네.

---

1) #요(徼): (요행을)바라다. (=憿)要求也.

4.81. 讀中田安彦著 『日本再占領』
나카타 야스히코 저서 『일본 재점령』을 읽다
[2012.05.22.]

近日, 日本NHK放映書評, 中田安彦著, 『日本再
占領』廣播電臺放映書評, 眞罕有之事, 而數人
論客論評區區. 此冊論, 日本以統治能力不足, 爲
輕度破綻國(failed state). 今作 '再次美國占領地',
事無大小依存美國. 著者論其原因有三, 一曰 事
美國太勤, 而常唯諾從. 二曰 官僚擅國政, 而政治
人惟謀私利. 三曰 國民簡簡人, 失自主精神.

최근, 일본 NHK에서 나가타 야스히코 저서 『일본 재점
령』의 서평이 방영되었다. 방송국에서 서평을 한다는 것은
참으로 드물게 있는 일인데 몇몇 논객의 논평이 구구하다.
이 책에서 논술하기를, 일본은 통치능력이 부족하여, 준파
산국가가 되었다는 것이다. 지금은 '다시 미국의 점령지'가
되어, 미국에 크든 작든 상관없이 의존하고 있다는 것이
다. 저자는 그 원인에 대하여 3가지 이유를 논하고 있는
데, '첫째 미국을 섬기는 데 크게 부지런하여 항상 오로지
예예 하고 따르기만 한다. 둘째, 관료들이 국정을 멋대로
하며 정치인들은 오직 사리사욕만을 도모한다. 셋째, 국민
개개인이 자주정신을 잃어버린 것이다.' 라고 논술했다.

鷄鳴到日昏   계명 도일혼 에
> 닭이 울 때부터 해지고 어두워질 때까지,

追利幾鎖魂   추리 기쇄혼 고
> 이득 쫓아 몇 번이나 영혼을 닫아걸었던가?

事大唯欣諾   사대 유흔락 이니
> 큰 나라 섬기는 데는 오직 흔쾌히 대답하니,

屈從遺恨痕　　굴종 유한흔 이라
　　굽혀서 좇으면 한 맺힌 상처만 남긴다네.

官僚當政治　　관료 당정치 하니
　　관료들이 정치까지 맡아서 하다 보니,

浪費溢都村　　낭비 일도촌 이라
　　낭비가 도시와 농촌에 넘쳐난다네.

欲脫亞洲圈1)　　욕탈 아주권 이나
　　아시아권에서 벗어나고 싶어하나,

入歐失本根　　입구 실본근 이라
　　유럽으로 들어가는 것은 근본을 잃는 것이리라.

---

1) #메이지 유신 이후, 일본이 아시아를 떠나 유럽으로 들어가는 것을 국가목표
　　로 삼았다. 明治以來, 日本以脫亞入歐, 爲國家目標.

4.82. 世態
세태

不盡塵風視界昏　　부진진풍 시계혼 하고
　　티끌 바람 다함이 없으니 눈앞이 흐리고,

魅魑闊步奪人魂　　매리활보 탈인혼 이라
　　도깨비가 활보하니 사람들 넋을 잃네.

萬千造物蜉蝣類　　만천조물 부유류 하야
　　많고 많은 피조물은 하루살이와 같아서,

一過眼前無迹痕　　일과안전 무적흔 이라
　　한 번 눈앞에서 지나가면 흔적도 없어진다네.

4.83. 還鄕廬過數日
고향집으로 돌아가서 수일을 보내다

[2012.05.22.]

半年纔得還　　반년 재득환 한데
　　반년 만에 겨우 다시 돌아오게 되었는데,

舊屋老懷安　　구옥 노회안 이라
　　옛집에서 늙은이의 마음 편안하구나.

笑我蹉跎蹇1)　소아 차타건 하고
　　내 미끄러 넘어져 절뚝거림이 우습고,

愴朋邂逅難　　창붕 해후난 이라
　　벗들 만나기 어려움이 슬프다네.

勁風春畝驀　　경풍 춘묘맥 하니
　　세찬 바람 봄 이랑을 뛰어넘으니,

蕪院早梅看　　무원 조매간 이라
　　잡초 우거진 집에 때 이른 매화를 본다네.

紫陌將何做　　자맥 장하주 오
　　도성에 나가서 장차 무엇을 할 것인가?

願無多事干　　원무 다사간 이라
　　원하노니 많은 일 간여함이 없기를.

---

1) #절뚝발이 건(蹇): 어렵다, 험한 일이 앞에 있다. 難也, 險在前也.

4.84. 過平昌
평창에 들러서

[2012.05.22.]

冬去嶺西春未還　　동거령서 춘미환 한데
대관령 서쪽 겨울은 갔지만 봄은 아직 돌아오지 않았는데,

村容何事不全安　　촌용하사 부전안 이라
마을 모습들 무슨 일인지 온전히 편안하지 못하다네.

此鄕元是天民洞　　차향원시 천민동 이니
이 시골은 원래 하늘이 낸 백성들이 사는 고을이었는데,

其奈天民奧運干1)　기내천민 오운간 고
그 하늘이 낸 백성들에게 올림픽이 무슨 상관이 있을까?

---

1) #오운(奧運): 올림픽 운동회. 奧林匹克運動會.

4.85. 平高同期生會報, 告自年初數友逝世

평양고보 동기생 회보에 연초부터 몇 사람의 벗이
세상을 떠났다고 알리다

[2012.05.22.]

魂魄浮沈霄壞還　　혼백부침 소양환 하니
　　혼과 백이 뜨고 가라앉으며 하늘과 땅으로 되돌아
　　갔으니,

風停老葦始平安　　풍정노위 시평안 이라
　　늙은 갈대에 바람이 멎어 평안함이 시작되겠네.

欲求理想踰三八　　욕구이상 유삼팔 하야
　　이상을 구하고자 하여 38선을 넘어와서,

堅守初心克萬難　　견수초심 극만난 이라
　　초심을 굳게 지켜 많은 어려움 극복하였다네.

4.86. 吾廬樹木剪枝, 又設新畝植栽夏蔬
내 집의 나무를 가지치기하고 또 새로 이랑을 만들어서 여름 푸성귀를 심었다

[2012.05.22.]

五月八日, 以仁谷權君周旋, 幸得山樹木園社長趙一權氏麾下七人作業團剪枝園樹. 或以高架裝備, 擧身達于樹梢, 以手剪枝, 或自攀登枝上而剪枝. 這個作業人, 黙黙從事, 無異聾者. 社長趙氏, 富而無驕, 始終陣頭指揮.

5월 8일, 인곡 권군의 주선으로 다행히 산수목원 사장 조일권 씨 휘하 7인의 작업단원으로 정원의 나무를 가지치기하였다. 더러는 고가장비로 몸을 들어 올려 나무 끝까지 가서 손으로 전지를 하고, 더러는 가지를 잡고 위에 올라가서 전지를 했다. 이 일꾼들은 묵묵히 일을 하니, 귀먹은 사람들과 다를 바 없다. 사장 조씨는 부유하면서도 교만하지 않고 처음부터 끝까지 앞장서서 지휘하였다.

剪枝老樹亘東西　　전지노수 긍동서 하니
　　동서로 걸친 오래된 나무를 가지치기하니,

園舍端莊使客迷　　원사단장 사객미 라
　　깔끔하고 단장된 정원과 집을 손님들이 몰라보게 되었구나.

新葉添藍分綠陌　　신엽첨람 분록맥 하고
　　새잎 푸르름을 더하여 초록의 골목과 구별되고,

春花落地作紅泥　　춘화락지 작홍니 라
　　봄꽃이 땅에 떨어져 붉은 진흙 되었다네.

蟻封近衛兵丁戌　　의봉근위 병정수 하고
　　개미둑을 가까이서 호위하니 병정들 지키는 수
　　자리터 되었고,

鳥藪雛群學習啼　　조수추군 학습제 라
　　새 숲속에서 새끼들이 우는 법 익힌다네.

小圃栽蔬親灌漑　　소포재소 친관개 하니
　　작은 밭에 채소 심어 몸소 물을 대어주니,

壺中何用戀黃鸝1)　　호중하용 연황리 오
　　이 조그마한 병 속 같은 세상 어찌 꾀꼬리를 그
　　리워하여 밖으로 나갈 것인가?

---

1) *연황리(戀黃鸝): 교외로 나가서 귀를 맑게 하여주고 시상을 고쳐시켜 준다는
　　꾀꼬리 소리 들으려고 함. 중국 남조 송(宋)나라 때의 은사 대옹(戴顒)에 관련
　　된 이야기로 『운선잡기(雲仙雜記)』에 보임.

4.87. 心山金昌淑先生
심산 김창숙 선생

[2012.05.22.]

五月二十日, 星州儒林一同, 爲顯彰心山先生學德, 欲
行儒式葬祭禮于先生古邑. 囑余爲初獻官. 余當日赴
星州, 遂行受託所任. 先生 生于國家沈淪之際, 愛國
之誠, 盡己之忠, 活動之熾, 忍苦之健, 至死無少弛.
若先生者, 豈非無雙之國士哉.

> 5월 20일, 성주 유림 일동이 심산 선생의 학덕을 밝게 드
> 러내기 위하여 선생의 옛 고을에서 유교식 제사를 거행하
> 였다. 나에게 초헌관을 맡겼다. 나는 당일 성주에 가서 부
> 탁받은 소임을 수행하였다. 선생의 삶은 국가가 침몰한 때
> 에 나라를 사랑하는 정성, 자기를 다 바친 충성, 활동의 치
> 열함, 고통을 참아 굳건히 견딤 같은 것을 죽음에 이르기
> 까지 터럭만큼도 주저함이 없었다. 선생 같은 분이야말로
> 타의 추종을 불허하는 나라의 큰선비가 아니겠는가!

心翁生叔季　　심옹 생숙계 나
　　심산 선생은 말세에 태어났으나,

信念莫微迷　　신념 막미미 라
　　신념에 작은 미혹도 없었다네.

取義日常事　　취의 일상사 하고
　　의를 취함은 일상의 일이었고,

殺身朝夕題[1]　　살신 조석제 라
　　살신성인은 하루의 주제였다네.

---

1) 의에 나아감은 진실로 흔치 않은 일인데, 심산에게 이것은 매일 살고 죽는
　 일이며, 살신은 사람 사는 데 드물게 있는 문제나, 심산에게 이것은 매 순
　 간 처신하는 주제가 되었다. 取義 固非常之事, 而於心山, 是爲每日生死之
　 事. 殺身, 人生罕有之問題, 但於心山, 是爲每時處身之課題.

風標冠內外 　　풍표 관내외 하고
　　풍채는 의젓하게 안팎으로 우뚝하고,

志氣絶東西 　　지기 절동서 라
　　뜻과 기개 온 세상에 우뚝하구나.

古今眞儒孰 　　고금 진유숙 고
　　옛날부터 지금까지 진정한 선비 누구던가?

後生頭自低 　　후생 두자저 라
　　후생들 머리 저절로 숙여진다네.

4.88. 環球亂調
지구의 혼돈

[2012.06.22.]

美國發金融危機, 發生以後, 已經五年. 這間環球情勢, 到處亂調續出. 其複雜怪奇之狀, 日益增幅, 非知德兼備之指導力, 難當此局. 今觀各國指導人士, 擧皆, 知力太短, 德性甚貧, 使命感微弱, 而臨大事, 不知所措, 此實匡時換局之所以不能也.

> 미국발 금융위기 발생 이후 이미 5년이 지났다. 그 사이에 지구의 정세는 도처에 혼돈이 이어지고, 그 복잡하고 괴이한 상황이 나날이 증폭되어, 지와 덕을 겸비한 지도력이 아니고서는 이러한 국면을 감당하기 어렵다. 지금 각국 지도 인사 대개가 아는 것이 크게 부족하고, 덕성이 심히 빈약하며 사명감이 미약하여, 큰일에 임하여서는 손쓸 바를 알지 못하니, 이는 실로 시절을 바로잡고 국면을 바꾸어야 함이 불가능한 이유이다.

嗟我渣滓身　　차아 사재신 하노니
　　내 찌꺼기 같은 몸이 됨을 탄식하노니,

老衰終作塵　　노쇠 종작진 이라
　　늙고 쇠하여 끝내 한 줌의 티끌이 되어가네.

六洲當亂世　　육주 당난세 하여
　　온 세상이 어려운 세상을 당하여,

萬衆捧癡人[1]　　만중 봉치인 이라
　　많은 무리들 미치광이를 떠받드는구나.

---

1) #봉치인(捧癡人): 정다산의 '술지' 시에 있는 구절. '어리석은 무리들이 멍텅구리 하나를 받들어서, 다함께 모시자고 떠들어대네'. 丁茶山 '述志' 詩 有句曰 '衆愚捧一癡, 咨哈令共崇'.

歐美權初屈　　구미 권초굴 하고
　　유럽과 미국의 권세는 처음 꺾이고,

亞東運乍伸[2]　　아동 운사신 이라
　　동아시아 운세가 잠깐 사이에 기지개를 켠다네.

可憐韓半島　　가련 한반도 여
　　불쌍하구나! 한반도여,

難覓兩方春　　난멱 양방춘 이라
　　남쪽이든 북쪽이든 봄기운을 찾기 어렵구나.

---

2) #유럽과 미국의 수백 년의 패권이 쇠퇴 조짐을 보이기 시작하나, 여러 서유
럽에 비해서 동아시아가 조금씩 신장되어 간다. 歐美數百年覇權, 始現衰兆,
比諸西歐, 東亞興運稍漸伸長.

4.89. 向天六十拜
하늘을 향하여 60번 절하다

[2012.06.22.]

余每日於書齋, 向天爲六十拜. 非欲摸效佛入拜, 秖爲身體運動.
> 나는 매일 서재에서 하늘을 향하여 60번 절을 한다. 부처에게 절을 하는 것을 모방한 것이 아니고 단지 신체운동이다.

世間無物重於身 　세간무물 중어신 이나
> 세상에 몸보다 중요한 것이 없다 하지만,

耄耋精神散若塵 　모질정신 산약진 이라
> 늙은이의 정신은 티끌같이 흩어진다네.

對老佛儒那吝拜 　대로불유 나린배 오
> 도교나 불교나 유교나 어찌 절하는 데 인색할까?

不關衆笑老癡人 　불관중소 노치인 이라
> 여러 사람들 어리석은 늙은이라고 웃어도 상관하지 아니한다네.

4.90. 落星垈公園散策
낙성대 공원을 산책하다

[2012.06.22.]

近者頻繁往復落星垈公園, 用其施設, 爲數肢運動.
> 최근에 자주 낙성대공원에 왕복하며 그 시설을 이용하여 팔다리 운동을 여러 번 하였다.

落星垈路往來身 　낙성대로 왕래신 이
> 낙성대 길을 왕래하노라니,

仁憲祠林鮮見塵 　인헌사림 선견진 이라
> 강감찬 장군의 사당 안국사 숲에는 티끌 보기 드물다네.

鳥語樹間能得解 　조어수간 능득해 하니
> 나무 사이 새들의 속삭임도 능히 알아들을 수 있으니,

老人自苦抑何因 　노인자고 억하인 고
> '노인이 되시니 절로 아픈 것이지, 또 무슨 원인이 있겠습니까?' 라는 듯하다네.

4.91. 憫老婦勤苦
늙은 아낙의 부지런함과 고생을 불쌍히 여기다
[2012.07.19.]

往落星垈途中, 看一老婦, 牽引輪拖車(리어카)滿載雜
物. 她竭力牽引, 難進斜路. 余暝目暫時, 擧頭望前,
車與人俱不見. 感歎老婦底力.

늙은 아낙을 보았는데 리어카
에 잡다한 물건을 가득 싣고 끌고 갔다. 그녀는 있는 힘
을 다하여 끌고 있으나 경사진 길에 나아가기 어려웠다.
내가 잠시 눈을 감았다가, 머리를 들어 앞을 바라보니,
수레와 사람이 함께 보이지 않았다. 늙은 아낙의 저력에
감탄하였다.

老姿日課始無終　　노자일과 시무종 하고
　　늙은이의 하루 일과는 시작도 끝도 없고,

身健心平忍苦功　　신건심평 인고공 이라
　　신체 건강하고 마음도 바르니 참고 고생한 공이라네.

有友洞中同樂事　　유우동중 동락사 하니
　　동네 가운데 벗이 있어 즐거운 일 함께하니,

人生設計未嘗空　　인생설계 미상공 이라
　　일찍이 인생 설계가 헛되지는 않았다네.

4.92. 實是學舍出版記念會
실시학사 출판기념회

[2012.07.19.]

實事求眞學莫終 　실사구진 학막종 하고
　　실사구시 학문은 진실로 배움에 끝이 없고,

未看五卷一疎空 　미간오권 일소공 이라
　　다섯 권 중 한 곳도 성기고 공허한 것을 볼 수 없다
　　네.

碧翁門下多才俊 　벽옹문하 다재준 하니
　　벽옹의 문하에는 재주 있고 뛰어난 사람이 많아,

逐次宣揚蘊蓄功 　축차선양 온축공 이라
　　쌓이고 쌓인 공로 차례대로 널리 알려야 하리라.

4.93. 聽大選論議
대선 논의를 듣다

[2012.07.19.]

余友丁海勳君 就任大韓記者協會會長職. 其友輩爲祝
丁君, 招待各界中堅人士二十名, 于Lotte飯店. 一同
皆多聞達辯, 談及大選, 談論風發.

> 나의 벗 정해훈 군이 대한기자협회 회장직에 취임하였다.
> 그 벗들이 정군을 축하하기 위하여 롯데반점에 각계 중견
> 인사 20명을 초대하였다. 일동들은 모두 아는 것이 많고
> 말도 잘하는데, 이야기가 대선에 이르자, 담론이 바람처럼
> 일어났다.

談如酬酌始無終   담여수작 시무종 하니
> 이야기는 술잔 주고받는 것처럼 시작도 끝도 없으니,

塗說道聽眞意空1)   도설도청 진의공 이라
> 길거리에 떠돌아다니는 소문들은 진정한 의미가 없
> 구나.

如問此邦當面計   여문차방 당면계 하여
> 만약 이 나라에 당면한 계책을 묻게 된다면,

非常人樹異常功2)   비상인수 이상공 이라
> 비상한 사람만이 남다른 공을 세울 수 있을 것이니라.

---

1) #도설(塗說): 길에서 주워들은 말을 전하는 것은 덕을 저버리는 것이다. 道聽
而途說 德之棄也. 『論語』「陽貨」.

2) #사마상여가 말하기를 대개 세상에는 비상한 사람이 있은 뒤에야 비상한
일이 있게 마련이고, 비상한 일이 있은 뒤에야 비상한 공이 있게 마련이다.
司馬相如曰 蓋世必有非常之人 然後有非常之事 有非常之事 然後有非常之功.
『史記』「司馬相如列傳」.

4.94. 夜半聽雨
한밤에 빗소리를 듣다

[2012.07.19.]

夜雨窓邊擾　　야우 창변요 하니
밤비가 창가를 시끄럽게 흔드니,

睡醒想旱終　　수성 상한종 이라
잠에서 깨어 가뭄이 끝나기를 생각한다네.

祝融制炎夏1)　　축융 제염하 하고
불의 신은 불꽃 같은 여름을 제압하고,

烏兎統長空2)　　오토 통장공 이라
해와 달은 항상 허공을 거느린다네.

有迹人間德　　유적 인간덕 이고
자취가 남는 것은 인간의 덕이고,

無名天地功3)　　무명 천지공 이라
이름을 밝히지 않는 것은 천지의 공이라네.

何時還故里　　하시 환고리 하야
어느 때 고향에 돌아가서,

自適送生中　　자적 송생중 고
유유자적 여생을 보낼 수 있을 것인가?

---

1) #축융(祝融): 불의 신. 火神.
2) #오토(烏兎): 일월. 日月.
3) #무명(無名): 무명은 천지의 시작이다. 無名, 天地之始. 『老子』.

4.95. 老病漸劇
노환이 점점 심해지다

[2012.08.20.]

性情愛故林　　성정 애고림 이나
　　본디부터 타고난 마음씨가 고향 숲을 사랑하였으나,

塵事費光陰　　진사 비광음 이라
　　속세의 일로 시간을 낭비하였구나.

身苦舊新病　　신고 구신병 이나
　　오래 묵은 병, 새로 생긴 병으로 몸이 고달프나,

命依天地心　　명의 천지심 이라
　　목숨을 천지의 마음에 의지한다네.

夙知功德少　　숙지 공덕소 나
　　공덕이 적은 것을 일찍 알았지만,

方覺患憂深　　방각 환우심 이라
　　근심 걱정이 깊었다는 것을 바야흐로 깨달았다네.

夜夢乍踰嶺　　야몽 사유령 하니
　　밤 꿈에 잠깐 재를 넘으니,

松風萬里音　　송풍 만리음 이라
　　솔바람 소리 만 리에 울리네.

4.96. 大旱酷暑
큰 가뭄에 혹심한 더위

[2012.08.20.]

曝陽蒸樹林　　폭양 증수림 하니
　　태양이 내리쬐어 나무숲도 찌는 듯하니

熱氣逐冷陰　　열기 축냉음 이라
　　열기가 시원한 그늘도 쫓아낸다네.

田畓成龜甲　　전답 성귀갑 하고
　　논과 밭은 거북등처럼 갈라지고,

沼湖露水心　　소호 노수심 이라
　　호수와 늪은 물 한가운데가 드러났다네.

祝融炊火煽　　축융 취화선 하니
　　불의 신이 부채질하며 불을 지피니,

萬衆苦炎深　　만중 고염심 이라
　　많은 사람들이 심한 더위에 괴롭다네.

幸少蠅蚊熾　　행소 승문치 하며
　　다행히 파리와 모기의 설침이 적으며,

鳥啼尚好音　　조제 상호음 이라
　　새가 우는 소리 오히려 들을 만하다네.

4.97. 讀羅馬皇帝 마르쿠스 아우렐리우스 自省錄
로마 황제 마르쿠스 아우렐리우스 자성록을 읽다
[2012.08.20.]

羅馬皇帝 Marcus Aurelius, 羅馬五賢帝之一. 天性好思索, 沈潛于스토아哲學. 皇帝卽位後, 無暇爲思索. 然帝在何處做何事, 不倦自省, 記錄自己思索. 後世, 輯其手記, 編爲一冊, 卽此書也. 帝之誠意, 到今使人感動.

로마황제 마르쿠스 아우렐리우스는 로마 5현 황제 중의 한 사람이다. 천성이 사색을 좋아하고 스토아철학에 깊이 빠졌다. 황제 즉위 후 사색을 할 틈이 없었다. 그러나 황제가 무슨 일을 하든, 어디에 있든, 스스로 살피기를 게을리하지 않으면서 자기의 사색을 기록하였다. 후세에 그 수기를 편집하여 한 권의 책으로 엮은 것이 바로 이 책이다. 황제의 정성스런 뜻은 지금에 이르기까지 사람들로 하여금 감동케 한다.

征蠻羅帝到深林1) 정만라제 도심림 하니
남쪽 오랑캐를 치려고 황제가 깊은 숲에 이르니,

天敵驍兵隱樹陰2) 천적효병 은수음 이라
야만족의 날랜 병사들 수풀 그늘에 숨어 있었다네.

---

1) #정만(征蠻): 게르마니아 지역, 유럽 면적의 3분의 1이며, 로마시대 이 지역은 오직 울창한 삼림이 있어 오랑캐 족이 살던 곳이다. 오늘날 독일인과 북유럽인의 선조다. 게르마니아地域, 歐洲面積之三分之一, 羅馬時代此地域唯有鬱蒼森林, 蠻族居之. 今日獨逸人與北歐人之先祖.

2) #천적(天敵): 오랑캐 족은 글자도 없고, 기술도 없고 임금도 없고 국가도 없었다. 그러나 매우 세차며 싸우는 데 용감하여 자기들의 영토를 로마의 속국으로 만들려고 하지 않았다. 로마는 마침내 이 종족의 손에 멸망하였다. 이 민족은 가히 로마의 천적이다. 蠻族, 無文字, 無技術, 無君無國, 然精悍勇武, 不肯使故土爲羅馬屬領. 羅馬終亡于此族之手. 此族可謂羅馬之天敵.

幃幄隨時仍瞑想　위악수시 잉명상 하고
휘장 안에서 수시로 명상을 거듭하고,

終身自省哲人心　종신자성 철인심 이라
죽을 때까지 스스로 살폈으니 철학자의 마음이라네.

4.98. 再到落星垈公園
재차 낙성대 공원에 이르다

[2012.08.20.]

脚力衰退, 往復十里未滿距離, 經許多辛苦, 幸不顚
沛. 散策畢後, 氣分稍蘇, 而賦此詩.
　　다리 힘이 약해져서 왕복 10리 미만 거리에도 많은 어려움
　　을 겪었으나, 다행히 엎어지고 자빠지지는 않았다. 산책이
　　끝난 후 기분이 조금 좋아져 이 시를 짓는다.

雨霽風光滿院林　　우제풍광 만원림 하니
　　비 온 후 맑게 갠 경치 원림에 가득하니,

低頭瞑想坐濃陰　　저두명상 좌농음 이라
　　머리 숙여 명상하며 짙은 그늘에 앉았다네.

念身休幸身無病1)　　염신휴행 신무병 하니
　　내 몸을 생각하니 몸에 병 없는 것을 다행으로 여
　　기니,

最貴人間不動心　　최귀인간 부동심 이라.
　　인간에게 가장 고귀한 것은 어떤 충동에도 흔들리
　　지 않는 마음이라네.

---

1) #내 몸에 병 없기를 구하지 말라. 몸에 병이 없으면 탐욕이 쉽게 생긴다.
　念身不求無病, 身無病,則貪慾易生. 『寶王三昧論』 第 1條.

4.99. 數次大型颱風, 襲西海, 橫斷韓半島
몇 차례 대형 태풍이 서해를 엄습해 한반도를 횡단
하다

[2012.09.17.]

夏盡一旬間　하진 일순간 하니
여름이 한순간에 지나가니,

今朝秋氣寒　금조 추기한 이라
오늘 아침 가을 기운이 쌀쌀하다네.

風搔南北海　풍소 남북해 하고
태풍은 남과 북의 바다를 긁고 지나가고,

雨浸近遙山　우침 근요산 이라
비는 가깝고 먼 산에 스며든다네.

雲散嵐猶濕　운산 남유습 하고
구름 흩어져도 아지랑이 아직도 축축하지만,

陽喧巷稍乾　양훤 항초간 이라
태양 따스하니 거리는 조금 마르는구나.

東溟鳴戰鼓　동명 명전고 하니
동해에 전쟁의 북소리처럼 울리니,

巖島未嘗閑　암도 미상한 이라
바위섬은 한가할 날 없다네.

4.100. 韓日外交紛爭
한일 외교 분쟁

[2012.09.17.]

如看演劇稚童間　　여간연극 치동간 하니
　　어린 아이들 사이의 연극을 보는 것 같으니,

國步多難心自寒　　국보다난 심자한 이라
　　나라의 운세 어려움 많아 마음 저절로 쓸쓸하다네.

從古島夷多策略　　종고도이 다책략 한데
　　옛날부터 섬나라 오랑캐들 책략이 많은데,

隣邦不奪不知閒　　인방불탈 부지한 이라
　　이웃 나라 침탈하려 가만히 있을 줄 알지 못한다네.

又
또

萬里風濤海陸間　　만리풍도 해륙간 하니
　　만 리를 휩쓰는 바람과 파도가 바다와 육지 사이에
　　일어나니,

忽然巖島水雲寒　　홀연암도 수운한 이라
　　홀연히 바위섬에 물과 구름 차갑구나.

國家百尺竿頭上　　국가백척 간두상 하니
　　국가의 운명이 백척간두에 올라 있으니,

最貴隣邦與我安　　최귀린방 여아안 이라
　　가장 중요한 일은 이웃 나라와 우리나라 안전을 도
　　모함이라네.

4.101. 秋日登七星臺
가을날 칠성대를 오르다

[2012.10.19.]

七星山, 余鄉里江陵鶴山金光兩里後山也. 有多數佛閣, 景光幽邃.
> 칠성산은 나의 고향마을로 강릉 학산, 금광 두 마을의 뒷산이다. 많은 수의 불상과 전각이 있고, 경치가 그윽하고 깊다.

霜楓觀客耽　　상풍 관객탐 하고
> 서리 맞은 단풍나무는 보는 나그네 즐겁게 하고,

雨霽霧爲嵐　　우제 무위람 이라
> 비 갠 후 안개는 자욱한 산아지랑이 되네.

空谷秪溪響　　공곡 지계향 하고
> 빈 계곡에는 계곡물 소리만 들릴 뿐,

無人相與談　　무인 상여담 이라
> 서로 이야기 주고받을 사람도 없다네.

僧稀禮佛殿　　승희 예불전 하고
> 승려는 드물게 부처님전에 예불하고,

菊花修禪菴　　국화 수선암 이라
> 국화는 암자에서 참선 수도하는 듯하네.

遙望東南北　　요망 동남북 하니
> 동쪽 남쪽 북쪽을 아득히 바라보니,

海天一髮藍　　해천 일발람 이라
> 바다와 하늘이 한 줄기 쪽빛이구나.

4.102. 第3回白橋文學賞施賞式擧行于思母亭
제3회 백교문학상 시상식을 사모정에서 거행하다
[2012.10.19.]

余友悳田權赫承, 江陵出身著名言論人也. 悳田常歎
我邦傳統如孝友思想之凌夷, 而近年建立思母亭于江
陵鏡浦面白橋故里. 欲鼓吹孝親思想, 制定白橋文學
賞. 募集詩文關于孝親, 今年第三年次, 而審査委員選
拔五名秀作, 擧行施賞式于思母亭公園. 人稱悳田愛
國愛鄕誠意.

> 나의 벗 덕전 권혁승은 강릉 출신의 저명 언론인이다. 덕
> 전은 항상 우리나라 전통 효우사상이 점차 쇠퇴함을 탄식
> 하였고 근년에 강릉 경포면 백교 옛고향에 사모정을 건립
> 하였다. 효친사상을 널리 고취하고자 백교문학상을 만들었
> 다. 효친에 관한 시문을 모집한 지 올해 3년 차다. 그래서
> 심사위원이 5명의 우수한 작품을 선발하여 사모정 공원에
> 서 시상식을 거행하였다. 사람들이 덕전의 애국 애향의 정
> 성스런 뜻을 칭찬한다.

思母新亭賞客耽   사모신정 상객탐 하고
사모정 새로운 정자에는 상을 받는 문객들이 즐거워
하고,

白橋古里帶微嵐   백교고리 대미람 이라
백교의 옛 마을은 옅은 아지랑이 띠를 이었다네.

孝親傳統今銷盡   효친전통 금쇄진 이나
효친의 전통 지금은 다하여 없어지나,

此賞復蘇生美談   차상부소 생미담 이라
이 상으로 아름다운 이야기 다시 소생하길 바란다네.

第5輯

奉天昏曉四十年

5.1. 憶經由長白山南坡, 登白頭山
장백산 남쪽 언덕을 거쳐 백두산에 오르다
[2012.11.20.]

★南坡: 中國稱長白山登頂路有三: 北坡, 西坡, 南坡,
是也. 三年前余往南坡時, 其建設尚未完成. 余一行,
自長春, 飛到長白山機場, 驅乘用車, 西南方向, 至惠
山鎭對岸. 沿鴨綠江北上, 鴨綠江幅, 急速狹小爲細流.
仍過鴨綠江大峽谷, 絶景五十里, 終到山頂定界碑. 俯
視天池, 南坡一帶, 比著北坡西坡, 地域廣大, 萬象悉
備. 神秘山水, 人跡未踏, 實感造物主之無盡藏. 然而
若不統制亂開發, 竊憂千古名區, 未久作市街地.

*남파: 중국에서 장백산으로 일컬어지는 백두산으로 올라
가는 길은 3개가 있다: 북파, 서파, 남파다. 3년 전 내가
남파에 갈 때, 그 건설은 아직 미완성이었다. 나의 일행은
장춘에서 장백산 비행장에 도착하여, 승용차를 몰고 서남
방향으로 달려 연안을 마주하고 있는 혜산진에 이르렀다.
압록강 북쪽 상류를 따라서 압록강 폭은 급속히 협소해지
며 가늘게 졸졸 흐른다. 그대로 압록강 대협곡 절경 50리를
지나 마침내 산 정상의 정계비에 이르렀다. 천지를 내려다
보면 남파 일대가 북파, 서파에 견주어 지역이 광대하고,
온갖 형상을 모두 갖추었는데 신비한 산수에 사람 자취가
아직 이르지 않은 곳이어서 조물주의 무진장을 실감한다.
그러나 만약 난개발을 통제하지 않으면, 천고의 명승구가
머지않아 시가지가 될까 마음속으로 근심한다.

靈峰鎭北東　　영봉 진북동 은
　　신령스런 봉우리 혜산진 북동쪽은,

秘境妙無窮　　비경 묘무궁 이라
　　비경의 묘함이 무궁무진하다네.

鬼斧剖山下1)　　귀부 부산하 하고
　　귀신의 도끼질이 장백산 남쪽 산기슭 아래를 2개로
　　쪼개고,

神刀雕地中2)　　신도 조지중 이라
　　신의 칼은 벌레, 살무사, 초목의 화석을 새겼다네.

活泉湧深澤3)　　활천 용심택 하고
　　생기 있는 샘이 천지에서 솟아오르고,

浩氣塞蒼空4)　　호기 색창공 이라
　　호연지기는 푸른 하늘에 가득하다네.

長白仙人闕　　장백 선인궐 인데
　　장백산은 신선의 대궐인데,

南坡第一宮　　남파 제일궁 이라
　　남쪽 언덕이 제1의 궁궐이라네.

---

1) #귀부부산하(鬼斧剖山下): 두 개로 양분하여 쪼개다. 剖二兩分.
　　#산하(山下): 장백산 남쪽 산기슭 아래를 가리킨다. 산 아래에는 압록강 대
　　협곡이 있다. 대협곡은 좁고 또 깊다. 양쪽 주변은 절벽으로 가파르고 곧다.
　　마치 귀신의 도끼로 쪼갠 듯하다. 山下: 指長白山南麓下, 山下有鴨綠江大峽
　　谷, 大峽谷狹且深. 兩邊絶壁, 峭而直. 如鬼斧所剖.
2) #신도조지중(神刀雕地中): 벌레, 살무사, 초목화석. 마치 신의 칼로 용암 가운
　　데를 조각한 듯하다. 화석은 지금 많이 출토되어 남쪽 언덕길 가에 흩어져
　　있다. 虫虺草木化石, 如神刀雕刻于鎔巖中. 化石今多出土, 散在南坡路傍.
3) #심택(深澤): 천지. 天池.
4) #호기(浩氣)=浩然之氣: 하늘과 땅 사이에 가득 찬 넓고 큰 정기.
　　#새(塞)=가득차다. 充滿.

5.2.　小園薔薇數顆, 與菊俱發, 霜落庭中, 少無衰色.
　　　작은 동산에 장미 몇 송이, 국화와 함께 피었다. 서
　　　리 내린 뜰 가운데, 시든 기색이 조금도 없다

[2012.11.20.]

秋菊滿庭發　　추국 만정발 하고
　　　　가을 국화는 뜰에 가득 피어나고,

寒風香未窮　　한풍 향미궁 이라
　　　　차가운 바람에도 향기는 다하지 않았다네.

薔薇紅白顆　　장미 홍백과 하니
　　　　장미가 붉고 희게 몇 송이 피니,

含笑伴霜中　　함소 반상중 이라
　　　　서리와 짝하며 미소를 머금었다네.

5.3. 淡紅薔薇蕾將開花
분홍 장미 꽃봉오리가 막 꽃을 피우려 한다

[2012.11.20.]

雨後雷聲擾   우후 뇌성요 하고
비 내린 후에 우레소리 시끄럽고,

黃花勢稍窮   황화 세초궁 이라
노란 꽃의 기세가 점점 다하는구나.

薔薇粉紅蕾   장미 분홍뢰 하고
장미는 붉은 꽃봉오리 속에 가루분을 바르고,

冒凍半開中   모동 반개중 이라
추위를 무릅쓰고 반쯤 피어났다네.

5.4. 電視器中看三國志, 劉備敗走死于白帝城.
TV에서 삼국지를 보다. 유비가 패하여 달아나다
백제성에서 죽다

[2013.01.08.]

蜀帝劉備, 深恨關羽張飛, 死於東吳之手. 年齡已過六旬,
欲滅吳, 以報關張之讐. 率七十萬大軍, 親征東吳. 吳主孫
權, 擧陸遜爲大都督. 陸遜年纔三十, 有知略, 以火攻, 大
破蜀軍於夷陵. 劉備敗走, 到白帝城, 吐血憤死于營中.

촉의 황제 유비는 관우, 장비가 동쪽 오나라의 손에 죽은
것을 깊이 한스러워하였다. 유비의 나이가 이미 60이 지났
는데 관우, 장비의 원수를 갚으려고 오나라를 멸망시키고
자 하여 몸소 칠십만 대군을 거느리고 오나라를 치려고 하
였다. 오나라 주군 손권은 육손을 대도독으로 천거하였다.
육손은 나이가 겨우 30이나 지략이 있어 화공으로 이릉에
서 촉군을 크게 물리쳤다. 유비는 패하여 달아나 백제성에
이르렀다. 병영에서 분에 못이겨 피를 토하며 죽었다.

征路入雲烟   정로 입운연 이나
　　　　정벌하러 나가는 길에 구름이 자욱하나,

滅吳意決然   멸오 의결연 이라
　　　　오나라를 멸망시키려는 의지는 결연하다네.

三雄皆竝命1)   삼웅 개병명 을
　　　　세 사람의 영웅이 모두 함께할 운명을,

生死託浮蓮2)   생사 탁부련 이라
　　　　살든 죽든 물 위에 뜬 연꽃에 맡겼다네.

---

1) #삼웅(三雄): 유비, 관우, 장비. 劉備, 關羽, 張飛.
　#동운명(同命運): 같은 운명, 세 영웅이 모두 오나라 사람 손에 죽었다. 三雄
　皆死于吳人之手.
2) #생사탁부련(生死託浮蓮): 유비, 관우, 장비 삼인의 생사가 한 떨기 뜬 연꽃에
　맡겨진 것 같다. 劉關張三人生死, 如託一朵浮蓮.

又

또

[2013.01.18.]

劉備臨終, 謂諸葛亮曰: '過去二十年間, 事無大小, 悉
諮君然後施行, 今般征吳之役不然, 丞相諫余以不可,
余不聽君諫, 而致傾覆. 慹悔不已.' 丞相於如此危機
之際, 何故不與帝, 指揮征吳軍, 而在成都耶? 丞相素
志, 元不願與兄諸葛瑾, 交戰于建業故也. 帝亦知丞相
之心地, 而不強請同行也.

유비가 임종하면서 제갈량에게 이르기를 '과거 20년간 일
의 크고 작은 것을 모두 그대와 의논하여 시행하였다. 이
번 오나라를 치는 일에는 그렇지 못하였다. 승상이 간하는
것을 내가 듣지 않다가 이렇게 뒤집어졌으니, 부끄럽게 뉘
우치나 이미 소용없구나.' 하였다. 승상이 이 같은 위기의
순간에 무슨 연고로 황제의 지휘 아래 오나라를 정벌하는
군대와 함께하지 않고 성도에 있었을까? 승상의 처음 뜻은
형 제갈근이 오나라에 있었기 때문에 건업(오나라의 도읍)에
서 서로 어울려 싸우는 것을 원하지 않았기 때문이다. 황
제도 또한 승상의 마음을 알고 있었기 때문에 함께 가기를
청하지 않았다.

難知詭道帝天然[1]　　난지궤도 제천연 이나
　　속이는 것을 알기 어려움이 황제의 천품이나,

決意征吳恐作烟[2]　　결의정오 공작연 이라

---

1) #궤도(詭道): 병법. 손자 이르기를 병법은 속이는 것이다. 兵法. 孫子曰: 兵者
　詭道也.
　#천연(天然): 하늘에서 받은 것. 제왕의 천품은 속이는 것을 깨닫기 어렵다.
　天稟. 帝之天稟, 難曉詭道也.
2) #제갈량은 황제의 오나라 멸망 작전을 알았다. 하늘이 부여한 시간과 땅의
　이로움이 나와 함께 하지 않아서 끝내 성공하기 어려웠다. 諸葛亮知帝之滅
　吳作戰. 天時地利共不與我, 終難成功.

오나라를 정벌하려는 결의는 연기처럼 사라질까 두
렵다네.

同氣殺傷吳不與3)   동기살상 오블여 하니
동기간을 살상할까 두려워 오나라와 대적할 수 없
었으니,

苟全性命效泥蓮4)   구전성명 효니련 이라
구차하게 성명을 보전함이 진흙 속의 연꽃을 본받
았구나.

---

3) #제갈량은 천성이 일찍이 형 제갈근과의 교전 살상을 함께 하지 않았다. 亮
天性, 未嘗與兄諸葛瑾, 交戰殺傷.

4) #구전(苟全): 구차하게 생명을 보전함.
#苟全性命: 출사표에 이르길 '신은 본래 베옷을 입은 형편으로 남양에서
몸소 밭갈이 하며 난세에 구차하게 생명을 보전하고자 하였습니다' 하였다.
이것이 제갈량의 초심이니 지금도 변함이 없었다. 出師表曰, '臣本布衣, 躬
耕南陽, 苟全性命於亂世'. 此亮之初心, 到今不變.
#효니련(效泥蓮): 진흙속의 연꽃, 더러움에 처하여도 항상 깨끗하니 가히 본
받을 만하다. 泥中之蓮, 處染常淨可效之.

5.5.　歲暮
해를 보내며

[2013.01.18.]

衰年每事淡如僧　　쇠년매사 담여승 이나
해마다 약하여져 일마다 담박하기가 승려와 같으나,

書室寒燈歲月凝　　서실한등 세월응 이라
서실의 쓸쓸한 등불에는 세월이 엉기었다네.

皓首漸疎千縷雪　　호수점소 천루설 이나
흰 머리 점점 성기어져 천 가닥 눈 내린 듯하나,

素心僅保一壺氷　　소심근보 일호빙 이라
평소의 마음은 단지 얼음 한 병처럼 보존하네.

拜金世俗渾忘恥　　배금세속 혼망치 하고
황금만능주의 풍속은 부끄러움을 잊어버리고,

貪利人生慢自矜　　탐리인생 만자긍 이라
이익을 탐하는 인생들 오만하게 자기를 뽐낸다네.

半島平和何日是　　반도평화 하일시 오
한반도의 평화 어느 날에나 올까?

邦家難局幾重曾1)　　방가난국 기중증 고
나라의 어려운 판국 몇 층이나 쌓였던고?

---

1) #증(曾)=층層. 『辭源』.

又
또

[2013.01.18.]

窮巷棲遲半似僧　　궁항서지 반사승 하고
　　가난한 거리에서 느리게 살아가니 반쯤 승려와 닮
　　았고,

結廬卅載緬懷凝　　결려삽재 면회응 이라
　　오두막집에서 산 30년 아득한 지난 일을 생각하네.

貧家花木多風雨　　빈가화목 다풍우 하고
　　가난한 집의 꽃과 나무는 비바람도 많았고,

拙老平生是雪氷　　졸로평생 시설빙 이라
　　어리석은 늙은이의 평생은 바로 눈사람이라네.

伊昔疎才甘得謗　　이석소재 감득방 하고
　　그 옛적 서투른 재주는 비방을 달게 받을 만하고,

如今虛譽莫持矜　　여금허예 막지긍 이라
　　지금의 허울뿐인 명예는 자랑할 것도 없다네.

往年悲喜無非幻　　왕년비희 무비환 한데
　　지난 세월 슬픔과 기쁨은 환상이 아닌 것 없는데,

八五屠蘇將幾曾1)　　팔오도소 장기증 고

---

1) #증(曾)=增: 더하다. 益也. 『辭源』.
　*도소주(屠蘇酒): 세시주(歲時酒), 설날에 마시는 약주(藥酒) 이름이다. 귀기(鬼
　氣)를 도절(屠絶)하고 인혼(人魂)을 소성(蘇醒)한다고 해서 그 이름이 붙여졌다
　고 하는데, 《본초강목(本草綱目)》에 의하면, 화타(華佗)의 비방(秘方)이라고 한
　다. 새해 아침에 가족 모두가 의관을 정제하고 모여서 차례로 도소주 술잔을

85세에 마시는 도소주는 앞으로 몇 번이나 더 마시
게 될지?

어른에게 올린 뒤에 나이 어린 사람부터 일어나서 나가는 풍습이 있었다.

5.6. 日本總選
일본 총선

[2013.01.18.]

日本總選, 極右政客大擧當選, 疑軍國主義亡靈復活.
일본 총선에서 극우 정객이 대거 당선되었다. 군국주의
의 망령이 다시 살아날까 의심스럽다.

緇徒滿院少眞僧　　치도만원 소진승 하니
승려들이 가득한 사원에는 진실한 승려가 적으니,

念佛心中何想凝　　염불심중 하상응 고
염불하는 마음속에는 어떤 번뇌가 엉기었을까?

國步失常人失性　　국보실상 인실성 하니
나랏일의 순서는 일상을 잃어버리고 사람은 본성을
잃었으니,

亡靈踊躍舞春氷　　망령용약 무춘빙 이라
죽었던 귀신들이 되살아나 봄날 살얼음판 위에서
춤추는 꼴이로구나.

5.7. 雪中歸家
눈길에 집으로 돌아오다

[2013.01.18.]

昨日下午, 大雪酷寒. 余時在瑞草洞飯店. 車不來. 後
輩兩友, 隨余到落星垈地下鐵驛. 幸余秘書辛旺承君
携來防寒外衣運動靴等, 待余于電車門前. 仰視前路,
積雪如山. 兩友扶腋. 牽余斜徑. 傴僂老軀如匍匐雪
上, 想起回心曲詞, 曰, '龍宮路不遠, 門前在龍宮',
信哉. 若一顚倒, 直到龍宮. 不死到家, 可謂奇蹟.

> 어제 오후 큰 눈이 내려 매우 추웠다. 나는 그때 서초동 반
> 점에 있었다. 차는 올 수 없었다. 후배 두 벗이 나를 따라서
> 낙성대 지하철역에 도착하였다. 다행히 나의 비서 신왕승
> 군이 추위를 막을 수 있는 겉옷과 운동화 등을 가지고 전차
> 문 앞에서 나를 기다렸다. 앞길을 올려 보니 눈이 산같이 쌓
> 여 두 벗이 부축하여 나를 비탈길로 이끌었다. 등 굽은 늙은
> 몸이 눈 위에 포복하듯이 기어가노라니 회심곡의 가사가 생
> 각났다. 이르기를 '용궁길이 멀지 않네, 문 앞에 용궁이 있
> 도다.' 정말이지! 만약 한번 넘어지면, 바로 용궁에 도착한
> 다. 죽지 않고 집에 도착하였으니 기적이라고 이를 만하다.

前山白首僧　　전산 백수승 하고
　　앞산이 흰머리의 승려 같고,

大雪酷寒凝　　대설 혹한응 이라
　　큰 눈 내려 매서운 추위 엉기었다네.

脚下龍宮在　　각하 용궁재 하여
　　두 다리 아래 바로 용궁이 있어,

龍鐘匍匐氷1)　　용종 포복빙 이라
　　쇠하여 고단한 몸 얼음 위를 기었다네.

---

1) #용종(龍鐘): 신체가 쇠하고 고단함. 身體衰憊也.

5.8. 諸葛亮[1]
제갈량

[2013.03.22.]

三十年功天下三   삼십년공 천하삼 하고
30년 공덕은 천하를 삼분하고,

萬千奇績古今譚   만천기적 고금담 이라
천만 가지 기적은 예나 지금이나 이야깃거리라네.

夙知己任無餘事   숙지기임 무여사 하고
일찍이 자기의 책임을 알아서 여유로운 일 없었고,

五丈原星超苦甘   오장원성 초고감 이라
오장원의 별이 되어 달고 쓴 것을 초월하였다네.

---

1) ○公元223年: 유비 백제성에서 죽다. 劉備殁于白帝城.
   ○225年: 남방 평정. 南方平定.
   ○227年: 출사표: 1차 출사. 出師表: 一次出師.
   ○228年: 마속이 가정에서 대패한 이후 5년간 6회 출사. 馬謖大敗于街亭,
       以後五年間六回出師.
   ○234年八月: 공명이 오장원 진지에서 죽다. 54세. 孔明殁于五丈原陣中. 五
       十四歲.
   ○249年: 사마의 궁중반란으로 위나라의 실권 장악하다. 司馬懿, 宮中叛亂,
       掌握魏國實權.
   ○251年: 사마의(진무제 사마염의 조부) 죽다. 72세. 司馬懿(晋武帝炎之祖)殁.
       七十二歲.
   ○263年: 사마염의 위군이 촉을 공격하여 유선이 항복. 촉 멸망. 司馬炎魏
       軍攻蜀. 劉禪降伏, 蜀滅亡.
   ○265年: 사마염이 진나라 건국, 위나라 멸망. 司馬炎, 建晋國. 魏國滅亡.
   ○280年: 사마염이 진군을 통솔하여 오를 멸망. 삼국 통일. 司馬炎率晋軍滅
       吳, 統一三國.

又
또

北伐出師非兩三   북벌출사 비양삼 하고
북벌하는 군사 출정 두세 번이 아니었고,

進軍擊鼓劍關南   진군격고 검관남 이라
검문관 남쪽에서 진격하는 북소리 울렸다네.

誰能逆睹將來事1)   수능역도 장래사 하여
누가 능히 다가올 일을 미리 볼 수 있어

不使神龍長臥潭   불사신룡 장와담 고
신룡으로 하여금 오래 못에 누워있지 않게 할 수
있겠는가?

---

1) *역도(逆睹): 마음과 몸을 다 바쳐 나랏일에 이바지하는 것을 말한다. 제갈량
의 후출사표에 '신은 몸을 굽히고 온힘을 다하여 죽은 뒤에야 그만둘 것입
니다. 성공과 실패, 이익과 손해는 신의 지혜로 미리 헤아릴 수 있는 바가
아닙니다.' 라는 말이 있다.'

5.9. 司馬懿
사마의

[2013.03.22.]

逆臣非二亦非三　　　역신비이 역비삼 하니
　　　배반하는 신하는 두셋에 그치는 게 아니니,

操懿兩奸成指南　　　조의양간 성지남 이라
　　　조조 사마의는 두 간웅들 그 표본을 이루었구나.

問鼎重輕司馬懿[1]　　　문정중경 사마의 는
　　　나라의 값어치가 무거운지 가벼운지 떠본 사마의는,

龍袍執念苦同甘　　　용포집념 고동감 이라
　　　곤룡포에 대한 집념이 쓰고 단 것은 똑같다네.

---

1) *문정(問鼎): '정(鼎)'은 세발 달린 장식용 솥. 우(禹)가 주조했다는 구정은 삼
　대(三代)에 전해 내려오던 나라의 권력을 상징하는 보물이었다. 춘추 시대 초
　왕(楚王)이 구정(九鼎)의 크기와 무게를 물어본 일. 제왕의 자리를 노리는 것
　을 말함. 『春秋左氏傳 成公 3年』.

5.10. 憂韓半島未來
한반도 미래를 걱정하다

[2013.03.22.]

離不開心一亂家1)　이불개심 일란가 하니
어지러운 한반도 정세에서 한 번도 마음 놓을 수
없으니,

兩韓不察禍生何　양한불찰 화생하 오
남북한이 서로 살피지 못해 화가 생기면 어찌할까?

偸安今日無來日　투안금일 무내일 하고
오늘 편안함에 구차하게 만족한다면 내일이 없고,

信愛離開國似沙2)　신애리개 국사사 라
믿음과 신뢰가 떨어져 나가면 국가는 모래와 비슷
하게 되리라.

---

1) #이불개(離不開): 떠날 수 없다. #離不開眼: 눈을 뗄 수 없다.
　#일란가(一亂家): 한반도 남북한을 가리킨다. 指韓半島兩方.
2) #이개(離開(了)): (사람, 물건, 장소 등을) 떠나다. 떨어져 나가다.

5.11. 鶴山吾廬
학산의 나의 집

[2013.03.22.]

鶴山古里一書家　　학산고리 일서가 한데
　　학산 옛 마을에 하나의 서가가 있는데,

付設芳園意若何　　부설방원 의약하 오
　　꽃동산을 가꾸니 그 의미가 어떠한가?

回顧此廬同怙恃　　회고차려 동호시 하니
　　이 오두막집을 돌이켜보면 믿고 의지하는 부모님 같
　　으니,

死中有活妙機多　　사중유활 묘기다 라
　　죽었다가도 살아날 것 같으니 묘한 기미 많다네.

5.12. 夢見安重根義士貽余一劍
꿈속에서 안중근의사가 나에게 칼 한 자루를 주다
[2013.04.11.]

二月二十七日, 夜夢安重根義士, 使人貽余一劍. 眞奇
夢. 醒後, 欲解夢不得. 余嘗爲安重根義士崇慕會理事
長, 擧行諸般行事于南山記念館. 蓋劍者斬絕之器. 安
義士欲余斬絕者, 果何亂麻耶?

> 2월 27일, 밤 꿈에 안중근의사가 사람으로 하여금 나에게
> 칼 한 자루를 주었다. 참 기이한 꿈이다. 깨어난 후 꿈풀이
> 를 할 수 없었다. 나는 일찍이 안중근의사 숭모회 이사장
> 을 맡고 있어, 남산기념관의 모든 행사를 거행하였다. 대
> 개 칼은 베고 죽이는 도구다. 안의사가 나에게 끊어 없애
> 라고 한 것은 과연 어떤 난마인가?

夢中貽劍去天涯　몽중이검 거천애 하니
　꿈속에서 칼을 주고 먼 하늘로 떠나가시니,

心冀從今斷亂麻　심기종금 단난마 라
　마음은 이제부터 어지럽게 얽힌 일 끊어버릴 것을
　바라셨네.

義士應知余已老　의사응지 여이로 나
　의사께서는 틀림없이 내가 이미 늙었음을 알고 계
　셨을 것이나,

猶望攄意晚開花1)　유망터의 만개화 라
　그래도 뜻을 펴 늦게라도 꽃 피우기를 바라신 거겠지.

---

1) #터(攄): 펼치다. 펴다. 舒也. 布也. 『辭源』.

　#터득(攄得): 우주 바깥으로 홀로 뜻을 펴다. 獨攄意乎宇宙之外. 「班固賦」.

5.13. 讀中國經濟學社會學家著書1)
중국 경제 사회학자 저서를 읽다

[2013.04.11.]

余近者讀中國經濟 · 社會學家著書數卷, 皆不染西歐
敎條主義, 重視實事求是與漸進改革. 十三家論旨擧
皆有力.

> 나는 최근에 중국 경제 · 사회학자 저서를 몇 권 읽었다.
> 모두 서구 교조주의에 물들지 않고 실사구시와 점진적인
> 개혁을 중시하였다. 13명 학자들의 논지가 대개 유력하다.

身依地角仰天涯　　신의지각 앙천애 하니
> 지구 모서리에 몸을 의지하여 하늘을 우러러보니,

淪落東邦一亂麻　　윤락동방 일난마 러라
> 침략당하여 추락한 동방의 나라는 줄기가 어지러운
> 삼가닥 같았다네.

亞太時回自綻蕾　　아태시회 자탄뢰 한데
> 아시아 태평양 시대가 돌아와서 저절로 꽃봉오리
> 터지는데,

中原苦盡滿開花　　중원고진 만개화 라
> 중원의 아픔이 다한 자리에 꽃이 피어 가득하구나.

倡廉懲腐民生定　　창렴징부 민생정 하고
> 청렴을 노래하며 부패를 징계하여 백성의 생활을
> 바르게 만들고,

---

1)　○ 張維迎 主編,「中國改革30年-10位經濟學家的 思考」, 2008.
　　○ Justin Yifu Lin, The Quest for Prosperity, Princeton, 2012.
　　○ 費孝通(1910-2005), 張暎碩譯「鄕土中國-中國社會文化의 原型」比峰出版社, 2011.

漸進更張治具嘉   점진경장 치구가 라
  점차 제도를 개혁하고 정치에 필요한 수단을 갖
  춘 것이 아름답구나.

風雨荒蕪三十載   풍우황무 삼십재 에
  비바람으로 거칠게 된 30년 동안에도,

叢中明道十三家   총중명도 십삼가 라
  그 떨기 중에 길을 밝히는 사람 13명이 있었구나.

5.14. 德川書院
덕천서원

[2013.05.15.]

往昔山天齋映紅1) 왕석산천 제영홍 하고
　지난날 산천재는 붉게 비치고,

德川江水急流東2) 덕천강수 급류동 이라
　덕천강 물은 빠르게 동쪽으로 흐른다네.

山容雄壯風霜外 산용웅장 풍상회 하고
　산의 모습 웅장하여 바람서리 밖에 있고,

人德厚情甘苦中 인덕후정 감고중 이라
　사람의 덕은 정이 두터워 쓰고도 달다네.

垂訓先生千仞鳳3) 수훈선생 천인봉 하고
　선생 가르침 드리운 것이 천 길 나는 봉황 같고,

競陰後學數飛鴻4) 경음후학 수비홍 이라

---

1) #산천(山天): 산천재. 山天齋.

2) #덕천(德川): 덕천강德川江. 지난 세월 내가 산천재를 지나갈 때 산천재 앞에 있는 덕천강의 물결이 불어서 아래로 치달리는 것을 보았다. 산과 물과 재, 3가지가 서로 조화를 이루었는데, 지금은 덕천강을 볼 수 없어 섭섭함이 남는다. 曩歲余過山天齋時, 觀齋前有德川江瀾水, 馳驅流下. 山水齋三者, 互相調和. 今不見德川江, 遺憾矣.

3) #천인봉(千仞鳳): 남명선생은 평생 관직에 나아가지 않았다. 마치 천 길을 나는 봉황 같고, 주려도 좁쌀을 쪼지 않았다. 南冥先生平生不就官職. 如鳳飛千仞, 饑不啄粟.

4) #수비홍(數飛鴻): 반복해서 노력하고 공부함. 마치 어린 기러기가 허공을 날기 위하여 익히는 것처럼. 하필 기러기라고 하였을까? 기러기와 고니는 큰

음덕을 따르는 후학들이 날아가는 큰기러기처럼 많
다네.

春來淨域添精氣　　춘래정역 첨정기 하고
　　봄이 오니 사념이 없는 곳에 맑은 기운 더하고,

天道自彊罔有窮　　천도자강 망유궁 이라
　　하늘의 도는 쉬지 않고 움직이니 궁함이 없다네.

새로 그 뜻과 행동이, 제비와 참새와는 다르다. 남명의 문하에는 독립적이
고 특출한 행동을 하는 제자들이 많아서 사람들의 옳으니 그르니 하는 평판
을 되돌아보지 않았는데, 그 모습이 대인과 같았다. 反復努力工夫. 如稚鴻
學習飛空也. 何必日鴻? 鴻鵠大鳥, 其志與行, 異於燕雀. 南冥門下, 多有獨立
特行, 不顧人之是非. 其狀如大人者.

5.15. 日暮上智異山中山里1)
해 저물 때 지리산 중산리에 오르다

[2013.05.15.]

仰瞻斜日嶺頭紅　　앙첨사일 영두홍 하고
　　　우러러 쳐다보니 비낀 햇살로 산봉우리 붉고,

俯視德江流水東　　부시덕강 유수동 이라
　　　굽어 내려다보니 덕천강은 동으로 흐른다네.

四境閴然人入眼2)　사경격연 인입안 하고
　　　사방이 적적하더니 한 사람이 눈에 들어오는데,

傴僂村老下山中3)　구루촌로 하산중 이라
　　　등이 굽은 시골 노인 산을 내려가는 중이라네.

---

1) #중산리(中山里): 지리산 천왕봉 동쪽 산록 첫 번째 마을이다. 智異山天王峯
　 東麓第一村也.
2) #격(閴): 고요하여 사람이 없다. 靜無人也.
3) #구루(傴僂): 곱사등이. 척추가 구부러지는 병이다. 脊梁彎曲之病.

5.16. 讀德國史有感 三首
독일 역사를 읽고 3수를 짓다

[2013.07.01.]

公元二世紀頃, 歐洲來因江北部, 多惱河東部, 祗有一
望無盡之森林. 此地方住民, 日爾曼(게르만)族, 而一箇
落後蠻族. 此民族統一達成以後, 成就巨步發展, 一躍
爲歐洲頂上級近代國家. 二次大戰後, 德國爲四大國
所分占. 然兩德人民合心成就, 四大國所不願之統一.

서기 2세기경, 유럽의 라인강 북부, 다뉴브강 동부는 다만
끝없이 바라보이는 삼림뿐이었다. 이 지방 원주민은 게르
만족이었는데 일개 낙후된 야만족이었다. 이 민족이 민족
통일을 달성한 이후 거대한 발전을 이루었는데, 한번 도약
하여 유럽 정상급 근대국가가 되었다. 2차대전 후 독일은
4대 강대국에게 나누어 점령되었다. 그러나 두 독일 민족
이 합심하여 4대강국이 원하지 않는 통일을 성취하였다.

東北日爾曼族枝1)　동북일이 만족지 는
유럽의 동북쪽 게르만족의 후손들은,

文明技術一無知2)　문명기술 일무지 라
문명과 기술을 하나도 알지 못하였다네.

---

1) #동북(東北): 유럽 라인강 북부와 다뉴브강 동부. 歐洲라인江北部及다뉴브江
   東部.
   #게르만족(日爾曼族): 게르만族(Germania)의 중국어 음차(音借). 日=駔. 駔, 讀
   若駔. 駔=jih. 日爾曼은 '게르만', 'German'을 나타냄.
2) #지금부터 1800년 전 게르만 인들은 문자도, 농업도, 도시도, 군대조직도 없
   었다. 토굴에 살며 금속 기구를 알지 못했다. 그러나 이 게르만족은 게릴라
   전을 할 수 있었다. 침략한 로마군은 그들을 당해낼 수 없었다. 距今一千八
   百年前, 日爾曼民, 無文字, 無農業, 無都市, 無軍民組織. 住居土窟, 不知金
   屬器具. 然此蠻族, 精悍能於遊擊戰. 羅馬侵略軍, 莫能當.

蠻民創建公民國　만민창건 공민국 하고
　　오랑캐민족이 시민국가를 창건하여,

北海今成內海池　북해금성 내해지 라
　　북해를 지금 내해의 못처럼 만들었다네.

庶政展開求有秩　서정전개 구유질 하고
　　여러 정책을 펴가는데 질서를 구하였고,

草民遵法欲無遲　초민준법 욕무지 라
　　민초들도 법을 따라 더딤이 없게 하고자 하였다네.

歐盟混亂何時熄　구맹혼란 하시식 고
　　유럽 연맹의 혼란은 언제나 진정될 것인가?

統合元來難可期　통합원래 난가기 라
　　유럽 통합은 원래 기약하기 어려웠다네.

又
또

[2013.07.01.]

蠻族萬千枝　　만족 만천지 하고
　　오랑캐 종족은 많이 나누어지고,

文明嘗不知　　문명 상부지 라
　　문명은 일찍이 알지 못하였다네.

性情元硬直　　성정 원경직 하여
　　성정은 원래 뻣뻣하였고,

生活同往時　　생활 동왕시 라
　　생활은 옛날과 같았다네.

晚悟姑息態　　만오 고식태 나
　　늦게야 구태의연한 것을 깨달았으나,

更張未少遲　　경장 미소지 라
　　고쳐 나섬에 조금도 느리지 않았다네.

一抛脫舊習　　일포 탈구습 하니
　　한번 내던지고 옛 습관에서 벗어나니,

直到隆興期　　직도 융흥기 라
　　곧장 흥륭기에 접어들었다네.

又
또

[2013.07.01.]

首相經歷枝1) 수 상 경 력 지 나
　　메르켈 독일 총리의 경력은 여러 가지나,

人民鮮關知2) 인 민 선 관 지 라
　　인민은 공산정권의 전력을 알려하지 않았다.

備嘗分斷苦 비 상 분 단 고 하 야
　　일찍이 분단의 고통을 고루 다 맛보아서,

切冀和諧時 절 기 화 해 시 라 네
　　간절히 화해할 때를 바랐다네.

庶政恥無緒 서 정 치 무 서 하 고
　　여러 정책에 실마리 없음을 부끄러워하고,

運營恐有遲 운 영 공 유 지 라
　　운영이 느려질까 두려워한다네.

歐盟主導國3) 구 맹 주 도 국 으 로
　　유럽 연맹의 주도국으로,

垂範自他期 수 범 자 타 기 라
　　자국과 타국에 기대되는 모범을 보였다네.

---

1) #수상(首相): 앙겔라 · 메르켈 독일 총리 黙克爾德國首相.
2) #인민선관지(人民鮮關知): 인민들은 그녀의 공산정권시의 전력에 관심이 없었
　　다. 人民不欲關知她之共産政權時前歷.
3) #구맹주도국(歐盟主導國): 유럽동맹 27개국으로 독일이 그 중심국이다. 歐洲
　　同盟(EU)二十七箇國. 德國爲其中心國.

5.17. 早秋還鄉廬, 過七泊八日
초가을 고향집에 돌아와서 7박 8일을 지내다
[2013.07.01.]

秋來景物映晴霄　　추래경물 영청소 하고
가을이 오니 경치가 맑은 하늘에 비치고,

赤尾蜻蛉告夏消　　적미청령 고하소 라
붉은 꼬리 잠자리는 여름이 지나감을 알린다네.

驟雨灑溪溪愈急　　취우쇄계 계유급 하니
소나기는 골짜기에 물을 뿌리고 계곡은 더욱 급하
게 넘치니,

凉風掃嶺嶺尤高　　양풍소령 영우고 라
시원한 바람 산봉우리를 쓸고 가니 산봉우리는 한
층 더 높게 보인다네.

故村轉變應難復　　고촌전변 응난복 하고
고향마을이 변하는 것은 되돌리기 어렵고,

舊友喪亡豈易招　　구우상망 기이초 아
옛 벗들은 떠났으니 어찌 쉽게 불러낼까?

嗟我平生山水樂　　차아평생 산수요 나
아! 내 평생 산수를 좋아했는데,

如今勝地夢中遙　　여금승지 몽중요 라
지금은 이 경치가 뛰어난 곳이 꿈속에 감돌 뿐이네.

5.18. 詠朱子醉下祝融峰詩, 想晦翁當時心境1)

주자가 취하여 축융봉을 내려오며 지은 시를 읊으면서, 회옹의 당시 심경을 생각하다

[2013.08.07.]

光風絶壑上層霄   광풍절학 상층소 하야
> 맑게 갠 하늘에 바람 불고 끊어질 듯한 골짜기 위로 하늘은 높아,

灑落襟懷俗慮消   쇄락금회 속려소 라
> 마음속 품은 생각 상쾌하고 시원하여 세속의 근심 사라진다네.

濁酒村醅千口適   탁주촌배 천구적 하고
> 거르지 않은 시골 탁주는 많은 사람 입맛에 적당하고,

濃香甘醴我腸遙2)   농향감례 아장요 라
> 짙은 향기의 맛난 술 내 속을 감도는구나.

---

1) #축융봉(祝融峰): 호남성 형산 최고봉. 남송 건도 3년 정해(서기 1167년) 8월, 주자(1130-1200)는 장남헌[栻] 등과 더불어 형산 지방을 주유하며 스승과 벗이 강학하는 곳을 방문하였다. 11월 축융봉에 올라 칠언절구 1수를 지었다. 당시 회옹은 38세로 학문을 크게 떨치고 이름난 다수의 저서를 완성하니 마음에 거리낌 없이 자신만만하여 혼자 석 잔 술을 마시고 호기가 발하였을 때다. 회옹의 뜻을 얻은 때를 반드시 생각하게 된다. 湖南省衡嶽中最高峰. 南宋乾道三年丁亥(西紀1167年)八月, 朱子(1130-1200)與張南軒等, 周遊衡山地方, 訪師友講學. 十一月登祝融峰, 賦七絶一首, 當時晦翁三十八歲. 學問大振, 名著多數完成. 心無罣礙, 自信滿滿. 濁酒三盃豪氣發時, 想必晦翁得意之時.

2) #감례(甘醴): 군자의 사귐은 맑기가 물과 같고, 소인의 사귐은 달기가 단술과 같다. 〈취하여 축융봉 아래에서 짓다.〉 주회암 '내가 만 리 길을 타고 오니, 깊은 골짜기와 층층의 구름이 가슴을 씻어주는구나. 탁주 석 잔에 호기가 솟아, 시 읊으면서 취하여 축융봉을 내려온다.' 君子之交淡如水. 小人之交甘如醴. 〈醉下祝融峰作〉 朱晦庵 '我來萬里駕長風, 絶壑層雲許盪胸, 濁酒三盃豪氣發, 朗吟醉下祝融峰'.

5.19. 觀開城工團協商
개성공단 협상을 보다

[2013.08.07.]

南北何時邀亮霄　　남북하시 요량소 오

　　남과 북이 어느 시절에 밝은 하늘을 맞이할까?

不誠無物好機消　　불성무물 호기소 라

　　정성이 없으면 만물도 없어지고 좋은 기회도 사라
　　진다네.

眞情打令良堪笑　　진정타령 양감소 하니

　　'진정' 타령은 정말 웃음을 살 만하니,

元是商談眞意遙　　원시상담 진의요 라.

　　원래 장사꾼 이야기에 진정한 뜻은 멀기만 하다네.

5.20. 次子駿新築住居于近隣屯地新垈

둘째 아들 준이 근린 둔지 새터에 집을 새로 짓다

[2013.10.10.]

清宵新屋曉暾暉　　청소신옥 효돈휘 하고
　　　맑은 밤 새로운 집에 아침 해 빛나게 떠오르고,

花徑平臺設柵扉　　화경평대 설책비 라
　　　꽃 길 평평한 대에 사립문 울타리를 설치하였네.

先代儒風今世覓　　선대유풍 금세멱 하니
　　　선대의 선비 유풍 지금 세상에서 찾으니,

追蹤遺迹感瞻依[1]　　추종유적 감첨의 라
　　　남긴 업적을 추모하여 부모님을 생각하네.

---

1) #첨의(瞻依): 항상 보고 의지할 분, 곧 부모를 가리킨다. 부모나 존장(尊長)에
대한 경의(敬意)를 나타내는 말이다. '우러러볼 것이 아버지 아님이 없으며,
의지할 것이 어머니 아님이 없도다.' 尊仰而親近之也. 靡瞻匪父, 靡依匪母.
『詩經』「小雅」.

5.21. 鄕廬迎秋
고향집에서 가을을 맞다

[2013.10.10.]

小園亮氣暮光暉　　소원양기 모광휘 하고
작은 동산 밝은 기운 해질녘에 빛나고,

叢竹東西隔小扉　　총죽동서 격소비 라
대나무 떨기 동쪽 서쪽으로 작은 사립문 사이에 두
고 마주보고 있구나.

老蝶翩翩新菜邐　　노접편편 신채라 하고
늙은 나비 나부끼며 나니 새로운 푸성귀 두르고,

啼禽喋喋舊枝歸　　제금첩첩 구지귀 라
날짐승들 재재거리며 옛 가지로 돌아오네.

雁行作列昊天稟　　안행작렬 호천품 하여
기러기떼 줄을 지었으니 넓은 하늘 기운 타고나,

兄弟友恭寬恕依　　형제우공 관서의 라
형제간에 우애있고 공경하며 너그러이 용서하고 의
지한다네.

花木迎秋能悅眼　　화목영추 능열안 하니
꽃나무는 가을을 맞아 능히 눈을 즐겁게 하니,

半生造景未全非　　반생조경 미전비 라
반평생 꾸민 풍경 모두 다 틀린 것은 아닐세.

5.22. 生曾孫子

증손자 태어나다

[2013.10.10.]

雨霽蒼霄凉氣新　　우제창소 양기신 하고
　　비 갠 푸른 하늘 시원한 기운 새롭고,

曾孫初到祝佳辰　　증손초도 축가신 이라
　　증손이 처음 태어나니 아름다운 생일을 축하한다네.

聰明耳目藏元氣　　총명이목 장원기 하고
　　총명한 이목구비는 원기를 감추었고,

二百年來孩子賓　　이백년래 해자빈 이라
　　이백 년 된 우리 가문에 찾아온 어린 손님이라네.

5.23. 德國總選與女首相新構想(Vision)
독일 총선과 여수상의 신구상

[2013.10.10.]

以余觀之, 德國總理黙克介, 爲歐洲罕有之指導者. 他
指導者擧皆爲現實主義者, 維德國女首相, 俱有現實
感覺, 與遠視的想像力. 她可謂爲夢想主義的現實主
義者. 她第1期任期當時, 爲完璧現實主義者, 於對外
關係, 她的關心秖在德國當面利益. 然第2期以後, 她
轉爲一種遠視的夢想主義者(visionary), 而以爲欲事德國
利益, 德國宜盡力事統合歐洲, 而圖謀歐洲全體利益.
她想若單一通貨圈(Euro-zone)瓦解, 德國繁榮亦必斷絶,
故德國以歐洲大國, 供與援助于弱國, 使貨盟17箇國,
成就歐洲統合體. 總選以後, 她之第1聲曰: '我國對外
政策收多大成功, 此爲我國不變之外交基調.' 余判斷
她之政策, 未必迂闊, 秖基于巨視遠視的視覺.

내가 보기에는, 독일 총리 메르켈은 유럽에서 드물게 보는
지도자로, 다른 지도자들은 대개 현실주의자들이나 오직
독일 여수상은 현실감각과 미래지향적인 상상력을 갖추었
다. 그녀는 몽상주의적 현실주의자라 이를 만하다. 그녀의
제1기 임기 당시에는 대외관계에서 완벽한 현실주의자로,
그녀의 관심은 단지 독일의 당면한 이익이었다. 그러나 제
2기 이후 그녀는 일종의 미래지향적 몽상주의자로 바뀌었
다. 그래서 독일의 이익을 위하여 일하고, 독일은 마땅히
유럽을 통합하여 유럽 전체 이익을 도모하는 데 온힘을 다
했다. 그녀는 만일 단일통화권이 깨어지면 독일의 번영도
또한 반드시 단절된다고 생각하였다. 그러므로 독일은 유
럽의 대국으로 약소국에 원조를 하여, 17개국의 유로 동맹
으로 하여금 유럽통합체를 이루도록 한다는 것이었다. 총
선 이후 그녀의 제1성은 '우리나라는 많은 대외정책을 수
립하여 많은 성공을 거두었다. 이것은 우리나라의 변하지
않는 외교기조이다.'라고 하였다. 나의 판단에 그녀의 정책
은 반드시 우활하지 않고, 단지 크게 보고 멀리 보는 시각
을 기본으로 하였을 뿐이다.

旣知勝勢勝何新　기지승세 승하신 고
이미 승세를 알았지만 이기니 얼마나 새삼스러울까?

歌喚無喧祝賀辰　가환무훤 축하신 이라
노래를 부르나 시끄러움 없이 축하하는 때라네.

女相無言勝達辯　여상무언 승달변 하니
여수상은 말이 없으나 달변보다 나았으니

和顏微笑最宜賓　화안미소 최의빈 이라
온화한 얼굴 잔잔한 미소가 남들에게 가장 알맞다네.

輕扶弱國蘇如草　경부약국 소여초 하니
약소국을 가볍게 지원함은 풀을 살아나게 함과 같으니,

强縮貧邦散似塵1)　강축빈방 산사진 이라
가난한 나라들에게 긴축을 강요함은 티끌을 흩어
놓는 것 같네.

大陸大同唯一策2)　대륙대동 유일책 은
유럽대륙을 크게 묶는 유일한 정책은,

歐洲統合貨盟濱3)　구주통합 화맹빈 이라
유럽을 통합하고 지중해 연안국들과도 통화 동맹이
되는 것이라네.

---

1) #메르켈 총리가 재정긴축을 단일통화 가맹국인 남유럽국들에게 강요한다면
화폐동맹이 불가피하게 깨어지게 되어, 독일의 번영도 또한 불가피하게 끝
나게 된다는 것이다. 黙克尒總理, 若財政緊縮, 强化于單一通貨加盟南歐國,
貨幣同盟不可不瓦解, 而德國繁榮, 亦不可不告終焉.
2) #대륙(大陸): 유럽대륙. 歐洲大陸.
　#유일책(唯一策): 유럽 국가를 통합하여 대동국가를 이루는 이외에 다시 다
른 방책이 없다. 歐洲統合, 而成大同國家外, 更無他策.
3) #화맹(貨盟): 단일통화동맹국. 單一通貨同盟國(Euro-zone).

5.24. 自遣

스스로 울적함을 위로함

[2013.11.16.]

紅黃秋葉掩書堂　　홍황추엽 엄서당 하고
　　울긋불긋 가을 단풍잎이 서당을 가리고,

暮色帶嵐凉氣荒　　모색대람 양기황 이라
　　해질녘 빛은 아지랑이 띠를 이루어 서늘한 기운이
　　거칠다네.

昏眼無眠長夜苦　　혼안무면 장야고 하고
　　희미한 눈으로 잠도 못 자니 긴 밤이 고통스럽고,

衰身對卷短宵忙　　쇠신대권 단소망 이라
　　쇠약해진 몸으로 책을 대하니 짧은 밤이 바쁘다네.

老患稍輕怡眼力　　노환초경 이안력 하고
　　늙어 병듦 조금 가벼워지니 시력이 좋아져서,

襟懷差豁對花香　　금회차활 대화향 이라
　　가슴속에 품은 생각 조금 넓어져서 꽃향기를 대
　　하게 된다네.

寰宇如狂頻構釁　　환우여광 빈구흔 하니
　　온 세계가 미치광이처럼 빈번히 분쟁을 만드니,

戰爭悽絶海空蒼　　전쟁처절 해공창 이라
　　처절하여 바다와 하늘이 창망하구나.

又
또

[2013.11.16.]

塡塵冊架滿書堂　　전진책가 만서당 한데
　　먼지 쌓인 서가의 책이 서당에 가득한데,

獨坐榻床懷緬荒　　독좌탑상 회면황 이라
　　홀로 책상 앞에 앉아 지난 일 생각하니 쓸쓸하다네.

病夫長臥無餘事　　병부장와 무여사 하고
　　병든 늙은이 오래 누웠으나 딴 일은 없고,

世態不關閑與忙　　세태불관 한여망 이라
　　세태에는 바쁜 일이든 한가한 일이든 관여하지 않
　　는다네.

5.25. 秋懷
가을 생각

2013.12.05.]

山野寒來早結氷　　산야한래 조결빙 하고
산과 들에 추위가 오니 일찍 얼음이 얼고,

冽風松韻我廬凝1)　　열풍송운 아려응 이라
맑은 바람에 울리는 소나무 소리 내 오두막집에 엉긴
다네.

疎才朝夕稀聞道　　소재조석 희문도 하고
성긴 재주로 아침저녁으로 도를 들음이 드물고,

紫陌街衢罕見燈　　자맥가구 한견등 이라
도성의 거리에는 세상 밝힐 등 드물다네.

老患瘦身書裏蠹　　노환수신 서리두 하고
늙고 병들어 여윈 몸은 책 속의 좀벌레 되었고,

日常枯淡蟄居僧　　일상고담 칩거승 이라
일상생활이 메마르고 담박하니 움츠리고 사는 승려
와 같다네.

僞眞季世眞難辨　　위진계세 진난변 하고
거짓이 진실이 되는 말세에 진실을 말하기 어렵고,

霜菊顆頭滿夏蠅　　상국과두 만하승 이라
서리 내린 국화 송이에 여름 파리 가득하구나.

---

1) #내 집 주변에는 몇 그루의 소나무가 있는데, 모두 내가 심은 것이다. 그
때는 어린 소나무였는데, 지금은 노송이 되었다. 余廬周邊有數株松, 皆余之
手植. 當年穉松, 今爲老松.

5.26. 學術院六分科, 要余作明年度研究論文, 余謝
同僚好意, 快諾提議.
학술원 6분과에서 나에게 내년도 연구논문 짓기를
요청하였다. 나는 동료의 호의에 감사하며 제의를
흔쾌히 허락하였다

[2013.12.05.]

分科同僚, 熟知余以老患, 幾乎瀕死, 而此何要請耶?
初欲却之, 再思納之. 死生, 憑天判下, 非人謀. 余之
最善, 闕多言, 而快諾.
　　분과동료는 내가 늙고 병들어 거의 죽을 뻔한 것을 잘 알
　　고 있는데, 이 무슨 요청이란 말인가? 처음에는 거절하려
　　고 하였으나 다시 생각하여 그것을 받아들였다. 죽고 사는
　　것은 하늘이 판단하는 것이니, 나는 최선을 다할 뿐이고,
　　많은 말이 필요치 않아 흔쾌히 허락하였다.

尚藏胸裏一壺氷　　상장흉리 일호빙 이나
　　아직도 가슴속에 한 병의 얼음 감추고 있으나,

但懼衰身老患凝　　단구쇠신 노환응 이라
　　다만 두렵구나! 쇠약한 몸에 늙은 병 엉기어 있음이.

執筆病中非好計　　집필병중 비호계 나
　　병중에 집필한다는 것 좋은 계획이 아니나,

風前隻影照明燈　　풍전척영 조명등 이라
　　바람 앞의 외로운 내 모습 밝은 등 앞에 비추어 보
　　리라.

5.27. 古典飜譯院好友, 李圭玉, 金成愛, 訪余慰歡談

고전번역원의 좋은 친구 이규옥, 김성애가 나를 위문차 방문하여 환담하다

[2013.12.05.]

好友醇心一片氷   호우순심 일편빙 하고
  좋은 벗의 순후한 마음 한 조각 얼음 같고,

和顔舒誼緬懷凝   화안서의 면회응 이라
  화평한 얼굴에 오랜 정이 퍼지니 아득한 생각 엉기는구나.

感君不改平生業   감군불개 평생업 하고
  그대들 평생의 사업 고침이 없음에 감사하노니,

欲救漢盲天授燈   욕구한맹 천수등 이라
  한문에 무지함을 구원하려고 하늘에서 등불을 내려주었구나.

5.28. 讀秦史
진나라 역사서를 읽다

[2014.01.07.]

天下歸秦應有因　　천하귀진 응유인 이나
> 천하가 진나라로 돌아오는 것은 틀림없이 원인이
> 있을 것이나,

隴西北翟是癡人　　농서북적 시치인 이라
> 농서 지역의 북쪽 오랑캐라 어리석은 사람이었구나.

舊傳盡棄初皇敎　　구전진기 초황교 하고
> 예로부터 전해오는 것을 모두 버릴 것이 시황제의
> 명령이고,

刑戮無垠遠近親　　형륙무은 원근친 이라
> 형벌하고 죽이는 것은 친척까지 한계가 없었구나.

榮辱百年心外事　　영욕백년 심외사 러니
> 영예와 치욕의 한 평생을 남이 어떻게 볼지는 생
> 각 밖의 일이었더니,

浮沈一瞬闕中身　　부침일순 궐중신 이라
> 궁궐 안에서 떴다가 가라앉음은 일순간이라.

祖龍失鹿電光速1)　　조룡실록 전광속 하니
> 시황이 제위를 잃음은 전광석화처럼 빨랐으니,

說話始終難悉眞　　설화시종 난실진 이라
> 설화의 시작과 끝 모두 다 참 알기 어렵다네.

---

1) *조룡실록(祖龍失鹿): 진시황이 나라를 잃음을 비유함. '조(祖)'자는 '시
(始)'자와 통하고, '용(龍)'자는 임금을 상징함, '록(鹿)'은 왕권을 비유함.

5.29. 冬至前後酷寒連日

동지 전후 혹독한 추위가 여러 날 이어지다

[2014.01.07.]

酷寒天地不仁因　　혹한천지 불인인 이나
　　천지에 혹독한 추위는 어질지 못한 게 원인이 아니고

上下失時豈憶人　　상하실시 기억인 이리오
　　위아래 때를 잃어버리니 어찌 사람을 기억하리오?

夢裏故鄕消息好　　몽리고향 소식호 하니
　　꿈속에서 고향의 좋은 소식 들리니,

雪中松柏苟全身　　설중송백 구전신 이라
　　눈 가운데 소나무와 잣나무는 정말로 온전하다고
　　하네.

5.30. 漢陽城
한양성

[2014.03.11.]

古今冠絶漢陽城　　고금관절 한양성 은
예나 지금이나 으뜸 자리인 한양성은,

六百年都眼界晴　　육백년도 안계청 이라
육백 년 도읍한 곳이라 보이는 곳마다 맑구나.

三角連峰鴻鵠像　　삼각연봉 홍곡상 하고
삼각산 연이은 봉우리 큰 인물상이고,

漢江淸水鳳凰聲　　한강청수 봉황성 이라
한강의 맑은 물은 봉황의 소리라네.

地靈人傑韓民性　　지령인걸 한민성 하여
영험한 땅의 뛰어난 인물 한민족의 특성이고,

山紫水明天地情　　산자수명 천지정 이라
산 빛 곱고 강물 맑으니 하늘과 땅의 마음이라네.

笑我高齡今八七　　소아고령 금팔칠 이나
내 나이 많아 지금 87세임이 우스우나,

順從正命送餘生　　순종정명 송여생 하리라
바른 천명을 순하게 따르며 남은 생을 보내리라.

5.31. 早春
이른 봄

[2014.03.11.]

鬪病支離似守城　　　투병지리 사수성 하고
　　병과 싸우느라 지루함은 성을 지키는 것 같고,

老兵命運未嘗晴　　　노병명운 미상청 이라
　　늙은 병사의 운명은 좋아질 날 드물다네.

早春景物關悔甚　　　조춘경물 관회심 한데
　　이른 봄 변하는 경치를 보니 심한 후회도 나는데,

夜半悽然聽雨聲　　　야반처연 청우성 이라
　　밤중에 쓸쓸하게 빗소리를 듣는다네.

5.32. 故鄕大雪
고향의 대설

[2014.03.11.]

驅車前進暮踰關　　구거전진 모유관 한데
차를 몰고 앞으로 나아가 해질녘 대관령을 넘어가
는데,

大雪沈淪野與山　　대설침륜 야여산 이라
큰 눈 내려 들과 산이 파묻혔다네.

孤立民家音韻寂　　고립민가 음운적 하고
고립된 민가에 소리조차 적막하고,

停飛山鳥樹林閑　　정비산조 수림한 이라
산새들도 날기를 그치니 숲속도 한가하다네.

無辜受孽能無怨　　무고수얼 능무원 가
허물없이도 재앙을 받으니 어찌 원망이 없을소냐?

蒼者降災祇厚顏　　창자강재 지후안 이라
저 먼 하늘이 재앙을 내리니 다만 후안무치가 되네.

故友古村人物改　　고우고촌 인물개 하여
고향 친구들과 살던 옛 마을은 인물들 바뀌어,

緬懷不覺淚流潸　　면회불각 누유산 이라
지난 일을 회상하니 나도 몰래 눈물 줄줄 흐르네.

5.33. 後輩三友
후배 세 친구

[2014.03.11.]

得君才學度難關　　득군재학 도난관 한데
　　그대들 재주와 학문 얻어 난관을 뛰어넘으려 하였
　　는데,

況對出藍如泰山　　황대출람 여태산 이라
　　하물며 스승보다 뛰어나니 태산과 같다네.

問答三君誠與熱　　문답삼군 성여열 하니
　　세 사람이 묻고 답하는 것 정성과 열정이 함께 하니,

病夫今後莫求閑　　병부금후 막구한 이라
　　병든 이 늙은이 지금 이후에는 한가할 틈 없겠네.

5.34. 燕居
하는 일 없이 집에 한가히 있음

寒氣春朝尙未消　　한기춘조 상미소 한데
쌀쌀한 봄날 아침 기운 아직 사라지지 않았는데,

携筇直到陸連橋　　휴공직도 육련교 라네
지팡이 끌고 곧바로 도착하니 땅과 이어진 다리라네.

仰看冠嶽峰幽靜　　앙간관악 봉유정 하고
우러러 관악산 바라보니 봉우리 아득히 고요하고,

俯視街衢衆動搖　　부시가구 중동요 라네.
굽어본 네거리에 여러 사람들 움직인다네.

老病夜長焦待曙　　노병야장 초대서 하고
늙고 병드니 밤은 길어 초조하게 새벽 기다리고,

衰癃眠短屢迎宵　　쇠륭면단 누영소 라네.
쇠약하고 팍삭 늙어 잠도 짧은데 자주 밤을 맞는다네.

韓流歌舞觀多少　　한류가무 관다소 나
한류로 이름난 춤을 얼마쯤 보았으나,

還是多情聽古謠　　환시다정 청고요 하네.
그래도 옛날 가요를 듣는 것이 다정히 느껴지네.

5.35. 統一論議有感
통일 논의 유감

[2014.04.11.]

分斷慣行眞罕消　　분단관행 진한소 하니
분단된 관행은 소멸되기가 정말 힘드니,

欲登彼岸未看橋　　욕등피안 미간교 라
저 쪽 기슭에 오르고자 하지만 다리를 찾을 수가
없다네.

甘言險口仇讐閱　　감언험구 구수열 하니
험악한 입에 달콤한 말로 서로 원수와 같이 보아왔
으니,

那得河淸成一宵　　나득하청 성일소 오
어찌 강물이 맑아지기를 하룻밤에 이룰 수 있단 말
인가?

5.36. 老懷
늙은이의 생각

[2014.05.13.]

三世人間各有終　　삼세인간 각유종 하니
과거, 현재, 미래 인간은 각기 끝이 있으니,

吾生未久永歸空　　오생미구 영귀공 이라
나의 인생도 머지않아 영원한 허공으로 돌아가리라.

曾知心貴安貧巷　　증지심귀 안빈항 하고
일찍이 마음속에 누추한 골목에서 안빈낙도하는 것
이 귀함을 알았고,

晚覺神平似富宮　　만각신평 사부궁 이라
늦게는 정신이 편한 것이 좋은 집에 사는 것과
같음을 깨달았다네.

伊昔側聞賢者像　　이석측문 현자상 하나
예전에는 어진이의 모습에 대하여 슬쩍 듣기는 하
였으나,

如今虛養浩然風　　여금허양 호연풍 이라
지금은 호연지기를 헛되이 기르고 있다네.

萬邦切望新機軸　　만방절망 신기축 한데
모든 나라에서 간절히 바라는 것은 이노베이션인데,

草野駑翁獨苦中　　초야노옹 독고중 이라
초야의 노둔한 늙은이 홀로 고심하는 중이라네.

5.37. 旅客貨物船 '世越號' 沈沒
여객화물선 '세월호' 침몰

[2014.05.13.]

人災連續實難終　　인재연속 실난종 하니
　　사람으로 인한 재앙이 연속되어 진실로 끝나기 어려
　　우니,

基本無修末業空　　기본무수 말업공 이라
　　기본이 닦이지 못하였으니 그 밖의 일이야 모두 공
　　염불일 수밖에 없지.

趨利平生忘曲直　　추리평생 망곡직 하니
　　평생 이익을 뒤쫓아 옳고 그름을 잊었으니,

求名冒險敗民風　　구명모험 패민풍 이라
　　명성을 구하여 위험을 무릅쓰는 것은 퇴패한 족속
　　들의 풍조라네.

5.38. 憂旱之餘 甘雨沛然
가뭄으로 걱정하는 틈에 단비가 세차게 내리다

不似春來春已終　　불사춘래 춘이종 하고
　　봄 같지 않은 봄이 왔으나 봄은 이미 끝나가고,

霧霾薄帶蔽蒼空　　무매박대 폐창공 이라
　　안개에 싸인 흙비가 엷은 띠를 이루어 푸른 허공을
　　덮었다네.

厭看杲杲昇炎日　　염간고고 승염일 한데
　　높고 높이 불꽃같은 태양 떠오르는 것 보기 싫어지
　　는데,

夜半欣驩聽雨風　　야반흔환 청우풍 이라
　　한밤중에 즐겁게 비바람 소리 듣는다네.

5.39. 觀時局
시국을 보다

[2014.06.09.]

政界成功難可期　　정계성공 난가기 하고
　　정치하는 세계에서 성공은 기약하기 어렵고,

官民失軌事多非　　관민실궤 사다비 라
　　관리와 국민이 궤도를 잃으니 일마다 틀림이 많
　　아진다네.

道心掃地人心險[1]　　도심소지 인심험 하니
　　도심은 땅을 쓴 듯 사라지고 인심은 험해지기만 하니,

不實槿邦如褸衣　　불실근방 여루의 라네.
　　성실하지 못한 우리나라 헌 누더기 옷 같다네.

---

1) #도심인심(道心人心): 도심은 은미하고 인심은 위태롭다. 道心惟微, 人心愈
　　危. 『書經』「虞書 大禹謨」.

又
또

天難諶也命無期1)　천난심야 명무기 하고
　　천명을 기약할 수 없으니 하늘을 믿기가 어렵고,

明德不明天命非2)　명덕불명 천명비 라
　　밝은 덕은 밝지 않음은 천명이 아니어서.

如欲邦家弘運遠　여욕방가 홍운원 하나
　　나라 운용의 법을 멀리 넓히고자 하여도,

官民負責恥華衣3)　관민부채 치화의 라
　　관리와 백성이 빚을 지고 있으니 화려한 옷이 부끄
　　럽다네.

---

1) #天難諶命無期: '하늘이 믿기 어려움은 명(命)이 일정하지 않기 때문이다.'
　　天難諶命靡常 『서경(書經)』「하서(夏書)」함유일덕(咸有一德).
2) #大學之道在明明德: '대학의 도는 밝은 덕을 밝히고, 백성을 새롭게 하고,
　　지극한 선에 이르게 하는 것이다.' '大學之道 在明明德 在新民 在止於至
　　善' 『大學』.
3) #관민부채(官民負責): 관리와 국민이 진 빚. 『大同書』.

又
또

[2014.06.09.]

民心收攬甚難期　　민심수람 심난기 하고
백성의 마음을 거두어 잡는 것은 심히 기대하기 어
렵고,

腐蝕凝髏無是非　　부식응루 무시비 라
썩어서 벌레 먹은 것처럼 삭아 엉긴 해골에는 옳
고 그름이 없다네.

善政基乎誠與信　　선정기호 성여신 하니
백성을 잘 다스리는 기본은 성실과 신뢰이니,

此邦最切信誠歸　　차방최절 신성귀 라
이 나라에 가장 간절한 것은 신뢰와 성실로 돌아가
는 것이라네.

5.40. 還鄉

고향에 돌아오다

[2014.07.08.]

老軀長臥病　　노구 장와병 이라가
늙은 몸 오래도록 병으로 누웠다가,

今始返山林　　금시 반산림 이라
이제 비로소 산림으로 돌아왔구나.

窓下吟高韻　　창하 음고운 하며
창 아래서 고상한 운치를 읊기도 하며,

溪邊坐綠陰　　계변 좌록음 이라
계곡 주변 녹음에 앉았기도 한다네.

旣承犀角訓1)　　기승 서각훈 한데
이미 무소뿔의 교훈을 계승하였다면,

那保獨囚心2)　　나보 독수심 고
어찌 홀로 죄인의 마음을 보존하리오!

---

1) #서각훈(犀角訓): 아함경에 '사람이 좋은 벗이 있으면 이것이 복이다. 다만 좋은 벗을 만나기 어렵다. 만약 좋은 벗이 없으면 홀로 서서 힘껏 행하기를 마치 무소의 뿔처럼 하면 어떤 어려움이 있겠는가?'와 같이 말했다. 阿含經: 若曰: '人有好友, 是爲福. 但好友難逢. 若無好友則獨立力行, 如犀牛之角, 何憂之有.'

2) #독수심(獨囚心): 고향에 옛 벗이 하나도 없으나 마음이 저절로 얽매여서 궁한 죄인처럼 답답하게 지낼 수는 없다. 왕양명이 추추음 시에서 '대장부 천지를 뒤흔들 만하게 큰 세력이 뚝뚝 떨어지나, 어찌 궁한 죄인같이 속박됨을 되돌아보지 않는가!' 라고 하였다. 故鄉無一故友. 然心不可自縛, 而憫如窮囚. 王陽明啾啾吟詩曰: 丈夫落落掀天地, 豈顧束縛如窮囚.

佳境胸襟闊　　가경 흉금활 하니
　　좋은 경치로 가슴속이 넓어지니,

四周風籟音　　사주 풍뢰음 이라
　　사방에 두루 퉁소 소리같은 아름다운 바람 불어온
　　다네.

又
또

[2014.07.08.]

驟雨灑園林　취우 쇄원림 하니
　　갑작스러운 소나기 동산 수풀에 내리니,

小廬終日陰　소려 종일음 이라
　　작은 오두막집 하루 종일 그늘진다네.

凉春早旱襲1)　양춘 조한습 하니
　　서늘한 봄에 일찍 가뭄이 엄습하니,

田畝冷寒侵　전묘 냉한침 이라
　　밭이랑에 냉해가 침범하였다네.

恨昔稀聞道　한석 희문도 나
　　예전에 도를 드물게 들었음이 한스러우나

冀今守素心　기금 수소심 이라
　　지금 바라는 것은 깨끗한 마음을 지키는 것이라네.

臨瀛山水窟　임영 산수굴 한데
　　강릉 바다의 아름다운 경관을 둥지 삼으니,

遙聽海濤音　요청 해도음 이라
　　아득히 파도 소리 들린다네.

---

1) #영동지방에 이른 봄 이래로 가뭄이 크게 심하고 또 냉해도 있었다. 嶺東地方 早春以來 旱魃太甚 又有冷害.

5.41. 自遣 老年消日, 恰如登山, 苦中有樂

스스로의 마음을 위로함 늙어서 시간 보내는 것은 등산과 같은데, 괴로움 가운데 즐거움이 있다

[2014.08.11.]

遠登山徑混西東　　원등산경 혼서동 하고
　　먼 산 오솔길 오르니 서와 동이 헷갈리고,

屢見溪間有逕通　　누견계간 유경통 이라
　　계곡 사이 자주 보니 좁은 길 통하여 있다네.

學術論文成過半1)　학술논문 성과반 하고
　　학술논문은 반 정도 이루었고,

推敲添削繫心中　　퇴고첨삭 계심중 이라
　　구문의 자구를 더할지 뺄지 마음에 걸린다네.

環球經濟離常識　　환구경제 리상식 하고
　　지구의 경제는 상식을 벗어나고,

半島物情稀古風　　반도물정 희고풍 이라
　　한반도의 물정은 옛 풍속 드물다네.

報道每朝何忍閱　　보도매조 하인열 고
　　매일 아침 보도되는 것을 어찌 참고 볼까?

始知四勿與仁同2)　시지사물 여인동 이라

---

1) #학술논문(學術論文): 학술원에서 2014년도 연구논문으로 요청한 것. 學術院所請2014年度研究論文.

2) #사물(四勿): 예가 아니면 보지 말며, 예가 아니면 듣지 말며, 예가 아니면 말하지 말며, 예가 아니면 움직이지 말라. 非禮勿視, 非禮勿聽, 非禮勿言, 非禮勿動. 『論語 顔淵』.

비로소 네 가지 금할 것을 알게 되니 어짐과 한가
지라네.

5.42. 輓金英世社長
김영세 사장을 애도하다

[2014.08.11.]

金英世社長, 全南靈光出身, 建築土木技士, 而營繕住
宅建築物爲業. 性本仁直勤勉, 四隣爲好友. 自余結廬
來此, 與余爲善隣, 凡三十三年于玆矣. 平昔無恙, 以心
筋梗塞, 忽然逝世, 得年七十. 余深惜其人, 哀悼不已.

김영세 사장은 전남 영광출신 건축토목기사로 주택건축물
영선 사업을 하였다. 본성이 어질고 정직하며 근면하여 사
방 이웃의 좋은 벗이 되었다. 오두막집 지었을 때부터 좋은
이웃이 된 지 무릇 33년이 되었다. 평소 병이 없었으나 심
근경색으로 홀연히 세상을 떠났으니 향년 칠십 세이다. 나
는 깊이 그 사람을 애석해하며 애도하여 마지않는 바이다.

足遍冠區西又東　　족편관구 서우동 하고
　　발자취가 관악구의 서쪽과 동쪽에 두루 미치고,

四隣爲友好相通　　사린위우 호상통 이라
　　사방이 이웃되어 사이좋게 서로 통하였다네.

仁人忽逝天難諶　　인인홀서 천난심 한데
　　어진 사람이 홀연히 떠나가니 하늘을 믿기가 어려
　　운데,

悲訃電飛秋雨中　　비부전비 추우중 이라
　　슬픈 부고 소식 전보가 가을비 내리는데 날아오
　　는구나.

5.43. 自適
마음 내키는 대로

[2014.09.12.]

老年自適歎多嗟　　노년자적 탄다차 하고
　　늙어서 유유자적해야 하는데 탄식 많음을 한탄하노니,

無事平常歲月覷　　무사평상 세월사 라
　　일 없이 평범한 일상 세월 가는 것만 엿보아야지.

日課蕭條難把酒　　일과소조 난파주 나
　　일과가 쓸쓸하니 술잔을 잡기 어려우나,

周邊寂寞屢看花　　주변적막 누간화 라
　　주변이 적막하니 자주 꽃을 본다네.

讀書無序隨氣氣　　독서무서 수분기 하고
　　책을 읽는 것도 순서 없이 기분을 따를 뿐,

窮理何須問大家　　궁리하수 문대가 오
　　이치를 어찌 반드시 대가에게 물을 것인가?

炎熱故鄕還不得　　염열고향 환부득 한데
　　불볕더위로 고향에 돌아가지 못하였는데,

秋風招我走輕車　　추풍초아 주경차 리라
　　가을바람이 나를 부른다면 가벼운 차로 달려가리라.

5.44. 老懷
늙은이의 마음

[2014.09.12.]

回顧往年懷緬嗟　　회고왕년 회면차 한데
　　지나간 세월을 되돌아보니 아득한 탄식을 품게 되
　　는데,

生時幾瞬死時覗　　생시기순 사시사 오
　　살았을 때 몇 순간이나 죽음의 때를 엿보았는가?

雨風窓外憂鄕里　　우풍창외 우향리 하나
　　창밖에 비바람 불어 고향 마을 근심하게 하나,

靑綠園中賞白花　　청록원중 상백화 라
　　청록색 정원 안에서 흰 꽃을 감상한다네.

覓句賦詩麤老客　　멱구부시 추로객 이나
　　좋은 구절 찾아서 시를 짓는 엉뚱한 늙은이 되었으나,

溫良親族好爺家　　온량친족 호야가 라네
　　친족들에게 따뜻하고 선량한 좋은 할아버지 집 되
　　었으면 하네.

心身疲倦誰愆是　　심신피권 수건시 고
　　몸과 마음 피곤하고 게으르니 이게 바로 누구의 허
　　물인고?

犀角對書忘有車1)　　서각대서 망유차 라

---

1) *서각(犀角): 무소뿔에 영기가 통하듯이 뜻이 잘 통함을 비유.
　　-- '무소의 뿔처럼 혼자서 가라.' 수타니파타에 보임.
　　*망유거(忘有車): '忘車馬之好'의 줄임. 좋은 수레를 타는 즐거움도 잊어버

책을 대하니 신령스럽게 정신이 통하여 좋은 수레 있는 것도 잊어버린다네.

림. 「通鑑節要 卷12 漢紀 中宗孝宣皇帝」.

5.45. 迎秋

가을을 맞이하다

冠山日落暮風嗟   관산일락 모풍차 하고
　　　 관악산에 해지니 저녁 바람에 탄식하고,

驟雨檐端吹入家   취우첨단 취입가 라
　　　 소나기는 처마끝에 불어와 집으로 들어온다네.

小屋卅三年歲月   소옥삼삼 년세월 에
　　　 작은 집에서 보낸 33년 세월,

四周古色發秋花   사주고색 발추화 라
　　　 네 구석에 옛 빛 그대로 가을꽃 피었다네.

210 | 趙淳 漢詩集

5.46. 偶吟

우연히 시를 읊다

[2014.10.10.]

病氣稍蘇心益愁   병기초소 심익수 하니
병 기운 조금 되살아나 마음 더욱 근심스러워지니,

世恩平素豈能酬   세은평소 기능수 라
평소 세상의 은혜를 어찌 갚을 수 있을까?

冠山秋色如花苑   관산추색 여화원 하고
관악산의 가을빛은 꽃동산 같고,

紫陌老身同蜃樓   자백노신 동신루 라
도성의 길에 늙은 몸 신기루 같다네.

天命靡常王相等   천명미상 왕상등 하니
하늘이 내린 운명 한결같지 않음은 임금이나 재상
이나 똑같으니,

人生芻狗古今流1)   인생추구 고금류 라
사람의 일생이 풀로 만든 개 같음은 옛날이나 지금
이나 똑같다네.

渺茫苦海那邊盡   묘망고해 나변진 고
아득하고 망망한 고난의 바다 어느 쪽에서 다할까?

鏡裏龍鐘映白頭   경리용종 영백두 라
거울 속에 팍삭 늙은 모습 흰 머리를 비추누나.

---

1) *추구(芻狗): 제사를 지낼 때 일회용으로 사용하는 짚으로 만든 개 모조품.

5.47. 築城餘石
성을 쌓다가 남은 돌

[2014.10.10.]

余友有曰: 吾等皆築城餘石, 吾生何可有爲? 余聽其言,
作七絶.

> 내 벗 중에 어떤 사람이 말하길 '우리들 모두 성을 쌓다가
> 남은 돌이니 우리 인생이 무슨 의미가 있겠는가?' 한다.
> 그 말을 듣고 7언 절구를 지었다.

老去日常那少愁   노거일상 나소수 하고
> 늙어가는 일상생활에 어찌 근심이 적을까?

許多蒙澤愧忘酬   허다몽택 괴망수 라
> 허다하게 입은 은혜 갚는 것을 잊어버림이 부끄럽
> 다네.

築城餘石應無恨   축성여석 응무한 하고
> 성을 쌓다가 남은 돌이라면 틀림없이 한이 없고,

積磊生苔任世流   적뢰생태 임세류 라
> 쌓인 무더기에 이끼가 생겨도 세월 흘러감에 맡
> 겨둘 뿐이라네.

5.48. 還故鄉

고향으로 돌아오다

[2014.10.10.]

江陵在京市民會, 要余以漢詩, 賦于江陵故事. 仍賦七
絶一首.

　재경 강릉시민회에서 나에게 강릉 고사에 대하여 한시를
　지어줄 것 요청하였다. 이에 7언 절구 1수를 짓는다.

塵事多繁久未還　　진사다번 구미환 한데

　티끌 같은 속세의 일이 많이 번잡하여 오래도록 돌
　아가지 못하였는데,

仲秋錦繡映江山　　중추금수 영강산 이라

　비단에 수를 놓은 것 같은 아름다움이 중추 계절에
　우리 고향에 비치겠지.

人移物變鄉容改　　인이물변 향용개 나

　사람들 떠나가고 만물이 변하여 고향 모습도 고쳐
　지나,

傳統尙留新舊間　　전통상류 신구간 이라

　전통이 아직도 새로운 것과 옛것의 사이에 머무르
　고 있다네.

5.49. 秋花滿園
가을꽃이 정원에 가득하니

[2014.11.13.]

我廬庭園, 陜如猫額, 秋花滿開. 土種霜菊最美, 蜂蝶
飛來不絶.

> 내 집 정원이 고양이 이마처럼 좁은데 가을꽃이 가득 피었
> 다. 토종 늦은 국화가 가장 아름다우니 벌 나비가 끊임없
> 이 날아온다.

秋園花發似花瓶　　추원화발 사화병 한데
> 가을 정원에 꽃이 피니 꽃병과 같은데,

霜菊遽爲蜂蝶亭　　상국거위 봉접정 이라
> 서리 맞은 국화가 문득 벌과 나비의 정자가 되었다네.

大顆鷄頭如北斗　　대과계두 여북두 하니
> 닭머리처럼 아름다운 가장 큰 꽃봉오리는 북두성
> 같아,

晝宵睥睨綺羅星　　주소비예 기라성 이라
> 밤낮 할 것 없이 기라성같은 여러 봉오리들을 흘
> 겨보고 있다네.

又
또

猫額庭園繞樹屛　　묘액정원 요수병 하니
　　고양이 이마 같은 조그마한 정원에 나무 병풍 둘렀
　　으니,

花間細徑作弓形　　화간세경 작궁형 이라
　　꽃 사이 좁은 길은 활 모양이로구나.

蒼宵高燿銀河水　　창소고요 은하수 한데
　　푸른 밤 은하수는 높이 환한데,

日暮雲煙遮斗星　　일모운연 차두성 이라
　　해가 지니 구름 안개가 북두성을 가리는구나.

5.50. 歲暮
해를 넘기며

[2014.12.15.]

人生百歲歷程遙　인생백세 역정요 한데
백 세 인생길이 아득하기만 한데,

八七送年齡已高　팔칠송년 영이고 라
87살 한해를 보내니 나이 이미 높았구나.

神老何望辛苦減　신로하망 신고감 고
정신이 노쇠하니 괴로움이 줄기를 어찌 바라리?

身衰奈欲患憂消　신쇠내욕 환우소 라
몸도 쇠약해지니 걱정 근심이 어찌 사그라지랴?

不求美饌安蔬食　불구미찬 안소사 이나
맛난 반찬 구하지 않고 성긴 음식도 잘 먹으나,

多畏冬寒繞縕袍　다외동한 요온포 라
겨울 추위가 두려워 솜옷을 둘렀다네.

莫笑我文祇杜撰1)　막소아문 지두찬 하라
다만 내 논문을 마음대로 썼다고 비웃지 마시게.

耋夫强勉一長勞　질부강면 일장로 라
80 늙은이가 억지로 한동안 애쓴 것이라네.

---

1) #아문(我文): 나의 학술원 2014년도 연구논문을 가리킨다. 指我學術院2014年度 研究論文.

*두찬(杜撰): 시문(詩文)이나 저술(著述) 등 전고(典故)도 없이 마음대로 짓는 것.

5.51. 觀世界經濟難局有感
세계 경제 난국을 보며 느낌이 있어

[2014.12.15.]

環球經濟復興遙　환구경제 부흥요 하니
지구촌 경제의 부흥이 멀어져,

陷穽淵邊絶壁高　함정연변 절벽고 라
깊은 함정에 빠졌는데 절벽 높구나.

含咀英華儒佛老1)　함저영화 유불로 하니
유, 불, 노가의 의미를 깊이 되새겨 보니,

東西憂患未然消　동서우환 미연소 라
동서양의 근심 걱정은 사그라지지 않는구나.

---

1) *함저(含咀): 깊이 음미함.
　*영화(英華): 꽃. 꽃부리를 머금고 꽃을 씹다. 묘미를 머금고 씹다. 含英咀
　華. 韓愈.「進學解」.

5.52. 歎金信子畫伯別江陵

김신자 화백이 강릉을 떠남에 탄식하다

[2014.12.15.]

金信子畫伯, 忠北出身, 著名女流畫家也. 善於彩色畫, 欲繼申師任堂畫法. 與同好畫家, 數次展示作品于京. 乃設畫室于江陵連谷. 江陵年輕女性, 欲學習美術者, 多數來參于畫室. 她請官廳當局, 爲之建一講習堂. 當局者, 約做事於夏節. 夏至夏去, 當局者翻意. 地方民心, 想必寡助. 她失意, 撤收畫室, 移徙于京. 一日訪余謂余曰, 處事安逸, 是吾之過耳. 其言甚佳. 悲夫.

김신자 화백은 충북 출신의 저명한 여류화가다. 채색화를 잘 그려서 신사임당의 화법을 계승하고자 하였다. 동호화가와 같이 여러 차례 서울에서 작품을 전시하였다. 이에 강릉 연곡에 화실을 설립하였다. 강릉의 젊은 여성 중에 미술을 배우려는 사람들이 많이 화실에 모였다. 그녀는 관청 당국에 강습장 하나를 세워줄 것을 요청했다. 당국자는 그 일을 여름까지 약속했다. 여름이 오고 여름이 가고 당국자가 말을 바꾸었다. 지방 민심을 생각하여 보니 반드시 도움이 부족할 듯하였다. 그녀는 실망하여 화실을 철수하여 서울로 이사를 하였다. 하루는 나를 찾아와 나에게 이르기를 '일을 안일하게 처리한 것은 내 잘못입니다.'고 한다. 그 말이 매우 아름답다. 슬프도다!

鏡浦西坪藝脈遙1)   경포서평 예맥요 한데
　　　경포대 서쪽 땅에 예술의 맥이 아득한데,

承前傳後志慮高　승전전후 지려고 라
　　　앞의 것을 이어서 뒤로 전하려는 뜻이 높았도다.

---

1) #경포서평(鏡浦西坪): 사임당 생가 오죽헌이 경포대 서쪽에 있다. 師任堂生家烏竹軒, 在鏡浦之西坪.

初心摧折眞哀惜 초심최절 진애석 한데
　　초심이 꺾인 것은 진정 슬프고 안타까운데,

一曲悲歌何慰勞 일곡비가 하위로 오
　　한 곡조 슬픈 노래로 그 마음 어떻게 위로할 수 있
　　으리오?

5.53. 新年交驩

새해를 다 같이 즐기다

[2015.01.16.]

年初二日, 以電話, 與從妹鳳琬通話. 積阻之餘, 欣喜不已.

새해 초이틀 사촌누이 봉완과 통화하였다. 적조한 나머지 기쁜 마음 그칠 수 없다.

太平兩岸氣應晴　태평양안 기응청 한데
태평양을 마주한 양쪽 해안에 날씨도 틀림없이 개었을 것인데,

喜聽君言似磬明　희청군언 사경명 이라
경쇠처럼 자네의 말씨 밝게 듣고 있다네.

看盡輸贏榮辱運　간진수영 영욕운 하니
이기고 지는 영욕의 운세를 다 보았으니,

緬懷不絶自然生　면회부절 자연생 이라
아득한 마음 끊어지지 않고 자연스레 생겨난다네.

5.54. 新正瞻望冠山水有感
신정에 관악산과 한강을 바라보고 느낌

[2015.01.16.]

冠岳南瞻雪後晴　　관악남첨 설후청 하고
　　남쪽으로 관악산을 쳐다보니 눈 온 뒤에 개었고,

北望漢水氣淸明　　북망한수 기청명 이라
　　북쪽으로 한강을 바라보니 날씨가 맑도다.

槿邦長陷危機局　　근방장함 위기국 하니
　　우리나라가 오랫동안 위태로운 국면에 빠졌으니,

須待信誠仁政生　　수대신성 인정생 이라
　　모름지기 미덥고 성실하며 어진 정치가가 나기를
　　기다린다네.

5.55. 觀環球情勢有感
지구촌의 정세를 보고 느낌이 있어

[2015.02.13.]

環球墮穽救攀遲　　환구타정 구반지 한데
지구가 함정에 빠져 구하기가 힘든데,

天地間稀慧眼思　　천지간희 혜안사 라
천지간에 지혜로운 눈과 생각이 드물다네.

富北老衰難保本　　부북로쇠 난보본 하고
부유한 북쪽 나라들은 노쇠하여 근본을 지키기 어렵고,

貧南幼弱少生枝　　빈남유약 소생지 라
가난한 남쪽 나라들은 유약하여 새 가지가 드물게
난다네.

歐盟全賴通緩策1)　　구맹전뢰 통완책 하고
EU(유럽연합)는 통화량 완화 정책에 의존하고,

華國多誇兩路知2)　　화국다과 양로지 라
중국은 신 실크로드를 알리려 자만이 많다네.

---

1) #통완책(通緩策): 통화량 완화 정책 通貨量緩和政策(양적 완화quantitative easing: QE).
2) #양로(兩路): 2개의 실크로드. 해로와 육로 2개 실크로드가 있다. 중국인은 육
로를 일대, 해로를 일로라 부른다. 두 길은 지금 건설 중이니 이것은 중국 발
전 전략 중 역점사업이다. 육로는 서안에서 중앙아시아 중동 러시아를 거쳐
독일에 이르고, 해로는 천주에서 태국, 인도양, 지중해, 이탈리아를 거쳐 영
국에 이르러 마친다. 綢絲兩路(silk road). 綢絲路有二, 陸路與海路. 中國人稱
陸路曰一帶, 海路曰一路. 兩路(一帶一路), 目下建設中, 是爲中國發展戰略中力
點事業. 陸路自西安, 經中央亞細亞, 中東, 俄國, 至德國. 海路自泉州, 經泰
國, 印度洋, 地中海, 意太利, 終至德國.

世上危機如欲鎭　　세상위기 여욕진 이면
　　세상 위기를 만약 진정하고자 한다면,

求和偃武順風吹3)　　구화언무 순풍취 리라
　　전쟁을 그치고 평화를 구하는 순풍이 불어야 하리라.

---

3) *언무(偃武): 무기를 보관해 두고 쓰지 않는다는 뜻으로, 전쟁이 끝난 것을
　　이르는 말.

5.56. 喜見孫女慶福自東京出張來京
손녀 경복이가 동경에서 출장을 와서 서울에서 만나보니 기쁘다

[2015.02.13.]

余孫女慶福, 블룸버그(Bloomberg)通信社. 亞洲支社編輯長(managing editor). 社在東京, 渠常歷訪亞洲地域, 未暇暖席1). 今般紐育本社, 敢行巨大投資于中國, 渠之報道活動, 將多關于大陸.

> 내 손녀 경복이는 블룸버그 통신사 아세아지사 편집장이다. 회사가 동경에 있어 그는 항상 아시아지역을 방문할 때마다 만나서 차 한 잔 마실 겨를이 없었다. 금번 뉴욕 본사에서 중국에 크게 투자를 감행하니 그 아이의 보도 활동이 중국대륙과 관련이 많을 것이다.

罕見汝容歲月遲　한견여용 세월지 한데
　　드문드문 네 모습 보니 세월이 아득한 듯한데,

遠離親族每相思　원리친족 매상사 라
　　친족이 멀리 떨어져 있으니 매번 서로 생각한다네.

會通2)中國眞難事　회통중국 진난사 나
　　중국을 꿰뚫어 본다는 것은 참으로 어려우나,

溫故思新庶幾知　온고사신 서기지 리라
　　옛것을 익히며 새것을 생각한다면 아마 알게 될 수도 있으리라.

---

1) *난석(暖席): 선종(禪宗)에서, 방에 새로 들어온 승려(僧侶)가 먼저 있는 승려(僧侶)에게 다과(茶菓)로써 대접(待接)하는 일. 만나서 차를 마실 겨를이 없음. 未暇暖席.

2) *회통(會通): (불교) 법문(法文)의 어려운 뜻을 알기 쉽게 해석하는 일.

5.57. 除夜
섣달그믐 밤에

[2015.03.09.]

除夜雨聲溫氣和　　제야우성 온기화 한데
　　섣달그믐 빗소리는 온기를 품었는데,

老懷何事想悲歌　　노회하사 상비가 오
　　늙은이 마음속에는 무슨 일로 슬픈 노래 떠올리나?

明朝春節春先至　　명조춘절 춘선지 하니
　　내일 아침 설날인데 봄이 먼저 이르러,

天道無言醞藉多1)　　천도무언 온자다 라
　　천도는 말이 없지만 관대하고 넉넉함이 많겠네.

---

1) #온자(醞藉): 온은 술을 빚음이다. 자는 위로하다는 뜻이다. 속속들이 마음에
　끌림. 醞, 釀酒也. 藉, 慰勞也. 醞藉: 奧ゆかしさ.『漢書』[薛廣德傳]. '그
　사람됨이 따뜻하고 우아하며 관대하고 넉넉함이 있었다. 爲人溫雅 有醞藉.'

5.58. 迎乙未新年
을미년 새해를 맞이하여

[2015.03.09.]

天人元日氣相和　　천인원일 기상화 하여
　　　설날이 되니 하늘과 사람 기운 서로 조화되어,

塡路車中滿讚歌　　전로차중 만찬가 라
　　　길을 메운 차 안에 찬양가가 가득하다네.

斷酒屠蘇單獻足1)　　단주도소 단헌족 하고
　　　술 끊은 뒤로 음복은 도소주 한 잔으로 흡족하고,

祝筵電視舞謠多　　축연전시 무요다 라
　　　TV 켜니 새해 축하 노래와 춤 가득하다네,

東窓怡眼椿蘭彩2)　　동창이안 춘란채 하니
　　　동창 너머 꽃이 핀 동백과 양란 빛깔 흐뭇하게 바라
　　　보니,

南岳焦心凍樹波3)　　남악초심 동수파 라

---

1) #단주(斷酒): '나는 술을 끊은 지 오래되었지만, 신년 다례에는 축문을 읽지
　않고, 잔은 한 번만 올린다. 도소주의 용도도 오직 이것에 그칠 뿐이다. 余
　斷酒良久. 新年茶禮無祝單獻. 屠蘇酒用處. 唯此而已.
　*도소(屠蘇): 설날에 마시는 약주(藥酒) 이름이다. 귀기(鬼氣)를 도절(屠絕)하고
　인혼(人魂)을 소성(蘇醒)한다고 해서 그 이름이 붙여졌다고 하는데, 『본초강
　목(本草綱目)』에 의하면 화타(華佗)의 비방(秘方)이라고 한다. 새해 아침에 가
　족 모두가 의관을 정제하고 모여서 차례로 도소주 술잔을 어른에게 올린 뒤
　에 나이 어린 사람부터 일어나서 나가는 풍습이 있었다. 『荊楚歲時記』
2) #춘란채(椿蘭彩): 동백꽃 30여 송이와 양란 3송이의 색채다. 椿花三十餘朶, 與
　洋蘭花三朶之色彩.

남쪽 산의 찬바람이 나뭇가지를 흔들어도 화창한
봄을 간절히 기다리네.

換歲民心都鄙一   환세민심 도비일 하니

해가 바뀌어도 민심은 서울이나 시골이나 똑 같을
것이니,

其如未見用賢何   기여미견 용현하 라

'현명한 사람이 쓰일 곳을 얻지 못하게 되면 어떻게
할까?' 하는 걱정뿐이라네.

---

3) #남악(南岳): 남악은 관악산을 가리킨다. 指冠岳山.

　　#초심(焦心): 화창한 봄이 오기를 간절히 기다리는 애타는 마음이다. 苦待春
　　陽和暢.

　　#동수파(凍樹波)는 얼듯 차가운 바람이 나뭇가지 위를 흔드는 모양이다. 凍
　　樹波: 凍風作波樹上.

5.59. 電送2014年度研究論文于學術院
2014년 연구논문을 학술원에 전송하다

[2015.03.09.]

二月卄七日, 學術院論文提出期限日也. 當日下午纔
畢終章, 電送于學術院.回顧過年二月初, 罹重病, 入
峨山病院. 當初, 全身如屍, 四肢不仁, 幸蒙仁術適宜,
稍蘇退院. 自此到今, 過勞連日. 然大病幾乎治癒, 論
文助我矣.

> 2월 27일은 학술원 논문 제출기한이다. 당일 오후 겨우 마
> 지막 장을 마쳐서 학술원에 전송하였다. 지난해 2월 초를
> 돌아보면 중병에 걸려 아산병원에 입원하였다. 당초에 전
> 신이 주검처럼 사지가 마비됐다. 다행히 인술의 적절한 보
> 살핌을 입어 점점 깨어나 퇴원을 하였다. 그때부터 지금까
> 지 연일 과로하였다. 그러나 큰 병이 겨우 치유가 된 데는
> 논문이 나를 도운 것이다.

電送拙文心氣和　전송졸문 심기화 하여
　　　　논문을 전송하고 나니 마음이 편안해져서,

方能釋卷自吟歌　방능석권 자음가 라
　　　　마침내 책을 내려놓으니 저절로 노래가 나오네.

不知來日人間事　부지내일 인간사 한데
　　　　내일 일을 모르는 게 사람 사는 일인데,

餘運憑天任我何　여운빙천 임아하 오.
　　　　나머지 운명은 하늘에 달렸으니 내가 걱정할 것이
　　　　무엇이 있겠나?

5.60. 春分
춘분

[2015.04.13.]

冠山嵐霧帶南天 관산람무 대남천 하고
관악산 아지랑이 남녘 하늘에 둘렀고,

陽氣氤氳滿榻前1) 양기인온 만탑전 이라
화창한 날씨 따뜻한 기운이 평상에 가득하네.

紅白梅開春暖告 홍백매개 춘난고 한데
홍매 백매 피어나서 따뜻한 봄이 옴을 알리는데,

晨朝風向冷寒傳 신조풍향 냉한전 이라
신새벽에 바람이 불어 찬기운이 전해지네.

往年鬪病頻常席 왕년투병 빈상석 하고
지난해 투병하느라 자주 자리 보전하였고,

今日稍蘇遠酒筵 금일초소 원주연 이라
오늘 조금 나아지나 술자리는 멀리하라네.

晝夜均分氣爽愜 주야균분 분상협 하니
밤과 낮이 고르게 나뉘어 기분도 상쾌하니,

幾忘未久若炎連 기망미구 약염연 이라
머지않아 뜨거운 더위로 이어질 것도 거의 잊네.

---

1) *인온(氤氳): 좋은 향내가 풍기는 것. 여기서는 날씨가 화창(和暢)하고 따뜻함.

5.61. 聿修亭新築
율수정 신축을 축하하며

[2015.04.13.]

余友滿齋奇世樂, 高峯先生之後孫. 爲人溫雅. 管修月峯書院與其先塋甚篤. 近者新築一聿修亭, 于其第之邊, 以爲接客之用, 而囑余一文. 仍作七絶一首.

> 내 친구 만재 기세락은 기고봉 선생의 후손으로 사람됨이 온아하다. 월봉서원과 선영을 관리하고 보수함이 매우 돈독하다. 최근에 그 집 근처에 율수정 한 채를 새로 지어 손님을 맞는 용도로 삼고서 나에게 한 문장을 부탁하니 이에 7절 한 수를 짓는다.

聿修亭景映藍天[1] 율수정경 영람천 하고
　　　　　　　　　율수정 풍경이 푸른 하늘에 비치고,

書院先塋瞻仰前 　서원선영 첨앙전 이라
　　　　　　　　　서원과 선영이 바로 우러러 보이는구나.

聖訓無違秉懿德[2] 성훈무위 병의덕 하여

---

1) #율(聿)은 발어사다. 드디어의 뜻이다. 『사원』 율수는 선조를 사모하여 그 덕을 닦음이다. 「그대들 할아버지를 생각 않는가? 그분들의 덕을 닦아야 하네」 聿: 發語辭, 遂也. 『辭源』 聿修: 慕先祖, 而修其德. 「無念爾祖, 聿修厥德」 『詩經』 「大雅」〔文王〕.

2) #성훈무위(聖訓無違): 공자는 효는 마땅히 부모의 말씀을 어기지 않는 가르침이다. 「맹의자가 효를 물음에 공자께서 어기지 말라 하시고, 번지가 모시고 있는 공자께서 그에게 말씀하시기를, 맹손이 나에게 효를 물었는데 내가 어기지 않는 것이라고 말했다 하시니, 번지가 묻기를 어떤 것을 말씀하신 것입니까? 하니 살거나 죽거나 예로써 하고, 장례를 예로써 하고, 제사를 예로써 하라고 하셨다. 聖訓無違: 孔子孝當無違之敎. 「孟懿子問孝. 子曰無違. 樊遲御, 子告之曰, 孟孫問孝于我, 我對曰, 無違. 樊遲曰, 何謂也. 子曰, 生死之以禮, 死

성스러운 가르침을 어기지 말고 떳떳한 덕을 붙잡아,

滿齋誠孝口碑傳 만재성효 구비전 이라

만재의 참된 효성 후손에게 전해지리라.

葬之以禮, 祭之以禮」『論語』「爲政」.

#의(懿): 아름다움이다. 懿: 美也.

#의덕(懿德): 진실로 아름다운 덕이다. 懿德: 醇美之德也.『辭源』.

'사람들은 일정한 법도를 지녀 아름다운 덕을 좋아하네.' '民之秉彝, 好是懿
德'『詩經』「大雅 蒸民」.

5.62. 早春
이른 봄

[2015.04.13.]

春暾藹藹照藍天1)　　춘돈애애 조람천 하고
　　　　　　　　봄날 해는 포근하게 푸른 하늘에 내리쬐고,

芍藥新芽繞戶前　　작약신아 요호전 이라
　　　　　　　　작약 새싹은 문 앞을 빙 둘러 돋아나네.

日暖逍遙携杖出　　일난소요 휴장출 하니
　　　　　　　　날씨 따뜻하여 지팡이 짚고 산책을 나서니,

巷街美女短裙連　　항가미녀 단군연 이라
　　　　　　　　길거리에 미녀들 짧은 치마 이어졌네.

---

1) *애애(藹藹): 초목(草木)이 무성(茂盛)한 모양, (달빛이)희미(稀微)한 모양, (화기
가) 부드럽고 포근하여 평화(平和)로운 기운(氣運)이 있는 모양.

5.63. 甘雨潤古園
단비가 옛 정원을 적시다

[2015.05.11.]

早旱山川甘雨逢　　조한산천 감우봉 하니
이른 가뭄이 든 산천에 단비가 내리니,

霏霏終日濕西東　　비비종일 습서동 이라
하루 종일 부슬부슬 온 땅을 적시네.

携來春困氤氳氣　　휴래춘곤 인온기 하고
따뜻한 기운이 춘곤증을 몰고 오고,

掃去微塵爽朗風　　소거미진 상랑풍 이라
상쾌한 바람이 미세먼지도 쓸고 가네.

梅實滿枝新葉裏　　매실만지 신엽리 하고
새로 난 잎 사이 가지마다 매실이 주렁주렁,

牧丹風顆古園中1)　　목단풍과 고원중 이라
옛 정원 안에 모란 송이들이 바람에 살랑살랑.

杖藜每午門前出　　장려매오 문전출 하니
매일 낮에 지팡이 짚고 문을 나서니,

送老無聊有味同　　송노무료 유미동 이라
노년의 무료함을 날려 보내는 재미가 한결같구나.

---

1) *풍과(風顆): 명 나륜(羅倫) 「활인당을 읊음(活人堂吟)」. '듣자니 그대 집 바깥
에 황금빛 살구 열었다니, 알알이 동쪽 바람에 낱낱이 씨 여물겠네. 聞君屋
外黃金杏, 顆顆東風顆顆仁'

5.64. 散策
산책

新裝舊路爽凉風　신장구로 상량풍 하니
　　새로 포장된 옛길에 시원한 바람이 상쾌하니,

任足行前西又東　입족행전 서우동 이라
　　발길 가는 대로 동쪽으로 또 서쪽으로 가네.

五里無休初肯步1)　오리무휴 초긍보 하니
　　쉼 없이 오 리를 처음 걸어보니,

曾知苦樂類相同2)　증지고락 류상동 이라
　　일찍이 고통과 즐거움이 서로 같음을 이제 알겠네.

---

1) #긍(肯): 할 수 있다. 可也.
　　※초나라 민중들은 그치고 싶었으나 〔그 나라 장군인〕 자옥이 허가하지 않
　　았다. 楚衆欲止, 子玉不肯. 『國語』「晉語」.
2) #고락유상동(苦樂類相同): 고통 속에 낙이 있고, 낙 속에 고통이 있다. 苦中有
　　樂, 樂中有苦. 『菜根譚』.

5.65. 外紙看尼泊爾(네팔)大地震慘狀
외국 신문에서 네팔에 큰 지진으로 비참한 지경에 이르렀음을 보고

[2015.05.11.]

黎民醇朴震災逢1)　　여민순박 진재봉 하니
　　순박한 백성들이 지진 재앙을 만나다니,

無數無辜殂一同　　무수무고 조일동 이라
　　허물 없는 수많은 백성들이 떼죽음을 당하였네.

瓦礫土砂埋佛半2)　　와력토사 매불반 이
　　무너진 기와 자갈, 흙 속에 반 이나 묻힌 불상,

慈顔醞藉廢墟中3)　　자안온자 폐허중 이라
　　자비로운 얼굴 따스한 미소만 폐허 속에 남았다네.

---

1) #순(醇): 화합하고 두텁다. 和厚也.
2) #매불반(埋佛半): 석불의 하반신이 흙에 묻혀 있다. 石佛下半身埋沒于土砂.
3) #온(醞): 순일하다. 醇也.
　#자(藉): 두텁다. 厚也.
　#온자(醞藉): 너그럽게 포용하고 날카로운 뾰족함과 모서리를 드러내지 않음이다. 寬容含蓄, 不露鋒稜也.

5.66. 孟夏
초여름

[2015.07.06.]

前庭染綠氣淸明 　전정염록 기청명 한데
　　앞뜰이 초록으로 물들고 날씨도 청명한데,

烏雀交啼添物情 　오작교제 첨물정 이라
　　까마귀 참새가 번갈아 울어 자연의 정다움을 더하네.

叢樹剪枝新葉茂 　총수전지 신엽무 하고
　　많은 나뭇가지를 잘라내도 새 잎들이 무성하고,

春花自落夏園成 　춘화자락 하원성 이라
　　봄꽃이 저절로 지니 여름 정원이 되었다네.

老夫增壽安貧巷 　노부증수 안빈항 하니
　　늙은이 나이를 먹을수록 가난한 동네가 편안하니,

戍役忘憂愛古城1) 　수역망우 애고성 이라
　　수자리 사는 듯하나 걱정도 잊고 내 낡은 집을 사랑
　　하네.

獨立平生狂簡客2) 　독립평생 광간객 이나

---

1) #수역(戍役): 나는 성을 지키는 병사 같다. 我如衛戍兵.
　　※「모시서(毛詩序)」: '고사리 캐자(采薇)는 수자리 보내는 것을 읊은 시이다.
　　수자리를 보내어 중국을 수비케 한 것이다. (采薇遣戍役也… 遣戍役, 以扞衛中國)'
　　*저자가 서울 변두리인 봉천동에 오래 살고 있는 것을 마치 수자리 살러 나
　　간 병사가 오래 고향 〔강릉〕에 돌아가지 못함에 비유함.
　　#고성(古城): 나의 오래된 집이다. 我之古廬.
2) #광간(狂簡): 뜻은 크나 일에 소략하다. 志大而略於事也.

평생을 광간의 나그네로 홀로 살아왔지만,

曾知我命角犀行[3] 증지아명 각서행 이라
　　일찍이 무소처럼 나아감이 내 명임을 알았네.

내 고향에 있는 젊은 사람들은 뜻은 크지만 일에는 아직 미진하여 빛나는
문장을 이루긴 했지만, 그것을 마름질할 줄은 모르는구나. 吾黨之小子狂簡,
斐然成章, 不知所以裁之. 『論語』「公冶長 第五」.
3) #각서행(角犀行): 홀로 서고 홀로 가니 마치 무소의 뿔 같다. 獨立獨行, 如犀角.

5.67. 釋迦誕日 今年四月初八日, 卽陽曆五月二十五日也
석가모니 탄신일 – 금년 사월초파일은 양력 5월 25일이다

[2015.07.06.]

佛言醞藉且分明1) 불언온자 차분명 하여
　　부처의 말씀은 따뜻하고 또 분명하여,

五蘊皆空是世情2) 오온개공 시세정 이라
　　오온이 모두 공하다는 것은 세상의 이치라네.

天竺呱呱聲樹下3) 천축고고 성수하 하니

---

1) #불언(佛言): 부처의 말은 모름지기 많은 뜻이 함축되어 있으나 그 뜻이 분명
　하다. 佛陀之言雖多含蓄, 其意分明.
2) #온(蘊):(問韻, 去聲. 온): 쌓다 積聚: 거두다. 收藏. 오온五蘊: 불교용어. 오
　음, 오중이라 한다. 생멸(生滅) 변화(變化)하는 모든 것을 종류(種類)대로 나눈
　다섯 가지. 색온(色蘊), 수온(受蘊), 상온(想蘊), 행온(行蘊), 식온(識蘊) 등이다.
　佛教語也. 稱, 五陰, 五衆. 色(形相), 受(情欲), 想(意念), 行(行爲), 識(心靈): 人
　生諸相.
　#오온개공(五蘊皆空): 반야심경구절 般若心經句: 제행무상 諸行無常.
　*불교 교리 중 삼법인(三法印: 제행무상, 제법무아, 일체개고)의 하나. 우주 만물은
　시시각각으로 변화하여 한 가지 모양으로 머물러 있지 아니하다는 것. 그런
　데도 사람들은 이를 항상 불변하는 존재라고 생각하기 때문에 그릇된 견해
　를 없애야 한다는 뜻. 무상(無常)이란 끊임없이 변화하고 생멸(生滅)하며 시간
　적 지속성이 없음을 말한다. 불교에서는 일반적으로 '제행무상'이라는 명
　제로써 무상을 설명한다. 곧 이 현실 세계의 모든 것은 매 순간 마다 생멸,
　변화하고 있다. 거기에는 항상불변(恒常不變)이란 것은 하나도 존재할 수 없
　다. 이와 같은 현실의 실상(實相)이 제행무상으로 표시되었다. 그러나 일체는
　무상한데 사람은 상(常)을 바란다. 거기에 모순이 있고 고(苦)가 있다.
　#세정世情: 인지실정. 人世實情.
3) #고고성수하(呱呱聲樹下): 석가모니께서 길가 보리수나무 아래에서 태어나심
　을 말한다. 佛陀誕于路邊菩提樹下.

천축국에서 고고지성을 나무 아래서 울리니,

如今長廣叢經成[4] 여금장광 총경성 이라
이제 부처님의 장광설이 팔만대장경 되었다네.

---

* 무우수 아래에서 나셨다는 설. 아수가(阿輸迦), 아숙가(阿叔迦) 등으로 음사
되고, 산스크리트어로 〈아소카(asoka)〉가 〈우울함이 없다〉를 의미하기 때문
에 〈무우수(無憂樹)〉라고도 의역된다. 석가가 룸비니 동산의 이 나무 아래에
서 마야부인의 겨드랑이 밑에서 출생했다는 전설로 유명한 나무이다. 석존
성도의 보리수와 이 나무가 동일시되고 있는 것은 잘못이다.

* 사라수(沙羅樹, sal tree): 히말라야 산골짜기와 인도 지방의 나무로 반 낙엽송
인 작은키나무다. 높이는 약 3m. 살나무, 사라나무, 므란티, 메란티라고도
한다. 힌디어로 살(साल)은 '집'이란 뜻이다.

4) #장광(長廣): 광장설변(廣長舌辯): 부처의 32상(相)의 하나로, 얼굴을 다 덮고
머리까지 올라간다는 긴 혀를 말하는데, 설법을 뛰어나게 잘하는 것을 말한
다. 장광설(長廣舌)이라고도 한다. 『목은집(牧隱集)』
※부처님이나 전륜성왕의 모습 가운데 하나. 본래 부처님의 진실하고 거짓
없는 말을 의미함.
#총경(叢經): 대장경. 大藏經.

5.68. 還鄕有感
고향에 가보고 느낌이 있어

[2015.07.06.]

上年余以宿患, 終末還鄕. 入今年纏以塵事, 去月二十五日, 纔得還鄕廬. 元無一故友, 物情變移, 宛如他鄕. 幸得近親姪婦, 親切配慮, 眠食便安, 宿五日而歸京.

지난해 내가 숙환으로 끝내 고향으로 돌아가지를 못하였고, 금년 들어서도 어지러운 세상사에 얽혀 지난달 25일에야 겨우 고향 집에 갈 수 있었다. 원래 한 친구도 없고 세상 물정도 변하여 완연히 타향 같았지만, 다행히 가까운 촌수의 질부 한 사람의 친절한 배려로 편안하게 숙식하고, 닷새를 머물다 서울로 돌아왔다.

天地於人逆旅明1)   천지어인 역려명 하니
사람에게 세상천지는 여관이 분명하니,

詩仙慨歎動詩情   시선개탄 동시정 이라
시 쓰는 신선이 개탄한 글 시정이 생동하네.

故鄕今古桑田異   고향금고 상전이 하니
고향은 옛과 지금 상전벽해만큼 달라졌으니,

吾在吾廬過客成   오재오려 과객성 이라
내가 내 집에 가 있어도 과객이 되었구나.

---

1) *역려(逆旅): 여관, 여행자가 머무는 장소. 여기서 逆자는 迎자와 같은 뜻임. 당 이백의 춘야연도리원서(春夜宴桃李園序)에서 '무릇 세상 천지는 만물이 잠깐 머물다 떠나는 여관에 불과하고, 흐르는 세월은 한 순간 영원한 과객과 같은 것이다. 夫天地者萬物之逆旅, 光陰者百代之過客'.

5.69. 颱風過後炎暑尤甚
태풍이 지난 후 더위가 더욱 심해져

[2015.08.10.]

颱風添烈日輪暉　　태풍첨열 일륜휘 하야
　　태풍이 위세를 더하더니 해는 뜨거워져,

夜半汗流霑寢衣　　야반한류 점침의 라
　　한밤중에도 땀이 흘러 잠옷을 적시네.

車輛吐炎街路塡　　차량토염 가로전 하고
　　차들은 열기를 내뿜으며 도로를 메우고,

閑人厭熱步行微　　한인염열 보행미 라
　　일 없는 사람들도 더위를 싫어해 걷는 이가 드물다네.

夏花凋落蜂難見　　하화조락 봉난견 하고
　　여름 꽃들이 시들어 벌 보기도 어렵고,

綠樹陰巢鳥已歸　　녹수음소 조이귀 라
　　짙은 숲속에 숨겨진 둥지로 새는 벌써 돌아갔네.

老耄元無關世事　　노모원무 관세사 하니
　　늙은이는 원래 세상사에 관여하지 않으니,

從今閑臥鎖柴扉　　종금한와 쇄시비 라
　　이제부터 사립문을 걸고 한가로이 누우리라.

5.70. 憶病時幻夢
병들었을 때 환몽이 기억나서

[2015.08.10.]

2014年2月初, 余以重病, 入峨山病院受診. 垂死病中, 四肢如屍, 夜睡見夢幻, 余坐幽谷, 景勝極佳, 俄而美玉寶杯, 出現蒼霄, 停于前面高峰, 光彩恍惚. 呻吟病席, 不覺嗟歎. 問人'是何處' 曰 '峨山病室' 夢醒, 覺臥病者誰, 幻滅, 知幽谷是虛像. 然翌夜夢中, 不意再臨此谷. 光景悉如前夜, 且驚且欣. 玉杯耀空, 仙境昏暗, 老樹參天, 溪流淸冽. 夢乎. 請我三訪.

2014년 2월 초에 내가 중병이 들어 아산병원에 입원하여 치료를 받았다. 죽음이 드리운 병중에 사지가 마비되고 밤에 잘 때는 환몽을 꾸었다. 내가 깊은 골짜기에 앉았는데 경치가 매우 좋았다. 잠시 후에 옥으로 된 보배 잔이 푸른 하늘에서 내려와 눈앞의 높은 봉우리에서 멈추니 광채가 황홀했다. 병석에서 신음하고 탄식하며 깨지 못하다가 사람들에게 여기가 어딘가 물으니 아산병실이라 한다. 꿈에서 깨어 아픈 사람이 누군지 깨달으니 환상이 사라지고 깊은 골짜기도 허상임을 알았다. 그러나 다음날 밤 꿈속에 뜻밖에 다시 이 골짜기에 이르니 광경이 실로 전날 밤 꿈과 같아서 또 놀랍고 또 기뻤다. 옥배가 공중에서 빛나고 선경이 어두워져 늙은 나무가 하늘을 가리고, 계곡에 흐르는 물은 맑고 차가웠다. 꿈이여! 나를 세 번째도 찾아와 주게나!

鬪病峨山院 투병 아산원 한데

아산병원에서 투병할 때,

睡中夢幻明 수중 몽환명 이라

잠결에 꿈속의 환상이 분명하였네.

玉盃蒼霄耀 옥배 창소요 하고

옥으로 된 잔이 푸른 하늘에서 빛나고,

仙境樂園成　선경 낙원성 이라
　　　선경 같은 낙원이 이룩되었다네.

幽谷周邊闇　유곡 주변암 하고
　　　깊은 골짜기 주변은 어둡고,

泉流石澗淸　천류 석간청 이라
　　　샘에서 흐르는 석간수는 맑았더라.

壯觀長在日　장관 장재일 하야
　　　그 장관이 여러 날 남아 있어,

愚叟想三行　우수 상삼행 이라
　　　어리석은 늙은이 세 번째 가보기를 바란다네.

5.71. 讀陳舜臣1)著 『中國の歷史−近現代篇』 十三冊中一二三冊.
진순신의 중국역사 − 근현대편, 13책 중 1, 2, 3책을 읽고
[2015.09.07.]

(1) 黃龍落照
황룡낙조

列強好餌共瓜分2) 열강호이 공과분 하니
    열강이 좋은 먹잇감 같이 찢어 가지려고,

攻略神州驟黑雲3) 공략신주 취흑운 이라
    중국을 침략하려 검은 구름처럼 모였다지.

老耄黃龍鱗幾盡4) 노모황룡 린기진 하고
    노쇠한 청나라 역린 또한 다하고,

臣僚帝后鮮多聞5) 신료제후 선다문 이라
    신료와 제후 중에 식견 높은 사람 드물었다네.

---

1) #진순신(陳舜臣): 재일 화교 저술가.
2) #공과분(共瓜分): 제국열강이 약소국을 침탈하여 서로 중국의 영토를 오이 가르듯이 분할해 감. 列強侵奪弱國, 而相與分割疆土.
3) #신주(神洲): 중국. 中國.
4) #황룡(黃龍): 청나라. 淸國. 용이 역린을 잃으면 죽음에 이른다. 黃龍鱗盡, 龍失鱗則斃死.
5) #선다문(鮮多聞): 고루할 뿐 박식하고 고명한 신하가 없었다. 固陋而無多聞之士.

(2) 革命前夜
혁명전야

漢民忿怒國瓜分[1]   한민분노 국과분 하나
> 한족 백성들 나라가 오이 갈라놓듯 나뉘어짐에 분
> 노하여,

獻血軒轅氣駕雲[2]   헌혈헌원 기가운 이라

---

1) #한민(漢民): 만주인이 아닌 청말의 한족들인데, 남녀노소할 것 없이 노·
일·불·독 등 열강국에게 조국 강토가 오이 쪼개듯 갈라짐에 이를 갈고 마
음 아파하였다. 그래서 만주족 정권이 국방을 홀시함에 분노하였다. 황준헌
(黃遵憲: 청말 주일공사 역임) 같은 사람은 꿈에 만나 본 양계초(梁啓超: 청말 민국
초기의 학자)와의 일을 한 편의 「꿈을 적다(記夢)」라는 장편 시로 적었는데, 그
내용 중 몇 구를 보면 다음과 같다. 非滿人, 淸末漢族, 不問男女老少, 切齒
腐心于英俄日法德國瓜分祖國疆土, 而忿怒韃虜政權忽視國防, 如黃遵憲夢見梁
啓超, 作一長詩記夢, 其詩中數句如下.
> 君頭倚我壁   군두 의아벽,   그대 머리 나의 벽에 기대나,
> 滿壁紅糢糊   만벽 홍모호,   온 벽 붉은 빛 모호하구나.
> 起起拭眼看   기기 식안간,   일어나고 일어나서 눈 비비고 보니,
> 噫吁瓜分圖   희우 과분도,   억장이 무너지는구나!
>   판도가 오이 쪼개지듯 갈라졌으니.

2) #헌원(軒轅): 중국 건국시조 황제(黃帝)인데, '황제에게 헌혈한다.'란 말은, 나
의 피를 국조이신 황제 헌원씨에게 바침으로써 조국 강토를 수호할 것을 맹
세한다는 것이다. 노신이 23세 때에 일본에 유학하였다. 변발을 자르고 7절
시를 지어 맹세를 했는데 아래와 같다. 中國國祖黃帝. 獻血軒轅: 以我血薦
國祖而誓護祖國疆土. 魯迅(1881-1936)二十三歲時(1903年), 留學日本. 斷辮髮,
作七絶誓詩如下.
> 靈臺無計逃神矢+#   내 마음 신의 화살 피할 길이 없고,
> 風雨如磐闇故園   비바람은 옛 동산을 어둡게 하네.
> 寄意寒星荃不察*   찬별에게 뜻을 부쳐보지만 임금님은 살피지 못하시니,

황제 헌원씨에게 헌혈하니 기운은 구름을 탔다네.

革命要知時與勢3) 혁명요지 시여세 니
혁명에는 때와 정세를 아는 것이 중요하니,

結盟擧事待機群 결맹거사 대기군 이라
거사의 맹약을 맺고 기회가 자주 오기를 기다렸다네.

我以我血薦軒轅 나는 나의 피를 황제 헌원씨의 제사에 바치리라.

+영대靈臺: 사람의 마음. 心.

#신시神矢: 천지신명에게 맹세한다는 것인가? 그 뜻을 자세히 알 수 없다.
誓于神明歟. 其意未詳.

*전荃: 향초, 군주. 향초로 군주를 비유함. 임금님이 나의 마음을 살피시지
않음이여. 香草, 君主: 香草比君主. 「荃不察余之中情兮」. 『屈原 離騷經』.

3) #요지시여세(要知時與勢): 때를 알고 세를 파악하는 것이 혁명가에게 가장 중
요하고 가장 알기 어려운 일이다. 때를 알고 대세를 파악하는 것이 『주역』
을 공부하는 큰 요령이다.知時識勢, 於革命家, 最重要最難知之事. 「知時識
勢, 學易之大方也.」『近思錄』.

*「근사록」에서 정이천(程伊川)선생이 『주역 쾌괘 周易 夬卦』九二의 상전(象
傳)을 설명할 때 사용한 말을 인용한 것.

(3) 辛亥革命
신해혁명

沈淪華國恨瓜分　침륜화국 한과분 하고
중화 땅이 가라앉아 영토가 분할되니 한스럽고,

疆土率濱敷暗雲[1]　강토솔빈 부암운 이라
온 나라 강토에 어두운 구름 드리웠다네.

變法虛無民惑播[2]　변법허무 민혹파 하고
변법 운동은 허무하게 백성들의 의혹만 퍼트렸고,

朝臣佞險譎誣聞　조신녕험 휼무문 이라
조정 신하들의 아첨, 험담, 속이고 무고하는 소리만
들렸다네.

興中口號鮮明義[3]　흥중구호 선명의 하니

---

1) *솔빈(率濱): 온 나라의 영토 안. '넓은 하늘 밑의 땅 임금의 땅이 아닌 것이
없고, 모든 땅 끝자락에 사는 사람들까지 임금의 신하 아님이 없다네. 溥天之下
莫非王土 率土之濱 莫非王臣. 『詩經』「小雅 北山」.

2) #변법허무(變法虛無): 강유위, 양계초 등이 광서제에게 권하여 입헌군주제도
를 세우니 세상에서 변법이라 말했다. 광서제는 변법자강운동을 따르고자
하였지만 이루지 못하니 서태후의 무리가 극력 반대하였기 때문이다. 그러
나 의화단사건 이후 서태후의 무리가 국제여론을 보고 갑자기 변법 시행을
선포하였으나 불행하게도 이 법의 내용이 유명무실하여 다만 혹세무민하였
을 뿐이다. 康有爲, 梁啓超等, 力勸光緒帝, 以立憲君主制度. 世稱變法. 光緒
帝, 欲從變法勸告, 未遂. 西太后黨, 極力反對故也. 然義和團事件(1900庚子年)
以後, 后黨, 鑑于國際輿論, 突然宣布變法. 而不幸此法內容, 有名無實, 祗欲
以此惑世誣民而已.

3) #흥중구호(興中口號): 손문이 일찍이 흥중회를 창립하니 이 회는 삼민주의(민
족, 민권, 민생)를 표방하며, 네가지 목표(구제달로, 회복중화, 창립민국, 평균지권)

중국을 일으키자는 구호는 의리가 선명하니,

革命同盟熱血群[4] 혁명동맹 열혈군 이라
혁명을 약속한 뜨거운 피를 가진 청년들이라.

政柄暫歸袁世凱[5] 정병잠귀 원세개 나
정권이 잠시 돌아온 원세개에게 돌아가고 보니,

恣行所欲勢如君 자행소욕 세여군 이라
멋대로 하려는 욕심은 옛 군주와 같았다네.

를 종지로 삼았다. 孫文嘗創立興中會. 此會標榜三民主義(民族, 民權, 民生),
四個目標(驅除韃虜, 恢復中華, 創立民國, 平均地權)爲宗旨.

4) #혁명동맹(革命同盟): 당시(1905 을사년) 모든 혁명인사와 저명 학자들은 일본
으로 망명하였다. 변법 시행 후에 중국 학생들 다수가 일본에 건너갔다. 그
들은 모두 다 바야흐로 혈기 들끓는 청년들이었다. 당시에 혁명을 지향하는
단체는 셋이었는데, (1) 손문 중심의 흥중회(광동성), (2) 황흥 중심의 화흥회
(호남성), (3) 장병린·채원배 중심의 광복회(절강성)였다. 이 세 모임의 대표
들이 동경에 모여서 '중국동맹'을 창설하기로 의결하였고, 본부를 일본에
두고, 지부를 본국 내외 각처에 두기로 하였으며, 손문을 총리로 추대하였
는데, 총리 아래 집행·평의·사법 등 3부를 두며, 황흥을 임용하여 집행장으
로 삼았다. 유학생 가입자가 400인에 이르렀다. 회원 중 최고령자는 손문으
로 만 39세였다. 當時(1905乙巳年)舉皆中國革命人士. 及著名學者亡命于日本.
變法施行後, 中國學生,多數渡日. 他們舉皆血氣方剛之熱血靑年. 當時革命指
向中國人團體有三. (1) 孫文中心興中會(廣東省), (2) 黃興中心華興會(湖南
省), (3) 章炳麟·蔡元培中心光復會(浙江省). 三會代表會于東京, 議決創設
'中國同盟'. 置本部于日本, 九個支部于國內外各處, 推戴孫文以總理, 總理之
下, 置執行, 評議, 司法等三部. 任黃興爲執行部庶務長. 留學生加入者, 達400
人. 會員中最高齡者孫文, 滿三十九歲.

5) #원세개(袁世凱: 1858-1916): 직예성(지금의 북경 천진과 하북성)총독 겸 북양대신
에 임명되었다. 任直隸總督, 北洋大臣.

5.72. 老懷

늙은이의 회포

[2015.09.07.]

恒河沙岸此身微1)　　항하사안 차신미 한데

　　　항하의 모래 언덕 같은 세상, 이 몸은 미미한데,

慙愧過年聞道稀　　참괴과년 문도희 라

　　　지난 날 도를 깨달음이 드문 것이 부끄럽구나.

知命年無知命運2)　　지명년무 지명운 하고

　　　천명을 알 나이에 천명을 알지 못하는 운명이여,

養心尚未廣心機3)　　양심상미 광심기 라

　　　마음을 기름에 오히려 마음의 틀을 넓히지 못하였
다네.

友人已飽還貪食　　우인이포 환탐식 하고

　　　친구들은 이미 배가 부른데도 더욱 음식을 탐하고,

貧國稍饒應欲飛　　빈국초요 응욕비 라

　　　가난한 나라는 조금씩 부유해지지만 더욱 날아오르
기를 바라는구나.

犀角平生常獨步　　서각평생 상독보 하나

　　　무소뿔처럼 한평생을 항상 홀로 걸어 나왔으나,

---

1) *항하사(恒河沙): 항하는 인도의 갠지스 강이며, 항하의 모래를 뜻하는 항하
사는 무수무량(無數無量)의 대수(大數)를 말한다.

2) #지명(知命): 오십에 천명을 안다. 五十知天命. 『論語』「爲政」.

3) #광심기(廣心機): 심사가 점점 넓고 커지다. 덕은 몸을 윤택하게 하나니 마음
이 넓어지면 몸도 건장하여진다. 心思漸爲廣大. 德潤身, 心廣體胖. 『大學』.

來頭理數自然依⁴⁾　　내두이수 자연의 라

　　앞으로는 돌려 이치를 헤아려 보며 자연에 맡기리라.

4) #자연의(自然依): 자연에 맡기다. 任自然.

5.73. 秋至
가을이 오네

[2015.10.05.]

古巷秋來暑氣微　　고항추래 서기미 하고
　　옛 골목에 가을이 오니 더위가 희미해지고,

前園尚綠夏花稀　　전원상록 하화희 라
　　앞마당에 늘 푸르던 여름꽃도 보기 드물어진다네.

颱風半島躊躇襲1)　　태풍반도 주저습 한데
　　태풍이 우리나라에 올라오기를 주저한다는데,

紅翅蜻蛉得意飛2)　　홍시청령 득의비 라
　　고추잠자리만 때 만난 듯 날아다닌다네.

---

1) #주저습(躊躇襲): 태풍이 남해에 이르러 한반도로 올라오기를 주저하다. 颱風
來到南海, 躊躇襲擊韓半島.
2) #시(翅): 날개. 去聲.
　*청령(蜻蛉): 잠자리.

5.74. 觀敍利亞戰爭
시리아 전쟁을 보며

[2015.10.05.]

戰爭四色勝輸微1)　　전쟁사색 승수미 한데
　　네 파로 나뉜 전쟁에 승패는 미미한데,

亂鬪泥中正義稀2)　　난투니중 정의희 라
　　진흙탕 속 어지러운 싸움에 정의는 아득하네.

莫使好兵如好色3)　　막사호병 여호색 하니
　　전쟁을 좋아함이 여자를 좋아함과 같이하지 말지니,

撤兵好作講和機4)　　철병호작 강화기 라
　　군사를 거둠만이 강화를 도모하는 계기가 되리라.

---

1) #전쟁사색(戰爭四色): 시리아 전쟁의 주요 당사자로 4단체가 있다. 敍利亞戰爭主要當事者有四.
  (1) 시리아(Syrian Arab Republic) 총리 '바샤르 알 아사드' 휘하 군대. 敍利亞總統. Bashar al-Assad 麾下軍隊.
  (2) 동국반군(同國叛軍): 이 나라 반군.
  (3) 참전 외국은 미국, 이란, 사우디아라비아, 러시아 등이다. 參戰外國, 如美國, 伊朗, Saudi Arabia, 俄羅斯.
  (4) 내외국 자원 참전자는 아이에스, 지하드 등이다. 內外國自願參戰者 Isis, Jihad 等.
2) #이 전쟁은 민간 내란과 종족과 종교가 얽혀 있고, 외국도 개입하여 그들이 말하는 정의가 실현되기 어렵다고 말한다. 此戰爭民間內亂繫于宗族與宗敎. 外國介入, 無以實現他們所謂正義.
3) #소동파가 황제에게 올린 글에서 가로되: '신이 듣건대 전쟁을 좋아함이 여자를 좋아함과 같다 합니다. 蘇東坡上奏皇帝曰, 臣聞好兵猶好色. [代張方平諫用兵書] 『蘇文公文抄』卷一.
4) #듣건대 영국 등 유럽 여러 나라가 외국군 철수 논의를 신중히 제기하다. [15.09.28. 일본NHK방송.] 仄聞英國等歐洲諸國愼重提起外國軍撤收之議. [15.09.28. 日本NHK電臺廣播].

5.75. 秋菊滿庭之際, 還鄕典時祭于先塋

가을국화가 뜰에 가득 필 때, 고향에 가서 선영에 시제를 올리다

[2015.11.09.]

十月二十五日, 余還鄕典時祭于蟬淵先塋. 鶴洞舊廬如前, 前園在二百年老柿木枝梢漸枯, 樹形老衰, 春來無花, 秋來無果者十年于茲, 而今年結萬千柿果, 可謂奇績, 是何造化耶.

10월 25일 내가 고향에 가서 선연의 선영에 시제를 올렸다. 학동의 옛집은 예전과 같았고, 집 앞에 있는 200년 된 늙은 감나무 가지 끝이 점점 말라서 나무 모양이 노쇠하고 봄이 와도 꽃을 피우지 않고 가을에도 열매를 맺지 않은 지 이미 10년째였으나, 올해 수많은 감이 열리니 기적이라 이를 만하다. 이것이 무슨 조화인고?

花壇秋菊作香臺　　화단추국 작향대 하니
　　화단 가득 가을 국화로 향기로운 터전을 만드니,

紅紫黃藍次第開　　홍자황람차제개 라
　　분홍, 자주, 노랑, 파랑 차례차례 피었네.

風洗微塵吹瘴去　　풍세미진 취장거 하고
　　바람이 미세먼지를 씻어내 나쁜 기운도 불어 없애고,

陽暉楓葉染山來　　양휘풍엽 염산래 라
　　따뜻한 햇살과 단풍잎이 온 산을 물들이네.

蟬淵[1]時祭先塋謁　　선연시제 선영알 하고
　　선연동에서 시제를 올려 선영에 참배하고,

---

1) #선연(蟬淵): 강릉시 홍제동에 있는 지명이다. 地名, 在江陵市洪濟洞.

鶴洞鄕廬舊主回 학동향려 구주회 라
　　학동 고향 집에 옛 주인이 돌아왔다네.

柿木耄年枝葉少 　시목모년 지엽소 한데
　　늙은 감나무에 가지와 이파리 드물었는데,

萬千結果是何才2) 　만천결과 시하재 오
　　수많은 열매가 맺히니 이 무슨 능력인고?

---

2) #재(才): 능력. 能力.

5.76. 歡迎從妹鳳琬自美國一時歸國來家
사촌 누이동생 봉완이 미국에서 돌아와 우리집에 오다

[2015.11.09.]

曾知君質與靈臺1)   증지군질 여영대 하여
　　일찍이 그대의 자질과 마음씨를 알았는데,

常保純心好運開   상보순심 호운개 라
　　늘 순수한 마음을 지키더니 좋은 운이 열렸구나.

矍鑠從今何老計2)   확삭종금 하로계 오
　　지금까지 건강하였는데 어찌 늙을 계획인고?

日常和樂笑多來   일상화락 소다래 리라
　　일상이 화락하고 웃을 일이 많을 걸세.

---

1) *영대(靈臺): 신령스러운 곳, 마음을 이르는 말. 임금이 올라가서 사방(四方)을 바라보던 대(臺). 시경 대아 영대(詩經 大雅 靈臺)편에 나오는 말로 경영(經營)의 어원(語源). 시에 이르기를 영대(靈臺)의 역사(役事)를 일으키시어 땅을 재고 푯말을 세우셨더니, 백성들이 제 일인 듯 발 벗고 나서 며칠이 가기 전에 이루어졌네. 詩云 經始靈臺 經之營之 庶民攻之 不日成之.『孟子』「梁惠王 上」

2) #확삭(矍鑠): 늙어도 몸이 씩씩함. 老而身壯『後漢書』「馬援傳」.
　　#하로계(何老計): 늘 읽는 송나라 주신중이 말하기를 인생에는 오계가 있으니, 생계〔10세, 부모의 보호로 성장〕, 신계〔20세, 명예와 이익을 도모하는 길을 물음〕, 가계〔30~40세, 가문의 번성을 바람〕, 노계〔50세, 힘을 잘 보존함〕, 사계〔60세 이상, 부끄러움 없기를 바람〕이다. 常讀 宋朱新仲 曰, 人生有五計: 生計, 身計, 家計, 老計, 死計.

5.77. 成吉思汗1)
징기스칸

[2015.12.21.]

近讀陳舜臣著『成吉思汗之一族』［日本］集英社文庫 三冊.
> 근래 진순신이 지은 『징기스칸의 일족』 집영사 문고 3책을 읽다.

成吉思可汗　성길 사가한 은
> 징기스칸 군주는,

年輕抱負淸2)　연경 포부청 이라
> 젊어서 포부가 분명했다네.

靈山雄志毓3)　영산 웅지육 하고
> 부르칸산에서 웅지를 길렀고,

聖水叡智明4)　성수 예지명 이라

---

1) #징기스칸(成吉思汗): 몽고족 청년 테무진이 28세에 부족회의에서 칸(가한은 대한의 후보)에 뽑혔다. 蒙古族靑年鐵木眞(테무진)二十八歲時, 被選可汗(可汗, 大汗候補.) 於部族會議.

2) #포부(抱負): 몽고족과 여러 변방 국가를 통일하는 일. 統一蒙古族與其他塞北國.

3) #영산(靈山): 부르칸산, 바이칼호 동쪽 고원에 위치한 몽고족의 영산이다. 징기스칸은 평생 이 산에 기도했다. 어진 사람은 산을 좋아한다 하니 그의 평소 언행이 너그럽고 어질고 법도가 컸다. 죽어서 이 산의 비밀스러운 곳에 장사지냈다. 부르칸山. 位于바이칼湖東高原. 蒙古族之靈山, 成吉思汗, 平生仰禱此山. 仁者樂山, 而其平素言行, 寬仁大度. 死葬於此山秘處.

4) #성수(聖水): 메농강과 게르렌강. 두 강이 바이칼호 동쪽 고원에서 발원하여 흑룡강으로 흘러 들어간다. 지혜로운 자는 물을 좋아한다니 징기스칸의 지략과 영감은 이 두 강과 연관이 있다. 이 산하가 징기스칸의 고향이다. 메농

성스러운 강에서 예지를 밝혔다네.

西域頻屠殺5) 서역 빈도살 하고
　　　　서역에서는 모조리 죽임을 자주 했고,

四方常遠征 사방 상원정 이라
　　　　사방으로 늘 원정을 다녔다네.

眞人忠直語6) 진인 충직어 하고
　　　　진인의 충성스럽고 곧은 말을 하고,

欲敎後來生7) 욕교후래생 이라
　　　　후생들을 잘 가르치려 하였다네.

河與게르렌河. 兩河發源于바이칼湖東南高原. 注入于黑龍江. 智者樂水, 而大
汗之智略靈感, 應有關于兩河. 此山河地域, 大汗故鄉.
5) #징기즈칸이 서역의 성과 도시를 공격하여 함락시키고 성안의 일체 사람과
　가축을 모두 죽이라는 명령을 자주 하였다. 成吉思汗, 攻陷西域城市, 頻發
　屠城命令, 屠殺城內一切人間與家畜.
6) #진인(眞人): 장춘 진인 구처기의 자는 통밀이다. 중국 도교인 전진교 교주다.
　징기즈칸이 서아시아 군영으로 진인을 초빙하여 불로장수지술이 있는지 물으
　니 없다 하고, 자신에게 무엇을 충고할지 물으니 대답하기를 오래 사는 바탕은
　마음을 맑게 하고 욕심을 적게 가지며, 하늘을 공경하고 사람을 사랑하는 것이
　니 천하를 얻으려면 사람 죽이기 좋아하는 것을 버리라 하니 징기즈칸이 고개
　를 끄덕였다. 長春眞人邱處機, 字通密, 中國道敎全眞敎敎主. 成吉思汗, 招聘
　眞人于西亞細亞軍營, 問不老長壽之術有無, 對曰'無矣' 曰'有何忠告于我' 曰
　'長生之基, 淸心寡慾. 治國要諦, 敬天愛人. 欲得天下, 去好殺人心' 大汗頷首.
7) #징기즈칸이 사람을 시켜 진인의 말을 상세히 기록하고 후생들을 깨우치려
　하였다. 大汗使人詳記眞人之語, 而欲敎誨後生.

5.78. 晚秋雨不止
늦가을에 비가 그치지 않으니

[2015.12.21.]

江山鎖霧氣微淸 강산쇄무 기미청 한데
온 세상 안개에 싸였다가 날씨가 조금씩 개는데,

冷雨啾啾闇哭聲1) 냉우추추 암곡성 이라
차가운 비는 추적추적 곡소리처럼 음울하네.

風雪西歐吹不盡2) 풍설서구 취부진 하니
서구의 바람과 눈 불기를 그치지 아니하니,

文明老去漸無明3) 문명노거 점무명 이라
문명이 가면 갈수록 점점 무명하게 되어가네.

---

1) #추추암곡성(啾啾闇哭聲): 두런거리는 소리가 가늚. 소리를 삼키고 속으로 욺.
   呑聲闇哭.
2) #풍설서구(風雪西歐): 근년에 서구에서 크고 작은 위기가 계속 많이 발생하니
   이후로도 이어질 것 같다. 近年大小危機連續多發于西歐, 而應繼于今後.
3) #무명(無明): 불교어, 어리석고 어두워 참된 진리가 빠져 있음. 佛敎語: 愚闇
   而缺乏眞知.

5.79. 悼慕何兄

모하 〔이헌조〕 형을 추모하며

〔2015.12.21.〕

弘毅純心稟氣清　홍의순심 품기청 하여
　　　넓고 굳세며 순수한 마음에 타고난 기운도 맑아,

東西哲學振譽聲　동서철학 진예성 이라
　　　동서양 철학에 떨쳐 명성이 높았다네.

經營首將先思誼　경영수장 선사의 하고
　　　수장으로 경영할 때 마땅함을 먼저 생각했고,

一貫持身名分明　일관지신 명분명 이라
　　　일관되게 명분을 밝게 몸에 지녔다네.

5.80. 新年無異舊年
새해도 지난해와 다르지 않아

[2016.01.18.]

歲換舊新民事遒1)　세환구신 민사주 하니
　　해가 새롭게 바뀌어도 백성들의 삶은 답답하니,

庶民罕見逐朋遊　서민한견 축붕유 라
　　서민들이 무리지어 나들이 가는 것을 보기 드물다네.

危機疊疊韓南北　위기첩첩 한남북 하고
　　남북한의 위태로움은 쌓이고 쌓였고,

難局重重亞太洲　난국중중 아태주 라
　　아시아 태평양의 어려운 국면도 겹겹이로다.

空色人生均貴賤　공색인생 균귀천 하니
　　인생은 공즉시색 귀천이 분별없고,

興亡家國歷春秋2)　흥망가국 역춘추 라
　　나라의 흥망성쇠 역사를 겪어 왔다네.

心身老耄餘望少　심신노모 여망소 하나
　　80넘은 몸과 마음 남은 소원 적어지니,

我齒無心如水流　아치무심 여수류 하네
　　내 나이는 무심하게 물과 같이 흘러가리.

---

1) #민사주(民事遒): 백성들 삶이 각박함. 逼迫民生.
2) #역춘추(歷春秋): 흥망성쇠를 겪음. 經盛衰.

又
또

病苦老妻新吟遒　병고노처 신음주 하니
　　늙은 아내 병이 들어 앓는 소리 또 크게 들리니,

吾生未暇嘯詠遊　오생미가 소영유 라
　　내 삶은 시 읊으며 거닐어 볼 겨를이 없구나.

環球暖化氷河解　환구난화 빙하해 한데
　　지구 온난화로 빙하가 녹아내리는데,

漢水沿邊作凍洲　한수연변 작동주 라
　　한강 가에는 얼음 섬이 생겼구나.

제5집 ❙ 261

5.81. 農所金慶洙教授
농소 김경수 교수

[2016.02.15.]

余友農所金慶洙, 中央大學校國語國文學科教授, 其
蔚山故里名曰農所, 因以爲號. 農所外貌端雅, 言動宥
和, 然內心敬而直, 平素主張한글專用爲誤國政策, 而
糾合同志, 設立語文政策正常化推進委員會. 曩者酷
寒之際, 農所敢行한글專用反對一人示威于光化門世
宗大王像前亘二週間.

> 내 친구 농소 김경수는 중앙대학교 국어국문학과 교수다.
> 그의 울산 고향마을 이름이 농소라 이에 호를 삼았다. 농
> 소의 외모는 단아하고 언동은 유화하다. 그러나 내심은 정
> 성스러우면서도 정직하다. 평소 한글 전용이 잘못된 정책
> 이라 주장하며 동지들을 규합하여 어문정책정상화추진위
> 원회를 설립하였다. 지난번 혹한 때에 농소는 한글 전용
> 반대 1인 시위를 광화문 세종대왕상 앞에서 2주간에 걸쳐
> 감행하였다.

妄作漢盲家國昏 망작한맹 가국혼 하여
망령되이 한자 문맹을 만들어 나라를 어둡게 하여,

世間彌滿野蠻痕 세간미만 야만흔 이라
세상에 야만스러운 흔적이 더욱 가득찼다네.

沍寒路上君應見 호한로상 군응현 하리니
얼어붙는 추위에 길거리에 선 그대 틀림없이 나타
내리,

叔世猶存志士魂 숙세유존 지사혼 이라
말세에도 오히려 지사의 정신이 남아 있음을.

5.82. 丙申新歲
병신년 새해를 맞아

[2016.02.15.]

如水人生老漸昏　　여수인생 노점혼 하니
　　물 같이 흘러가는 인생 늙을수록 점점 혼미해지니,

晝宵逝者有無痕1)　　주소서자 유무흔 이라
　　밤낮으로 쉬지 않고 가나 흔적조차 남지 않는다네.

新正如問吾何願　　신정여문 오하원 하니
　　설날에 만약 내가 무엇을 원하는지 물어본다면,

不入三年地獄門2)　　불입삼년 지옥문 이라
　　3년 안에 지옥문에 들어가지 않기를.

---

1) #주소서자(晝宵逝者): 공자께서 냇가에서 말씀하셨다. '지나가는 것들이 모두 이와 같구나. 낮과 밤을 가리지 않는구나.' (水與人.) 子在川上曰, 逝者如斯夫. 不舍晝夜. 『論語』 「子罕」.

2) #삼년불입지옥문(三年不入地獄門): 내가 3년도 지나친 욕심이라는 것을 알지만, 감히 내 몸에 박절한 말을 뱉지 못하여 이렇게 말한다. 余知三年爲過慾, 而不敢吐薄切之辭于己身.

5.83. 鄭美鴻
정미홍 여사

[2016.02.15.]

鄭美鴻女士, 前任KBS뉴스放送役也. 余서울市長選擧
時, 獻身助余, 渠有多方面能力. 余市長時, 以弘報室
長, 導入各種革新, 貢獻多大, 平生苦於難治病. 以不
屈意志, 獨力快癒, 不拘持病, 組織運營同病者協會,
交換經驗談, 運營公私事業, 收多大成功. 過年除夕,
不意訪余, 告余克服又一重病. 可謂奇績.

> 정미홍 여사는 KBS 뉴스 아나운서였다. 내가 서울시장선거
> 를 치를 때 나를 도와 헌신하여 다방면에 능력을 크게 발휘
> 했다. 내가 시장 때 홍보실장으로서 여러 혁신안을 도입하여
> 공헌한 바 매우 크다. 평소 난치병으로 고통 받았지만 불굴
> 의 의지로 혼자 힘으로 나았는데, 병이 있음에도 불구하고
> 같은 병을 가진 사람들 협회를 조직 운영하여 경험담을 교환
> 하고, 공적이고 사적인 사업을 운영하여 많은 성공을 거두었
> 다. 지난 연말에 뜻밖에 나를 찾아와, 나에게 다시 다른 중병
> 을 극복한 것을 이야기하였는데 기적이라고 할 만하다.

試問君嘗事理昏　시문군상 사리혼 하나
시험 삼아 물으니 그대 일찍이 사리에 어둡다고 했
으나,

平生善業跡多痕　평생선업 적다흔 이라
평생 선업의 자취가 많이도 남았네요.

幾重重病今皆去　기중중병 금개거 하고
겹겹의 중병도 이제는 모두 물리치고,

麗艶身藏不倒魂　여염신장 부도혼 이라
곱고 예쁜 몸에 오뚝한 정신을 간직하였네요.

5.84. 肇春
이른 봄

[2016.03.14.]

春至江山氣象淸　춘지강산 기상청 하니
봄이 찾아온 강산에 기운도 맑은데,

寒梅綻蕾鳥啼聲　한매탄뢰 조제성 이라
일찍 핀 매화에 꽃봉오리 터지고 새도 지저귀네.

街頭混雜難移步　가두혼잡 난이보 하고
길거리는 혼잡하여 발걸음 옮기기도 힘들고,

脚力衰微厭遠行　각력쇠미 염원행 이라
다리 힘 쇠약하여 먼 길 걷기 싫어지네.

花發四時何陋屋　화발사시 하누옥 고
사계절 꽃이 피니 어찌 누추한 집이라 하리?

書藏萬卷是塵城　서장만권 시진성 이라
만권의 책이 둘러싼 곳 여기가 먼지투성일세.

過冬凍冷眞多苦　과동동랭 진다고 하나
얼어붙고 차가운 겨울나기 참으로 어려움이 많았지만,

今日陽光欣快迎　금일양광 흔쾌영 이라
오늘 봄볕을 기쁘고 상쾌하게 맞이한다네.

又
또

雨濕前園鬱未淸　우습전원 울미청 하나
　　봄비 젖은 앞 정원은 우거져 맑지 않지만,

四隣寂寞愛烏聲　사린적막 애오성 이라
　　사방이 적막하니 까마귀 소리도 사랑스럽네.

肇春故友多歸土　조춘고우 다귀토 하나
　　이른 봄에 옛 벗들 흙으로 돌아간 사람 많으나,

遺德家人應繼行　유덕가인 응계행 하리라
　　남긴 덕을 집안사람들이 마땅히 이어가야 하리라.

5.85. 春懷
봄 생각

[2016.03.14.]

西望暮日落遙岑   서망모일 낙요잠 하고
　　서쪽 지는 해를 바라보니 먼 봉우리로 떨어지고,

冠岳煙嵐帶樹林   관악연람 대수림 이라
　　관악산 아지랑이 수풀을 에워쌌네.

和暢陽光君子氣   화창양광 군자기 하고
　　화창한 봄 햇살은 군자의 기상 같고,

寒梅春雪丈夫心   한매춘설 장부심 이라
　　봄 눈 속에 핀 이른 매화는 장부의 마음일세.

政爭紛糾相繩縛   정쟁분규 상승박 하나
　　정쟁과 분규가 서로 꼬리를 물고 이어지지만,

經濟沈淪陷穽深   경제침륜 함정심 이라
　　나라 경제는 함정에 깊이 빠져들고 있다네.

老耄休愁天下事   노모휴수 천하사 하니
　　80 늙은이 천하 일을 근심하지 말지니,

爾機在邇莫遐尋   이기재이 막하심 이라
　　네가 할 일은 가까이 있으니 멀리서 찾지 말아야
　　하리.

5.86. 觀總選公薦混亂
총선 공천의 혼란함을 보고

[2016.04.11.]

倦觀亂狀欲棲岑　권관란상 욕서잠 하니
　　혼란스런 상황을 바라보니 산속에 숨고 싶으니,

聊羨仙人處樹林　요선선인 처수림 이라
　　정말 신선이 수풀 속에 사는 게 부럽다네.

苦海浮沈看幾盡　고해부침 간기진 하니
　　괴로운 세상의 부침을 몇 번이나 끝까지 보았던가?

殘年庶幾保平心　잔년서기 보평심 하리
　　남은 삶 평상심을 지키게나 되었으면……

5.87. 崔斗煥教授
최두환 교수

[2016.04.11.]

余友崔斗煥教授, 韓國外大獨文學科畢業, 留學德國.
歸國後, 中央大教授. 崔教授, 性誠實疎脫. 平生所願,
追究Goethe學, 與同僚學者召集 〈괴테를 사랑하는
모임〉. 欲創刊Kant, Goethe等啓蒙時代思想關聯教養
雜誌, 而老齡遂創刊 〈세계시민〉, 刊行社名曰 〈시와
진실社〉*.

> 내 벗 최두환 교수는 한국외대 독문학과를 졸업하고 독일
> 에 유학하고 귀국 후 중앙대학교 교수로 있었다. 최교수의
> 성품은 성실 소탈하다. 평생 괴테학을 추구하여 동료학자
> 들을 모아 〈괴테를 사랑하는 모임〉을 만들고, 칸트·괴테
> 등 계몽시대 사상 관련 교양 잡지를 창간하고자 하여, 노
> 령에 드디어 「세계시민」을 창간하였다. 간행한 출판사는
> 「시와 진실사」이다.

性情純粹保恒心　　성정순수 보항심 하여
　　　성정이 순수하고 한결같은 마음을 지녀,

自反平生信己深　　자반평생 신기심 이라
　　　평생을 스스로 돌아보고 자기 믿음이 깊었다네.

千萬難關終退去　　천만난관 종퇴거 하여
　　　여러 난관을 마침내 기어이 물리치고서,

詩和眞實夙誠尋[1]　　시화진실 숙성심 이라
　　　'시와 진실'을 옛날부터 정성껏 찾았다네.

---

1) #시화진실(詩和眞實): 시와 진실은 괴테의 자서전 이름이다. '和'는 '與'의 뜻.
　　Goethe自敍傳. 和=與.

5.88. 送暮春
저문 봄을 보내며

[2016.05.20.]

歲序循環逐暮春　세서순환 축모춘 하니
세월이 돌고 돌아 저문 봄을 쫓으니,

書窓孤坐白頭人　서창고좌 백두인 이라
서가 창에 홀로 앉은 흰머리의 늙은이라.

小園染綠成靑玉　소원염록 성청옥 하고
앞뜰은 초록이 물들어 푸른 보석이 되었고,

大地吹風掃細塵　대지취풍 소세진 이라
대지는 바람이 불어 미세먼지 쓸고 가네.

老去須持弘毅志　노거수지 홍의지 하고
늙어가면 모름지기 넓고 굳센 뜻 지녀야 하고,

夏來當保健康身　하래당보 건강신 이라
여름 되면 마땅히 건강한 몸 지켜야지.

勿忘戒在多求得　물망계재 다구득 하고
스스로 경계할 것은 많은 욕심에 있음을 잊지 말고,

處世莫憂無有隣　처세막우 무유린 이라
세상 살아가는 데는 이웃이 있고 없음을 근심하지
말아야지.

又
또

[2016.05.20.]

南風吹送古園春　남풍취송 고원춘 하니
　　남풍이 불어 오랜 정원에도 봄이 오니,

窓下看書老主人　창하간서 노주인 이라
　　창 아래에서 책을 읽는 늙은 주인장 있네.

昏眼蠅頭焉續讀　혼안승두 언속독 하니
　　흐린 눈으로 작은 글자를 어찌 계속하여 읽을 것인
　　가?

寧敎冊蠹獨埋塵　영교책두 독매진 이라
　　차라리 책벌레가 마음대로 책먼지 속에 파묻히게
　　놓아두고자 하네.

5.89. 赴南原, 參觀사랑의聖地公園, 而當日歸京
남원에 가서 사랑의 성지공원을 보고 당일로 서울로 돌아오다

[2016.05.20.]

四月二十七日, 旅于南原. 丁海勳君, 杭州所在, 大韓民國臨時政府記念館, 趙盛妹館長, 同行.
4월 27일 남원에 가다. 정해훈 군과 항주 소재 대한민국임시정부기념관 조성주 관장과 동행하였다.

空無沙雨野無塵　공무사우 야무진 한데
하늘에는 황사비가 없고 들에는 먼지도 없는데,

往復南原老苦身　왕복남원 노고신 이라
남원까지 왕복하니 늙은 몸이 고단하네.

姉妹兩都文質等1)　자매양도 문질등 하니
자매가 된 두 도시의 문질도 동등하니,

隔瀛誼若隔籬隣　격영의약 격리린 이라
바다 멀리 떨어져 있으나 우의는 마치 이웃집 울타리 간격만큼 가깝다네.

---

1) #자매양도(姉妹兩都): 남원시와 중국 항주시는 2011년 자매결연을 맺었다. 항주시 역시 성춘향과 이도령 같은 애정 설화가 있다고 한다. 南原市與中國杭州市. 2011年姉妹結緣, 杭州亦有成春香·李道令同類愛情說話云.
#문질등(文質等): 등은 동과 같다. 두 도시의 문질이 빈빈하기가 서로 같다.
等=同. 兩都, 文質彬彬相等.

又
또

[2016.05.20.]

細雨霏霏濕旱春　세우비비 습한춘 하니
가는 비가 부슬부슬 봄 가뭄을 적시니,

零來水滴自霑人　영래수적 자점인 이라
방울방울 내리는 물방울이 저절로 사람을 적신다.

柳公1)稟性多仁德　류공품성 다인덕 하니
류공의 품성은 어질고 덕성스러움 많으니,

承簣麟孫有衆隣2)　승궤인손 유중린 이라
덕을 이어갈 자손들과 돕는 여러 이웃 벗들 있을
것이네.

---

1) #류공(柳公): 류성우 회장. 혼자 힘으로 사랑의 성지공원을 설립 추진하였다.
   나와 류공은 서로 초면이었지만 느낌은 구면 같았다. 柳性佑會長, 以獨力設
   計推進, 사랑의聖地公園. 余與柳公, 初面相逢, 然感如舊面.

2) #승궤(承簣): 성을 쌓는 토목공사에서 삼태기를 이어 받다. 류공은 이 사업을
   구상한 것은 우공이산 같아서, 나는 이 사업을 완성하지 못하고 죽어도 자자
   손손 마땅히 이어 받아서 마침내 완성되기를 기대한다고 말했다. 承簣築城
   土木工事. 柳公曰: '此事業構想, 如愚公移山. 如我未完此業而死, 子子孫孫
   宜當承繼, 終期完成'.
   #유중린(有衆隣): 아버지와 할아버지가 인덕을 많이 닦으면 응당 여러 이웃
   들이 와서 축성 공사를 도울 것이다. 父祖多仁德, 應有衆隣來助築城工事.

5.90. 望冠嶽
관악산을 바라보며

[2016.06.20.]

日暮望冠嶽　　일모 망관악 하니
　　해 질 녘에 관악산을 바라보니,

勝區舊紫霞1)　승구 구자하 라
　　뛰어난 경치는 옛 자하동이라네.

壯觀雲霧景　　장관 운무경 하고
　　구름과 안개 풍경이 장관이고,

窈窕澗谿花　　요조 간계화 라
　　골짜기에 핀 꽃은 얌전하고 어여쁘다네.

往昔無人谷　　왕석 무인곡 하나
　　옛날에는 사람 없는 골짜기였지만,

如今學寓家　　여금 학우가 라
　　지금은 공부하는 집들이 서 있다네.

欣瞻靈地嶂　　흔첨 영지장 하니
　　신령스런 땅, 솟은 벼랑을 흐뭇하게 바라보니,

幸住水南涯2)　행주 수남애 로다
　　한강의 남쪽 가에 자리한 것이 다행스럽다네.

---

1) #서울대학부지의 옛 명칭은 자하동이다. 서울大敷地舊稱紫霞洞.
2) #한강의 남쪽 끝은 관악구를 가리킨다. 漢水之南涯, 指冠岳區.

5.91. 散策
산책

[2016.06.20.]

街衢涼氣愜 가구 양기협 하니
큰길 네거리 서늘한 기운이 상쾌한데,

日暮夕陽斜 일모 석양사 라
해가 저무니 석양이 지네.

隨杖遷人逕 수장 천인경 하여
지팡이 따라 좁은 골목을 옮겨가노라니,

槃旋¹⁾過巷家 반선 과항가 라
빙빙 돌아 골목길 집들을 지나간다네.

時驚高速輛 시경 고속량 이나
때로 빠르게 지나가는 차량소리에 놀라지만,

閑賞路邊花 한상 노변화 라
한가로이 길가에 핀 꽃들을 구경하네.

塵中當一笑 진중 당일소 하니
홍진 속세에도 한번 웃을거리가 있으니,

苦處樂無涯 고처 낙무애 라
괴로운 곳이지만 즐거움은 끝이 없다네.

---

1) #반(槃): 반槃은 반盤자와 같은데, 〔빙빙 돌면서〕 즐거워한다는 뜻도 있다.
槃=盤. 樂也. #반선(槃旋): 주위를 빙빙 돌다. 環繞.

5.92. 英國公投[1]脫退歐盟
영국이 국민투표로 EU를 탈퇴하다

[2016.07.15.]

莫云英國政經艱　　막운영국 정경간 하여
　　영국의 정치 경제의 어려움은 말할 것도 없어,

離脫民人膽若山　　이탈민인 담약산 이라
　　이탈하자는 국민의 담력이 험한 산과 같다네.

制覇環球三百載　　제패환구 삼백재 에
　　전 세계를 제패한 지 300년이나 되어,

强情不怕有難關　　강정불파 유난관 이라
　　억지 감정으로 두려워 않으나 난관이 있으리라.

---

1) *브렉시트(Brexit): 영국이 유럽연합을 탈퇴한다는 의미로, 영국(Britain)과 탈퇴
(exit)를 합쳐서 만든 합성어. 2016년 6월 열린 영국 국민투표 개표 결과
72.2%의 투표율에 51.9%의 찬성, 반대 48.1%로 영국의 유럽연합 탈퇴가 확
정되었고, 2020년 1월, 유럽연합에서 정식으로 탈퇴하였다.

又
또

[2016.07.15.]

海國凌夷分裂艱　해국릉이 분열간 하니
　　섬나라가 점점 쇠퇴하여 분열되어 힘들겠으니,

前程荊棘路如山　전정형극 노여산 이라
　　앞길이 가시밭길에 험한 산길 같겠구나.

强隣法德難爲友　강린법덕 난위우 하고
　　강한 이웃 프랑스, 독일은 친구 되기 어렵고,

蘇格1)分離也險關　소격분리 야험관 이라
　　스코틀랜드 분리 또한 험난하겠구나.

----

1) #소격(蘇格): 스코틀랜드(Scotland). 蘇格蘭.

又

또

[2016.07.15.]

歐盟脫退電光間 구맹탈퇴 전광간 하여
  EU(유럽연합) 탈퇴를 번갯불 같이 하여,

失路英蘭國步艱1) 실로영란 국보간 이라
  길 잃은 잉글랜드 갈 길이 험난하네.

經世須知孫子語 경세수지 손자어 하여
  세상을 경영하려면 모름지기 손자병법을 알아야 하
  나니,

知彼知己克難關 지피지기 극난관 이라
  상대(적)를 알고 나를 알아야 난관을 극복할 수 있
  다네.

---

1) #실로대영국보간(失路大英國步艱): 최근 영국의 존 칠콧 경이 2003년 이라크
  침공전쟁에 관한 영국 외교안보 정책에 대한 7년간 정밀 조사를 완료하였
  다. 이 보고서의 결론은 한마디로 그해 영국 외교정책은 실패했다는 것이
  다. 당시 수상 토니 블레어가 미국의 호감을 얻기에 급급하여 국내외 정세를
  무시하고 주변 관련 국가를 중동지역에서 곤란한 지경에 빠지게 하였다. 논
  설자가 평하기를 그해 영국의 관념은 지금에 이르기까지 그대로 보존되고
  있으니, 이것이 EU(유럽연합) 정책에 대한 좋은 사례가 된다.
  最近英國Sir. John Chilcot 卿完了, 其七年間精密調査, 英國外交安保政策, 關
  于2003年, 伊剌克侵攻戰爭. 此報告書結論, 一言以蔽之曰, 當年英國外交失敗
  而已矣. 當時首相 Tony Blair 急於得美國好感, 無視國內外情勢, 使關係國陷
  入苦境於中東地域. 論者評曰 當年英國觀念, 到今溫存, 好例是歐盟政策.

5.93. 自適
마음 내키는 대로

[2016.08.19.]

曾聞命運受於天　　증문명운 수어천 하니
　　　　일찍이 운명은 하늘로부터 받는 것이라 들었는데,

苦海餘程路萬千　　고해여정 노만천 이라
　　　　괴로운 바다 같은 세상 길은 천리만리 아득하다네.

世失懿風今幾曆　　세실의풍 금기력 고
　　　　세상이 좋은 풍속을 잃은 지 몇 해이던고?

衆追財富也忘年　　중추재부 야망년 이라
　　　　뭇사람들 재물과 부귀를 쫓아 세월도 잊고 있네.

脫歐1)無策懷遺後　　탈구무책 회유후 하고
　　　　EU 탈퇴 대책 없어 후회만 남길 것이고,

南海調諧釁起前2)　　남해조해 흔기전 이라

---

1) #탈구(脫歐):영국 유럽연합 탈퇴. 英國離脫歐盟.
　　#유후회(遺懷後): 뒷날 후회할 일을 많이 남겼다. 遺後多懷.

2) #남해(南海): 남중국해. 南中國海.
　　#조해(調諧): 관련 국가 화해를 조율하다. 調律關聯國和諧.
　　#흔(釁): 전쟁의 단서. 戰端.
　　#미국과 일본 양국은 중국과 필리핀이 논쟁하기를 기대하였다. 그러나 중국과 필리핀 두 나라는 외교적으로 담판하여, 평화적으로 쟁점을 해결하려고 한다. 또한 아세안 10개국과 중국이 개최하는 외무장관 회담을 개최하여 영토 주권 문제를 의결하려 한다. 마땅히 관련 국가 간 협의로 해결해야 하므로 제3국의 개입 여지가 없어졌다. 美日兩國期待, 中菲開始論爭, 然中菲兩國, 欲以外交談判. 平和裡解決爭點. 且同盟(ASIAN10個國)+中國(10+1)開催外

남중국해에서 앞서 생겼던 갈등이 화해롭게 조화될
것 같네.

人去靈能飛兩岸　　인거영능 비양안 하면
홀륭한 지도자들 죽었지만, 그대들과 대만 양안을
날 수 있다면,

莫關到處是那邊　　막관도처 시나변 하리라
이곳이든 저곳이든 이르는 곳 어느 쪽이든 상관하
지 않으리라.

相會議. 議決領土主權問題. 當解決于關係國間協議. 無第三國介入餘地.

5.94. 環球酷暑
지구촌 혹독한 더위

[2016.08.19.]

祝融爾盍事仁天[1]　　축융이합 사인천 하고
　　축융신아! 너는 어찌 어진 하늘을 섬기지 않고,

送熱喪人幾百千　　송열상인 기백천 고
　　열기를 내뿜어 수많은 사람을 죽이려 하는가?

北極氷山融解盡　　북극빙산 융해진 하면
　　북극의 빙산이 다 녹아 버린다면,

蘇生萬象不知年　　소생만상 부지년 이라
　　만물이 다시 소생하는 것 몇 만 년 뒤일지 모르겠
　　구나.

---

1) *축융(祝融): 불을 맡은 신. 여름을 맡은 신, 또는 남쪽 바다를 맡은 신이나
　남방의 신을 가리키는 말.
　#합(盍): 어찌 ~하지 않으랴? '何' 자와 '不' 자 두 글자의 발음이 합하여지
　고, 그 뜻도 이 두 글자의 뜻이 합하여진 것임. 何不.

5.95. 故里鶴山懷古
고향 학산을 그리며

[2016.09.19.]

故鄉懷古不勝愁　고향회고 불승수 하니
　　옛 고향 생각하면 그리움을 이기지 못하니,

溪水潺湲漁蟹洲　계수잔원 어해주 라
　　졸졸 흐르는 골짜기에서 게를 잡던 모래톱.

王峴城基攀險峙1)　왕현성기 반험치 하여
　　왕고개 성벽 아래 험한 언덕을 오르며,

將墳屯地座高樓2)　장분둔지 좌고루 라
　　둔지 장수 무덤 높은 곳에 앉았더라.

村容眼裏圖幷畵3)　촌용안리 도병화 하고
　　마을 모습 눈 속에서 하도낙서처럼 그려지고,

故友心中春與秋4)　고우심중 춘여추 라

---

1) #왕현(王峴): 왕고개. 지명. 地名.

2) #장분(將墳): 장수 무덤. 지명. 이곳 둔지는 높은 곳에 위치하여 높은 누각
　　같다. 학산촌을 비스듬히 볼 수 있다. 地名, 此屯地, 位于高處, 似高樓, 睥
　　睨鶴山村.

3) #도(圖): 하도낙서. 황하에서 그림이, 낙수에서 글씨가 나와서 성인이 이를
　　법칙으로 삼았다. 河圖洛書. 河出圖, 洛出書, 聖人則之. 『易經』「繫辭」.
　　#도(圖): 복희씨 때에 황하에서 용마가 나왔는데 용마의 등에 한 그림이 걸려
　　있었다. 복희씨가 이로써 괘(卦)를 삼았다. 伏羲之世, 黃河出龍馬. 龍馬之背,
　　有一掛圖, 義用之爲卦.
　　#화(畵): 사람이 그린 경치. 人筆之景.
　　#도병화(圖幷畵): 아름다움이 그림 같다. 美如圖畵.

내 마음에 속에는 고향 친구들 사계절 함께 한다네.

物變人移香色改5) 물변인이 향색개 하니

　세상 변하고 사람도 떠나면 냄새와 색깔도 바뀌니,

風情滿目順時流6) 풍정만목 순시류 라

　눈에 가득한 고향 풍경 세월 따라 변해가네.

---

4) #춘여추(春與秋): 사계절이다. 四時.

5) #향색개(香色改): 옛 냄새와 옛 빛깔을 보지 못한다. 不見古香古色.

6) #순시류(順時流): 유행에 민감하다. 敏于流行.

5.96. 太息
크게 탄식하다

[2016.09.19.]

秋氣淸凉萬里愁   추기청량 만리수 하니
　　가을 기운 맑고 서늘한데 근심은 만 리 같네,

戰雲騰踊繞瀛洲   전운등용 요영주 라
　　전쟁의 구름이 뭉게뭉게 온 땅을 휘감았구나.

如何昆季仇讐做1)   여하곤계 구수주 하여
　　어찌하여 형제가 오랜 원수가 되어서,

決死鬩牆譏侮流2)   결사혁장 기모류 오
　　집안에서 죽고 살기로 싸우며 비웃고 멸시하는가?

---

1) #곤계(昆季): 형제, 맏형과 막내 동생. 兄弟, 長兄與末弟.
　#구수주(仇讐做): 남북한이 서로 싸움. 南北韓相爭.
2) #혁장(鬩牆): 담장 안의 싸움. 형제 사이의 다툼질. 집안싸움. 형제는 울 안에
　서 서로 싸우다가도, 밖에서는 업신여김을 함께 막는다. 兄弟相爭. 兄弟鬩
　于牆, 外禦其侮. 『詩經』「小雅 常棣」.
　#기모류(譏侮流): 서로 비방하고 모욕함. 기譏: 비방誹謗. 모侮: 모욕侮辱. 비방
　과 모욕이 집안에서부터 일어남. 誹謗與侮辱流自鬩牆.

5.97. 觀世
세상을 둘러 보다

[2016.10.10.]

白雲一片去來空　　백운일편 거래공 하니
　　흰 구름 한 조각 하늘에서 하염없이 떠다니니,

俯視人間蠢動中　　부시인간 준동중 이라
　　인간 세상 내려다보면 좀벌레 움직임 같으리라.

治理邦家今古等1)　　치리방가 금고등 하고
　　나라를 다스리는 이치는 예나 지금이 같고,

性情世界有無同2)　　성정세계 유무동 가
　　사람들 마음은 세계가 같지 않음이 있겠는가?

政經歐美皆沈滯　　정경구미 개침체 하니
　　유럽·미국의 정치와 경제는 모두 침체되니,

資本文明病西東　　자본문명 병서동 이라
　　자본주의 문명세계가 모두 병이 들었다네.

三聖亞洲儒道佛3)　　삼성아주 유도불 은
　　아시아 3 성인의 유교, 도교, 불교의 이치는,

淸心寡慾養賢風　　청심과욕 양현풍 이라

---

1) #치리(治理): 나라를 다스리고 정치를 하는 이치. 治國理政.
2) #무동(無同): 장무동(將無同). 유교와 노장 또는 불교 세 가지의 이치가 따지고
　　보면 '아마 같지 않을까? 將無同'라는 고사성어가 있음. 『晉書』「阮瞻列
　　傳」.
3) #삼성(三聖): 공자孔子, 노자老子, 석가釋迦.

마음은 맑게, 욕심은 줄여 어진 풍속 기르는 것이
라네.

5.98. 老懷

늙은이의 마음

[2016.10.10.]

平生構想未全空 평생구상 미전공 하니
평생 구상한 것 모두 다 헛되지는 않았는데,

隨運微機遇適中 수운미기 우적중 이라
운세를 따라 미묘한 기미가 맞아 떨어지기도 하였
다네.

望九老身留本性 망구로신 유본성 하여
구십 바라보는 늙은 몸에도 본성이 남아 있어서,

年重日課少時同 연중일과 소시동 이라
해마다 하던 일과를 반복함은 젊을 때와 똑같다네.

5.99. 迎秋花園
가을을 맞이한 꽃밭

[2016.11.14.]

霜菊何曾畏凍難　　상국하증 외동난 고
서리 맞은 국화가 어찌 겨울 추위를 두려워하랴?

薔薇數朶艶姿殘　　장미수타 염자잔 이라
장미꽃 몇 송이 예쁜 모습 남아 있다네.

四時之序功成去1)　　사시지서 공성거 하니
사계절의 질서는 공을 이룬 후에는 떠나야 하니,

夏葉園邊凋落乾　　하엽원변 조락건 이라
정원 주변 무성하던 여름 잎들 시들어 떨어진다네.

---

1) #공성자거(功成者去): 사계절은 각기 그 계절의 구실을 다하면 자리를 양보한
다. 四時之序, 成功者去. 『史記』「蔡澤列傳」.

5.100. 觀美國大選
미국의 대통령 선거를 보고

[2016.11.14.]

當選人須當國難[1]　당선인수 당국난 이나
당선인이 모름지기 미국의 어려움을 감당해야 할
것이나,

荒唐言動崇應殘[2]　황당언동 숭응잔 이라
황당한 언동은 틀림없이 빌미 수를 얻으리라.

愚思慧眼交叉出[3]　우사혜안 교차출 하니
어리석은 생각과 약빠른 생각을 엇갈리게 내놓으니,

贊反民心熱且寒[4]　찬반민심 열차한 이라
찬성과 반대하는 국민들의 마음은 뜨거워졌다가 또
차가워지겠구나.

---

1) #국난(國難): 미국의 정치 경제가 추락하고 혼탁해지다. 美國政治經濟, 墜落
混濁.

2) #황당언동(荒唐言動): 후보 때 언동이 방약무인하다. 候補時言動, 傍若無人.
#수(祟): 몸의 재앙. 신화(身禍), 빌미수.

3) #혜안(慧眼): 당선인이 기층에 깔린 민심을 잘 알아서 미국 우선주의를 표방
하다. 當選人, 熟知基層低邊民心. 而標榜美國優先主義.

4) #열차한(熱且寒): 지지자는 극렬 지지하고, 반대자도 극렬 반대하니, 선거 후
에 여러 대도시 시민들이 집단으로 당선자에게 미움을 표현한다. 支持者極
烈支持, 反對者極烈反對. 選擧後, 數十大都市民, 集團表示憎惡當選者.

5.101. 歲暮
한 해가 저물어

[2016.12.19.]

衰顏刻苦鏡中央　　쇠안각고 경중앙 하니
　　거울 속에 고생하여 쇠약한 얼굴 모습 비춰보니,

臘月映窓照臥牀　　납월영창 조와상 이라
　　섣달 그믐달이 영창을 통하여 누워 있는 침상에 비
　　치네.

丁酉九旬年漸近　　정유구순 연점근 하니
　　정유년 90살이 점점 가까워지니,

戊辰百歲壽何長1)　무진백세 수하장 고
　　무진년 생이 백 세 되면 얼마나 오래 산 것인가?

不關世事心神淨　　불관세사 심신정 하고
　　세상일 관여하지 않으니 심신이 정화되고,

獨立言行信念凉　　독립언행 신념량 이라
　　언행이 독립되니 신념이 맑아지네.

霜落山林寒氣滿　　상락산림 한기만 하고
　　산림에 서리 내리니 차가운 기운 가득하고,

朔風天地復玄黃2)　삭풍천지 부현황 이라
　　천지에 삭풍이 부니 다시 어두운 겨울일세.

---

1) #내가 무진생이다. 새해는 정유년, 내 나이 구십이다. 余生戊辰年, 新歲丁
   酉, 余齡九旬.
2) #천지는 원래 현황이다. 겨울은 더욱 검고 어둡다. 天地元玄黃, 冬節尤玄黃.

5.102. 迎新年

새해를 맞아

[2017.01.17.]

余欲著一書. 關于方今資本主義與民主主義之危機.
欲脫稿于昨年末. 未遂. 延期于新歲.

내가 오늘날 자본주의와 민주주의의 위기에 관한 책을 한
권 쓰는데, 작년 연말에 탈고를 하려다가 이루지 못하고
새해로 미루었다.

新歲來臨永劫間　신세래임 영겁간 한데
　영겁 속에서 새해가 다가오는데,

循環天路要何關　순환천로 요하관 고
　천로의 순환도 어떤 고비를 요구하는지?

著書荏苒憐才鈍1)　저서임염 연재둔 하고
　세월이 갈수록 책을 씀에 재주가 둔해짐이 안타깝고,

論說麤疎愧覓閑2)　논설추소 괴멱한 이라
　논설을 하여도 거칠고 소홀해져 한가로움 찾기가
　부끄럽다네.

莫道餘生秖苦海　막도여생 지고해 라
　남은 삶 다만 고통의 바다라 말하지 말라.

曾知前路是刀山　증지전로 시도산 이라
　앞길이 도산지옥 같은 줄 내 일찍이 알았다네.

臨瀛古洞身千里　임영고동 신천리 하니

---

1) *임염(荏苒): 차츰차츰 세월이 지나감. 사물이 점진적으로 변화함.
2) *추소(麤疎): 거칠고 소홀함.

임영(강릉) 고향 마을과는 몸이 천 리나 머니,

元日思鄉遽欲還　원일사향 거욕환 이라

설날 되어 문득 고향 생각에 갑자기 돌아가고 싶어
진다네.

5.103. 偶吟

문득 읊어 보다

[2017.01.17.]

寒氣侵肌雨雪間　　한기침기 우설간 이나
진눈깨비 내리니 한기가 살갗을 파고드나,

無門天路也無關　　무문천로 야무관 이라
하늘 길에는 문이 없고 빗장 또한 없다네.

朽材難刻邦家朽1)　　후재난각 방가후 하니
썩은 나무엔 조각하기 어렵고 나라도 썩었는데,

經國何時正道還　　경국하시 정도환 고
어느 때나 나라를 경영하는 것이 바른길로 돌아올까?

---

1) #공자왈, 썩은 나무에는 조각할 수 없다. 孔子曰 朽木不可雕也.(조는 글을 새
긴다. 雕, 刻劃也)『論語』「公冶長篇」.

5.104. 歎世
세상사를 탄식하다

[2017.01.17.]

魍魎橫行晝夜間1)　　망량횡행 주야간 하고
　　도깨비가 밤낮으로 설치고,

士民征利義無關　　사민정리 의무관 이라
　　의로움과 상관없이 사람들은 이익만 따라다니네.

世忘治理賢人滅　　세망치리 현인멸 하고
　　세상에는 바른 이치가 잊혀지고 어진 사람도 없어져,

唯見街頭蠟燭還　　유견가두 납촉환 이라
　　길거리에는 오직 촛불만 둘러 있네.

---

1) *망량(魍魎): 이매망량(魑魅魍魎). 사람을 해치는 숲속의 괴물[도깨비].

5.105. 九旬
구순을 맞아

[2017.01.17.]

日落桑楡境[1]　　일락 상유경 하니
　　늙은이가 거처하는 곳에 해가 지니,

九旬目睫間　　구순 목첩간 이라
　　구십 년 세월이 눈 깜박할 사이로다.

少時遊紫陌[2]　　소시 유자맥 하고
　　어릴 땐 도시에 나와 놀아,

到耄遠鄕關　　도모 원향관 이라
　　늙어서 고향에서 멀리 떨어졌다네.

身外更何物　　신외 갱하물 고
　　이 몸 밖에 다시 무엇이 있겠는가?

心機猶靜閑　　심기 유정한 이라
　　심기 오히려 고요하고 한가롭구나.

南窓望冠嶽　　남창 망관악 하니
　　남쪽 창으로 관악을 바라다보니,

---

1) #상유경(桑楡境): 뽕나무와 느릅나무. 노인의 만년 거처다. 해질녘에 그 빛이
　뽕나무와 느릅나무 위에 있어 서쪽을 가리키는 말로 빌려 쓴다. 또한 늘그막
　에 비유한다. 桑楡境: 老人晩年居處. 日落之時. 其光尙留於桑楡之上. 故借
　爲西方之稱. 亦以喩晩年. 『辭源』.
2) *자맥(紫陌): 자맥은 도성 근교의 큰길이고 홍진(紅塵)은 거기에서 일어나는
　먼지를 말하는데, 곧 번화한 도성을 가리킨다.

不見霧中山　불견 무중산 이라
안개 속에 산은 보이지 않네.

5.106. 自遣
스스로를 달래다

[2017.02.13.]

鳥雀飛來聚類遊　　조작비래 취류유 하고
온갖 새들 떼 지어 이리저리 날아다니고,

比隣淳朴勝時流1)　　비린순박 승시류 라
이웃들 순박함은 시류보다 낫다네.

奉天洞實良民巷　　봉천동실 양민항 이요
봉천동은 진실로 선량한 사람들의 동네요,

冠嶽麓原佳境丘　　관악록원 가경구 라
관악산 언덕 기슭은 경치가 좋은 언덕이라.

棲息半生靑嶂郭2)　　서식반생 청장곽 이니
반 평생을 깃들어 산 푸른 산기슭 마을이니,

肯終餘命碧溪洲3)　　긍종여명 벽계주 라
마땅히 남은 생애 이 산 골짜기에서 마치리라.

古書塵裏猖書蠹　　고서진리 창서두 나

---

1) #류(流): 분파, 유파, 계통. 分派, 流派, 系統.
2) #서식반생(棲息半生): 내가 이 집에 산 지 37년이다. 余住此廬, 于今三十有七年.
　　#청장곽(靑嶂郭): 청장은 관악산이다. 靑嶂指冠嶽.
　　#곽(郭): 외곽의 마을이다. 外圍村落.
3) #긍종여명(肯終餘命): 내가 혹 여기에서 종명함은 선택의 여지가 없다. 余或
　　終于此, 似無選擇.
　　#벽계주(碧溪洲): 청산에 있다. 산기슭에는 당연히 푸른 개울이 있다. 有靑
　　山, 山麓當有碧溪.

옛 책의 먼지 속에 책벌레처럼 날뛰면서,

難讀蠅頭那足愁4) 난독승두 나족수 리오
작은 글씨 읽기 힘들어도 또 무엇을 근심하리?

---

4) *승두(蠅頭): '승두소해(蠅頭小楷)'의 준말이다. 파리 머리처럼 작고 반듯한
해서(楷書) 글자를 비유한다.

5.107. 念樂

즐거움을 생각해 보다

[2017.02.13.]

考槃隱士好優遊1)　　고반은사 호우유 하며
　　은퇴하여 즐기는 선비 느긋하게 생각하기를 좋아하며,

樂以忘憂君子流2)　　낙이망우 군자류 라
　　도를 즐겨 근심도 잊는 것이 군자의 삶이라네.

可憫浮生塵事纏　　가민부생 진사전 하니
　　덧없는 인생살이 세상일에 얽매임이 불쌍하니,

聊當慶幸反招愁　　요당경행 반초수 라
　　오로지 경사스럽고 다행한 일만 쫓다가 보면 행운
　　이 도리어 근심을 부르기도 하느니.

---

1) #고반(考槃): 은둔지사가 깊은 곳에 집을 짓고 살며 홀로 스스로 즐기는 것을
　　말한다. 隱遁之士, 建造幽居而獨自歡樂.
　　*고반(考槃)은 『시경』 위풍(衛風)의 편명으로 현자의 은둔 생활을 노래한 시이
　　다. 은퇴하여 소박한 취미 생활을 하면서 살 터전을 살핀다는 의미로 쓰였다.
　　*우유(優遊): 우유함영(優遊涵泳). 조용히 탐구하여 깊이 체득함을 이른다.

2) #낙이망우(樂以忘憂): 섭공이 자로에게 공자에 대해 물었는데 자로가 대답하
　　지 않았다. 공자께서 말씀하시길 '너는 어찌하여, 그 사람됨이 발분하면 먹
　　는 것도 잊고, (깨달으면) 즐거워서 근심도 잊어 늙음이 장차 다가오는 것도
　　알지 못한다.'고 말하지 않았느냐? 葉公問孔子于子路, 子路不對. 子曰: '女
　　奚不曰: '其爲人也, 發憤忘食, 樂以忘憂, 不知老之將至云爾'. 『論語』「述而」.

5.108. 肇春
봄을 맞다

[2017.04.05.]

過春兩節酉年初1)　과춘양절 유년초 에
설도 대보름도 지난 정유년 첫머리에,

矍鑠老翁嘯傲居2)　확삭노옹 소오거 라
씩씩한 늙은이 마음 내키는 대로 산다네.

園樹成叢枝剪密　원수성총 지전밀 이나
뜰에 나무는 우거져 가지를 쳐야겠으나,

耄齡增壽友來疎　모령증수 우래소 라
고령에 나이를 더할수록 벗들의 내왕이 드물어진다네.

人工代替技能術3)　인공대체 기능술 도
사람 지능을 대신할 기술이 개발되어도,

叡智永依賢哲書4)　예지영의 현철서 라
신명과 통달한 지혜는 영원히 현인 철인께서 남기
신 책에 의지하리라.

命運晝宵能變易　명운주소 능변역 하니

---

1) #양절(兩節): 음력설과 대보름. 春節與元宵節.

2) *확삭(矍鑠): 노인이 여전히 강건하여 젊은이처럼 씩씩한 것을 말한다. 동한
의 복파장군(伏波將軍) 마원(馬援)이 62세의 나이에도 불구하고 말에 뛰어올라
용맹을 보이자, 광무제(光武帝)가 '씩씩하도다, 이 노인이여! 矍鑠哉是翁
也'라고 찬탄했던 일이 있다. 『後漢書 卷24』「馬援列傳」.

3) #인공(人工): 인공지능. 人工知能.

4) #예(叡): 깊고 분명하고 통달함. 深明通達.

운명이란 밤낮으로 바뀌는 것이니,

誰知明日我何如 수지명일 아하여 오
내일 내가 어찌 될지 누가 알겠는가?

5.109. 驚蟄
경칩

驚蟄未驚蟄1)　경칩 미경칩 하니
경칩절기이나 경칩이 아닌 듯하니,

春來春尙初　춘래 춘상초 라
봄이 왔다는데 봄은 아직 시작이라네.

勁風含雪意　경풍 함설의 나
사나운 바람에 눈이 올 것 같고,

禪侶解安居2)　선려 해안거 라
참선하던 스님들 안거를 풀었다네.

顧往蒙恩厚　고왕 몽은후 나
지난날을 돌아보니 입었던 은혜가 두텁지만,

望來恐報疎　망래 공보소 라
앞날 바라보니 갚지 못할까 두렵다네.

街頭演熱劇　가두 연열극 하고
길거리에서는 뜨거운 연극이 펼쳐지고,

---

1) #미경칩(未驚蟄): 대기에 따뜻한 기운이 조금도 없어 경칩이 되어도 벌레들이
놀라 움직이지 않는다. 大氣少無溫暖之氣, 而驚蟄節, 蟄未驚動.
2) #해안거(解安居): 안거를 풀다.
　#안거(安居): 승려들이 모여서 참선수행하는 기간. 동안거는 음력 10월15일
부터 3개월 간. 하안거는 음력 4월15일부터 3개월 간. (佛)僧侶聚合而參禪
修行之期間. 冬安居, 始自陰曆十月十五日, 終三個月後. 夏安居, 始自陰曆四
月十五日, 終三個月後.

302 | 趙淳 漢詩集

電視景眞如3)　　전시 경진여 라
　　TV 속에서 여전히 같은 모습이 보이는구나.

---

3) #진여(眞如): 변하지 않는 실상. 진리. (佛)不變之實相.

5.110. 輓向川
향천 만사

[2017.04.05.]

當年鳥嶺通關初¹⁾　당년조령 통관초 에
　　　조령(새재) 관문을 넘던 그해,

走向芝軒故里居²⁾　주향지헌 고리거 라
　　　지헌의 고향 마을로 향해 달려가던 때라.

夜半訃音君不起　야반부음 군불기 하고
　　　한밤중에 그대가 일어나지 못한다는 부음을 듣고,

想回往事涕潸如　상회왕사 체산여 라
　　　지난 일을 생각하니 눈물이 줄줄 흘러내리네.

---

1) #당년(當年): 1983년 초가을 난사시회 벗 5인(현주〔김동한〕, 벽사〔이우성〕,
   모하〔이헌조〕, 향천〔김용직〕, 약천〔조순〕)이 안동 지례를 여행했는데, 지
   헌의 안동 고향집 정경을 수몰되기 전 안동 풍경에서 살펴보려 하였다. 일행
   이 조령 꼭대기에 차를 멈추고 산책하며 담화하는 중에 벽사선생이 시 한
   구절을 읊었는데 운율이 매우 아름다웠다. 우리끼리 시회 하나를 만들기를
   내가 제안하니, 5인이 뜻을 합하여 이 난사시회가 시작되었다. 1983年早秋
   蘭友五人(玄洲, 碧史, 慕何, 向川, 若泉)旅于安東知禮, 芝軒故宅欲見水沒前永
   嘉景光. 一行停車于鳥嶺頭. 下車散策談話中碧史先生吟一詩句, 韻律甚佳. 余
   提案吾儕結一詩社, 五人合意. 此爲蘭社之濫觴.
   *영가(永嘉): 군(郡) 이름. 경상북도 안동군(安東郡)의 옛 이름.
   ※초(初): 여기서는 별 뜻이 없이 글자 수만 채워 넣는 역할을 함. 이런 것을
   '주운(奏韻)'이라고 함.
2) #지헌(芝軒): 김호길 박사의 호. 金浩吉博士號.

5.111. 輓石霞先生
석하선생 만사

[2017.05.30.]

信誠天稟性情眞 신성천품 성정진 하며
　　　타고난 품성이 미덥고 정성스러우며 성정이 진실하며,

文學精純不染塵 문학정순 불염진 이라
　　　문학은 정밀하고 순수하여 홍진에 물들지 않았다네.

蘭友霞翁如斗仰 난우하옹 여두앙 하니
　　　난사시회 벗들이 석하 그대를 북두성처럼 우러렀더니,

溫良恭對任何人 온량공대 임하인 이리오
　　　따뜻하고 공손하게 맞이할 일 누구에게 맡기리오?

5.112. 輓碧史先生

벽사선생 만사

[2017.05.30.]

一貫平生一字眞 일관평생 일자진 하고
평생을 한결같이 한 글자도 진실하게 하시고,

晝宵操履未汚塵 주소조리 미오진 이라
몸과 마음가짐 밤낮으로 닦아 물들지 않으셨네.

詩文韻律能容物 시문운률 능용물 하고
시와 문장 운율은 사물을 형용함에 능통하시고,

實是篤行常樂神 실시독행 상락신 이라
실사구시를 돈독히 몸소 실천하시며 항상 정신이
즐거우셨다네.

問學究明純似玉 문학구명 순사옥 하고
학문을 연구하고 밝히실 때 순수함이 옥과 같고,

同僚配慮惇如春 동료배려 돈여춘 이라
동료를 배려하실 때 돈독함은 봄과 같았다네.

令名自幼鳴天下 영명자유 명천하 하여
어려서부터 이름이 세상에 알려졌으니,

永保聲譽國士人 영보성예 국사인 이라
명예로운 이름 나라 안 선비들에게 영원히 보전되
리라.

5.113. 偶吟

문득 읊다

[2017.05.30.]

莫道人間忘僞眞　　막도인간 망위진 하고
　　　말하지 말라! 사람들이 진실과 거짓을 잊어버린다
　　　거나,

賢愚人物總歸塵　　현우인물 총귀진 하라
　　　현명한 사람이나 어리석은 사람이나 모두 죽어 가
　　　는 것은 똑같다고……

中庸至德藏心裏　　중용지덕 장심리 하고
　　　지극한 중용의 덕을 마음 속에 깊이 간직하고,

操履諸行誠日新1)　　조리제행 성일신 이라
　　　몸과 마음 모든 행동을 진실로 날마다 새롭게 해야
　　　하리라.

---

1) *操履(조리): 몸가짐과 마음가짐.

5.114. 讚曺南冥先生
남명선생을 기리며

[2017.05.30.]

學德古今名實眞　　학덕고금 명실진 한데
　　학문과 덕행이 고금을 통하여 명실이 상부하셨는데,

山天齋境淨無塵　　산천재경 정무진 이라
　　산천재 경내는 깨끗하고 티끌조차 없구나.

天王峰氣心身聚　　천왕봉기 심신취 하여
　　천왕봉의 기운을 몸과 마음에 모아서,

懿德平生日日新　　의덕평생 일일신 이라
　　떳떳한 덕 평생토록 날로 새롭게 하셨다네.

5.115. 旅麟蹄
인제에 가다

[2017.06.29.]

六月十七日, 江陵書學會, 開催展示會于麟蹄如初書
藝館. 幷祝余之九旬. 余旅于麟蹄萬海村, 參觀作品
展. 路滿車輛, 休憩所滿人, 余費八個小時于往復路
上. 幸途中連山磅礴之景, 壯觀無比.

6월 17일 강릉서학회가 인제 여초서예관에서 전시회를 열
고, 나의 구순을 아울러 축하하였다. 나는 인제 만해촌과
전시회를 참관하였다. 길에는 차가 가득하고 휴게소에도
사람이 가득하여 왕복 8시간을 길에서 보냈다. 다행히 도
중에 이어진 산들의 광대 무변한 풍경은 장관이라 비할 바
가 없었다.

麟蹄麟不見   인제 인불견 하고
인제에서 기린을 보지는 못하고,

空覓廢墟沈   공멱 폐허침 이라
공연히 폐허만 찾았다네.

車路入雲霧   차로 입운무 하니
차가 안개 속 길로 들어가니,

山村帶叢林[1]   산촌 대총림 이라
만해 마을이 우거진 숲에 둘러싸였네.

四周幽雅窟   사주 유아굴 하니
사방을 둘러 싼 그윽한 굴 같은데,

一館道人心[2]   일관 도인심 이라

---

1) #산촌(山村): 만해(萬海) 마을.

온 서예관에 도인의 마음 넘친다네.

揮筆同人輩3) 휘필 동인배 하니
    붓을 휘두르는 모든 동인들이,

緬懷情益深 면회 정익심 이라
    지난 일을 생각하고 정이 더욱 깊어졌다네.

---

2) #일관(一舘): 여초서예관. 如初書藝館.

3) #동인(同人): 지도하는 학회 회원. 指導學會員.

5.116. 羅馬衰亡
로마의 쇠망

[2017.05.30.]

羅馬衰亡史　　라마 쇠망사 가
로마 쇠망의 역사가

使人感鬱沈　　사인 감울침 이라
사람을 울적함에 빠지게 하네.

强軍裝鐵甲　　강군 장철갑 하고
강력한 군대는 철갑으로 무장했고,

征戰到森林1)　정전 도삼림 이라
정벌군은 삼림지대에 이르렀더라.

海陸謀常勝　　해륙 모상승 이나
바다와 육지에서 항상 승리를 도모했는데,

驕兵孕怠心　　교병 잉태심 이라
교만한 병사들이 나태한 마음을 품었더라.

遊娛幷不姙2)　유오 병불임 하고
놀이에 빠지고 아이조차 갖지 않았으니,

---

1) #삼림(森林): 〔라인강 동쪽 다뉴브강 이북의 삼림지대〕, 원래 게르만족의 고
향. 라인강以東다뉴브강以北森林地帶, 原日曼族故土.

2) #유오병불임(遊娛幷不姙): 로마 제정 말기 지도층이 오락을 일삼고 피임하며,
풍속이 쇠퇴해지고, 태어나는 아이가 급감했다. 이것이 로마 쇠망의 원인이
다. 羅馬帝政末期, 指導層事娛樂, 而避姙, 風俗頹敗, 産兒激減, 是爲羅馬衰
亡之因云. 몬다넷리 著『羅馬之歷史』.

弊習意含心　　페습 의함심 이라
나쁜 습관을 마음에 품어서라네.

第6辑

奉天昏曉四十年

6.1. 酷暑
혹독한 더위

[2017.07.21.]

蒼蒼天地轉茫茫　　창창천지 전망망 한데
　　쨍쨍한 천지가 어떻게 될지 막막한데,

半島山川熱候長　　반도산천 열후장 이라
　　한반도 산천에 뜨거운 열기 이어지네.

七月節期年過半　　칠월절기 연과반 이나
　　칠월이면 한 해의 반이 지나갔는데,

酷炎閏歲夏當央　　혹염윤세 하당앙 이라
　　윤년 든 해 무더위로 아직도 한여름이라네.

風搖綠葉庭中雨　　풍요녹엽 정중우 하고
　　바람은 푸른 잎을 흔들어 뜰에 비 내리고,

嵐帶淸溪霧下霜　　남대청계 무하상 이라
　　이내 맑은 개울에 끼어 안개 서리 같이 내리네.

肯忍祝融將幾朔[1)]　　긍인축융 장기삭 고
　　이 더위를 장차 몇 달이나 참고 견뎌야 할까?

老夫氣盡叫呼凉　　노부기진 규호량 이라
　　늙은이 기력이 다해 서늘해지길 부르짖네.

---

1) *축융(祝融): 여름의 신. 중국 신화에서 불을 담당하는 신.

6.2. 回想父母
부모님 그리워하며

[2017.07.21.]

嗟我兩親回想茫   차아양친 회상망 한데
아! 내 부모님 생각하니 아득한데,

老來風樹感尤長1)   노래풍수 감우장 이라
늙을수록 풍수지탄의 마음이 더욱 커진다네.

無違聖訓吾何及2)   무위성훈 오하급 고
"어긋남이 없게 하라"는 공자의 가르침을 내 어찌
미칠 수 있으리?

垂淚雙行熱夜央   수루쌍행 열야앙 이라
한밤중에 복받쳐 두 줄기 뜨거운 눈물이 흘러내리
는구나.

---

1) #풍수(風樹): 어버이를 사모하는 마음. 나무는 고요하려 하나 바람이 그치지
아니하고, 자식이 부모를 모시려 하나 어버이께서 기다려 주시지 아니하시
다. 慕親之情. 樹欲靜而風不止, 子欲養而親不待.

2) #무위(無違): [노나라 대부 맹의자(孟懿子)가 효에 대하여 공자에게 묻자, "어
기는 일이 없어야 한다"라고 대답한 뒤에, 다시 제자인 번지(樊遲)에게는 "살
아계실 제 섬기기를 예로써 하고, 돌아가실 제 장사 치르기를 예로써 하며,
제사 모시기를 예로써 한다. 生事之以禮, 死葬之以禮, 祭之以禮." 라고 설
명하여 준 말이 논어. 위정편에 나온다.

   #성훈(聖訓): 공자의 가르침. 孔子之訓.

   #오하급(吾何及): 잘못된 뒤에 아무리 뉘우쳐도 어찌할 수가 없음. 후회막급後
悔莫及.

6.3. 偶吟
문득 읊다

[2017.09.21.]

嗟我奉天村　　차아 봉천촌 이
아! 우리 동네 봉천동이,

稍開幸運門1)　　초개 행운문 이라
조금 행운의 문이 열리기 시작했구나.

吾廬堪歲月　　오려 감세월 하여
우리 집도 세월을 견디며,

家眷任兒孫　　가권 임아손 이라
집사람을 아들 손자에게 맡겼다네.

老去無丹液　　노거 무단액 하고
늙어가니 단액(불로 무병약)도 없고,

身衰齡是根　　신쇠 영시근 이라
몸이 쇠약하니 나이만 뿌리처럼 엉켰다네.

死生懸一縷　　사생 현일루 하니
죽고 사는 것 한 가닥 실오라기에 달렸으니,

順受正命論2)　　순수 정명론 이라
정명론을 순순히 따라야지.

---

1) #봉천동을 행운동으로 바꿔 부른다. 奉天洞改稱幸運洞.

2) #맹자 왈 세상만사 명이 아닌 것이 없으나, 그 중에서 올바른 명을 따라서
받아들여야 한다. 孟子曰 莫非命也, 順受其正. 『孟子』「盡心 上」.

6.4.　回想平高[1)]
평양고등보통학교를 회상하다

[2017.09.21.]

憶昔寄居箕子村[2)]　　억석기거 기자촌 하니
　　옛날 평양 기자촌에서 살던 기억을 하니,

每朝升過七星門　　매조승과 칠성문 이라
　　매일 아침 칠성문을 올라 지나 다녔다네.

平高萬壽臺佳境[3)]　　평고만수 대가경 을
　　평양고보 만수대의 아름다운 경치,

勝景疑難示子孫[4)]　　승경의난 시자손 이라
　　그 절경을 자손에게 보여 줄 수 있을까 의문이 드
　　는구나.

---

1) #평고(平高): 평양고등보통학교. 平壤高等普通學校.
2) #기자촌(箕子村): 기림리(箕林里): 모란봉 북쪽 산기슭 소나무 숲 속에 기자릉이
　　있다. 능 아래 마을이 기자리다. 牧丹峰北麓松林, 有箕子陵. 陵下村卽箕林里.
3) #만수대(萬壽臺): 평양고보 구내의 높은 대에 옛 정자가 있는데, 오순정이라
　　부른다. 平高構內高臺, 有傳統亭子, 曰五詢亭.
4) #의난시자손(疑難示子孫): 광복 직후 북한 당국이 평양고보를 폐쇄했다. 그 화
　　가 반드시 만수대에 미쳤을 것이니, 지금 생각해보면 그 당시의 절경을 보여
　　줄 수는 없을 것이다. 解放直後, 北韓當局, 廢平高校. 禍必及于萬壽臺, 想今
　　無以示其當年勝景.

6.5. 蘭社詩集第五輯發刊
난사시집 제5권을 발간하다.

[2017.09.21.]

蘭社五輯感懷茫　　난사오집 감회망 이라
　　난사 5집을 내니 감회가 아득하구나,

騷客同人鶴首長　　소객동인 학수장 이라
　　함께한 동인들 오랫동안 학수고대하였다네.

校閱少南周到密　　교열소남 주도밀 하니
　　소남이 주도면밀하게 교열하였으나,

三仁逝世尙悲凉1)　　삼인서세 상비량 이라
　　세 회원이 세상을 떠났으니 오히려 슬프고 처량하네.

---

1) #삼인(三仁): 세 어진 사람. 三仁人(석하[김종길], 향천[김용직], 벽사[이우성]).

6.6. 老獨一處[1]
노년에 홀로 머무는 한 곳

[2017.09.21.]

歸來老客感蒼茫　귀래노객 감창망 하니
　　돌아온 늙은 나그네 감회가 아득한데,

一處當年懷緬長　일처당년 회면장 이라
　　이곳(노독일처)에 대한 왕년의 기억은 자못 깊구나.

東北省生南淑子[2]　동북성생 남숙자 는
　　동북성 출신 남숙자 씨는,

言行接待尙淸凉　언행접대 상청량 이라
　　언행과 접대가 사뭇 맑고 시원스럽다네.

---

1) #노독일처(老獨一處): 중식당. 내가 왕년에 자주 가던 곳이다. 中食堂. 余往年
　頻來之處.

2) #동북성(東北省): 흑룡강성을 가리킨다. 指黑龍江省.
　#남숙자(南淑子): 여주인 이름. 女主人名.

6.7. 秋懷
가을 생각

[2017.10.10.]

蜻蛉翻赤尾　　청령 편적미 하고
　　고추잠자리 붉은 꼬리를 나부끼며 날고,

胡蝶舞飛輕　　호접 무비경 이라
　　호랑나비 가벼이 날아다니며 춤춘다네.

江水成錦帶　　강수 성금대 하나
　　강물은 비단띠를 드리운 듯하나,

秋陽含熱情　　추양 함열정 이라
　　가을볕에는 아직 뜨거운 마음이 남았다네.

身衰堪一笑　　신쇠 감일소 하니
　　몸이 쇠약해도 웃으며 견딜 만하니,

媼病冀回生　　온병 기회생 이라
　　집사람 병이 낫기를 바란다네.

願我胸襟濶　　원아 흉금활 하여
　　원컨대 내 마음 속이 넓어져서,

平心老苦征　　평심 노고정 이라
　　평상심으로 애써 바르게 늙어가기를……

6.8.　無題
무제

[2017.10.10.]

禍福無關齡重輕　　화복무관 영중경 하고
　　화와 복은 나이가 많고 적음과 상관이 없고,

自然攝理本無情　　자연섭리 본무정 이라
　　대자연의 섭리 또한 본래 무정한 것이라네.

有名萬物終歸土1)　　유명만물 종귀토 하니
　　이름 있는 모든 것들 끝내 다 흙으로 돌아가니,

一瞬浮沈是衆生　　일순부침 시중생 이라
　　한순간의 부침이 우리 중생의 삶이라네.

---

1) #무명이 천지의 시작이고, 유명이 만물의 어머니이다. 無名天地之始, 有名
萬物之母. 『老子』.

6.9. 家國運營
국가 운영

[2017.10.10.]

家國經營大忌輕   가국경영 대기경 하니
　　나라를 경영하는데 가벼이 함을 크게 꺼리니,

黎民相對要眞情   여민상대 요진정 이라
　　백성을 대할 때는 진실한 마음으로 할지어다.

以誠致遠如鳴鶴1)   이성치원 여명학 하니
　　정성을 다해 우는 학의 울음이 먼 데까지 전해지니,

誠信三年治理生2)   성신삼년 치리생 이라
　　삼 년을 성심과 믿음을 다하면 다스리는 이치가 저
　　절로 생기리라.

---

1) #이성치원여명학(以誠致遠如鳴鶴): 정성으로 하면 학의 울음소리 같이 멀리까
　지 전해진다. 誠可到遠, 似鶴之聲. '학이 구고의 늪에서 우니, 그 소리가 하
　늘에 들린다.' 鶴鳴于九皐, 聲聞于天. 『詩經』 「鶴鳴」.

2) #만약 믿음과 성실로 국민을 대하면 집권 삼 년에 나라를 다스리는 이치가
　저절로 생길 것이다. 若以信與誠對民, 執權三年, 治國之理應自生.

6.10. 秋懷
가을 생각

[2017.11.07.]

霜葉秋陽支　　상엽 추양지 하고
　　서리 맞은 단풍잎이 가을 햇볕에 날리고,

蒼霄氣闊時　　창소 기활시 라
　　푸른 하늘엔 맑은 공기 가득할 때라.

壽增靈作幻　　수증 영작환 하고
　　나이를 더할수록 정신은 허황하여지기만 하고,

歲久蘇生碑　　세구 선생비 라
　　세월이 오래되니 비석에 이끼가 돋아나네.

天下何時定　　천하 하시정 고
　　세상일은 어느 때 평정되려나?,

兩韓牆鬩悲1)　　양한 장혁비 라
　　남북한이 나뉘어 서로 다툼이 슬프도다.

桑楡餘命幾　　상유 여명기 오
　　늙어가는 이 몸 남은 삶이 얼마일꼬?

陋屋退棲遲　　누옥 퇴서지 라
　　내 집 마당에서 물러나 서성이노라.

---

1) #양한(兩韓): 남북한. 南北韓.
　　#장혁(牆鬩): 혁은 담장 안이다. ‘형제가 담 안에서 싸우지만 밖의 수모가 있을
　　때는 함께 막아낸다.’ 鬩于牆內. ‘兄弟鬩于牆, 外禦其侮.’ 『詩經』 「棠棣」.

又
또

[2017.11.07.]

晩秋情感寔難支　　만추정감 식난지 한데
　　　늦가을 정감이 참으로 버티기 난감한데,

況對病媼長臥時　　황대병온 장와시 라
　　　하물며 안사람이 지병으로 오랫동안 누워 있을 때
　　　이랴?

苦海平生誰易越1)　　고해평생 수이월 고
　　　삶이 고해 같은데 누가 쉽게 넘으리?

人間永劫要慈悲　　인간영겁 요자비 라
　　　영원토록 인간에게는 자비가 필요하다네.

---

1) #스님들이 예불할 때 '원컨대 (내가) 빨리 이 고통의 바다를 건너게 해주시
　오.'라고 제창한다. 다만 그 방도가 오직 내가 깨달아 해탈함에 있을 뿐이
　다. 그러니 고해를 넘기가 어렵다. 緇徒禮佛時, 齊唱 '願我速渡越苦海'但
　其方途, 惟在覺悟解脫而已. 所以難越苦海也.

6.11. 偶吟
문득 읊다

[2017.12.12.]

少年多抱負　　소년 다포부 하나
어려서는 포부도 많았지만,

未覺畵空樓　　미각 화공루 라
공중에 누각 그리는 것이라는 것 깨닫지 못했다네.

夢裏飛烏兎1)　　몽리 비오토 하니
꿈속에 해와 달이 날아갔으니,

醒中走幾秋　　성중 주기추 오
깨어나자 이미 몇 년이 지났는가?

輸贏嘗甘苦2)　　수영 상감고 나
이기고 지는 승부에서 단맛 쓴맛 다 보았으나,

老境遠時流　　노경 원시류 라
늙음에 이르러서는 시절의 흐름과 멀어졌다네.

何不長征去　　하블 장정거 오
어찌 먼 여행 가지 않았는가?

難堪凍節愁　　난감 동절수 라
얼어붙는 겨울철 근심 감당하기 어렵기 때문이라.

---

1) #오토(烏兎): 삼족오(三足烏)와 옥토끼. 해와 달이다. 日月.
2) *수영(輸贏): 승부(勝負), 승패(勝敗). 이김과 짐.

6.12. 桑海故里

상전벽해가 된 고향 마을

[2017.12.12.]

舊居鶴洞上臺樓   구거학동 상대루 하야
옛날 살던 학동에서 누대에 올라서서,

俯瞰村容春又秋   부감촌용 춘우추 라
마을 모습을 굽어보니 봄이 가고 가을도 갔구나.

故里風情無去處   고리풍정 무거처 하고
고향 동네 풍경은 간 곳이 없고,

眼前桑海摠時流   안전상해 총시류 라
눈에 보이는 것 모두 시류 따라 상전벽해 되었다네.

6.13. 歲末感懷
연말 감회

[2018.01.15.]

石火居諸促1)　　석화 거저촉 하니
　　전광석화처럼 세월이 흘러가니,

未明已出東　　미명 이출동 이라
　　날이 밝기도 전에 이미 동쪽에 나왔다네.

黎民馴便法　　여민 순편법 하고
　　머리 검은 백성들은 편법을 따름에 익숙하고,

權柄鮮遵公　　권병 선준공 이라
　　권력을 쥔 자 중에는 공도를 좇는 이 드물구나.

老患翁婆苦　　노환 옹파고 하니
　　늙은 내외는 노환으로 고생하니,

晝宵禱碧空　　주소 도벽공 이라
　　밤낮으로 푸른 하늘에 빈다네.

死生間一髮　　사생 간일발 하니
　　살고 죽는 것은 한 올 머리카락 차이인 것을,

爾命曷無窮　　이명 갈무궁 이리오
　　너의 목숨이 어찌 무궁하리오?

---

1) #거저(居諸): 해와 달. '세월이 흘러감을 이른다. 日月. 日居月諸. 『詩經』
　「邶風 柏舟」. ※ 거와 저는 어조사로서 뜻이 없다.
　　*석화(石火): 돌을 서로 마주칠 때 번쩍하고 일어나는 불꽃을 말한다. 짧은
　시간, 또는 덧없는 인생에 비유된다.

6.14. 新年隨想
신년 수상

[2018.01.15.]

天地玄黃日出東　　천지현황 일출동 하니
　　하늘은 검고 땅은 누르고 해는 동쪽에서 뜨니,

洪荒宇宙莫非公　　홍황우주 막비공 이라
　　우주의 넓고 거침이 공변되지 않음이 없구나.

人間死計同生計　　인간사계 동생계 니
　　인간 세상에 삶의 세계와 죽음의 세계는 같은 것이니,

眞善營生死未空　　진선영생 사미공 이라
　　진정한 선으로 삶을 살아야 죽어서 헛되지 않으리라.

又
또

[2018.01.15.]

莫道高齡老物空1)　막도고령 노물공 하라
　　나이 많으면 쓸모없는 늙은이라 말하지 말라,

餘生任意放私公2)　여생임의 방사공 이라
　　남은 삶에 멋대로 공과 사를 분별하지 않으리라.

自由獨樂千鍾祿3)　자유독락 천종록 하니
　　자유롭게 홀로 천종록을 즐기리니,

世上達觀悲喜同　세상달관 비희동 이라
　　세상을 달관하면 즐거움과 슬픔은 같다 하네.

---

1) #노물(老物): 나의 늙은 몸이 쓸모 없는 물건이다. 與我老身無用之物.

2) #방사공(放私公): 공과 사를 분별하려는 욕심을 갖지 않다. 不欲分別公如私.

3) *천종록(千鍾祿): 종(鍾)은 6곡(斛) 4두(斗)이므로, 천종록은 천 종의 녹봉으로
　　매우 많다.

6.15. 觀美國與北韓領袖舌戰
미국과 북한 우두머리의 설전을 보고

[2018.01.15.]

擊西戰略暫聲東　　격서전략 잠성동 하니
　　서쪽을 치는 전략에 동쪽에서 소리가 나니,

白館躊躇表意公　　백관주저 표의공 이라
　　백악관은 뜻 드러내기를 주저하네.

君盍堂堂提對話1)　군합당당 제대화 오
　　그대는 어찌 당당하게 대화를 제기하지 않는가?

吐辭輒覆信仍空　　토사첩복 신잉공 이라
　　뱉어낸 말을 문득 뒤집으니 신뢰 역시 헛되네.

---

1) #군(君): 트럼프(Trumph)를 가리킨다. 指特朗普.
　#합(盍): 어찌~하지 않겠는가? 何不.

6.16. 新正元日 公元2018年元朝作
양력 설날 2018년 새해 아침에 지음

[2018.01.15.]

此詩之旨, 士不可以不弘毅, 若不弘毅, 必不能以誠心
貫一生.
> 이 시를 지은 뜻은 선비는 크고 굳센 뜻을 가지지 않으면
> 아니 되니, 만약 큰 뜻이 없으면 반드시 정성스런 마음으
> 로 일생을 일관되게 살 수 없다.

旭日元朝昇正東1)　　육일원조 승정동 하니
　　새해 밝은 해는 정동진에서 솟아오르니,

天行永劫悉相同　　천행영겁 실상동 이라
　　영겁 동안 하늘의 운행은 모두 다 같았더라.

天人道不離誠字2)　　천인도불 이성자 하니
　　하늘과 사람의 도리에서 성(誠)자를 뗄 수 없으니,

莫使曾公弘毅空3)　　막사증공 홍의공 이라
　　증자께서 홍의를 헛되다 하지 않으셨다네.

---

1) #정동(正東): 강릉 동해안 가 벽촌의 이름. 새해 첫날 경향 각지의 사람들이
해안가에 와서 일출을 본다. 江陵東海邊僻村名: 新年元日, 京鄕各地人來到
海岸斷崖, 觀日出.

2) #중용에 이르기를 성은 하늘의 도이며, 성하려는 것은 사람의 도이다. 주자
의 주에 이르기를 성은 진실하고 망령됨이 없는 것을 이른다. 中庸曰, 誠者,
天之道也, 誠之者, 人之道也. 朱註曰, 誠, 眞實無妄之謂.

3) #증공(曾公) 卽 증자(曾子): 증자께서 말씀하시길 선비가 굳센 뜻을 가지지 않
을 수 없으니, 임무는 무겁고 갈 길이 멀다. 曾子曰, 士不可以不弘毅, 任重
而道遠. 『論語』「泰伯」.

6.17. 正初三日, 李圭玉·金成愛兩友, 訪余賀新正, 有感
정초 삼일 이규옥과 김성애 두 벗이 신정 인사차 나를 찾아와 느낀 바 있어

[2018.01.15.]

李君金孃, 自余民族文化推進會(民推)會長以來, 與余親熟. 兩友誠實有能, 寄與民推發展多大. 2013年11月22日, 兩友訪余廬. 余當時以身病, 起臥病席. 日課枯淡. 兩友訪問, 勝於玉液金丹. 今般訪問, 殆如當年. 談笑喜歡, 旋踵退去, 惜別尤切. 仍作七絶一首.

이군과 김양은 내가 민추 회장을 지낸 이래로 나와 친숙하였다. 두 벗은 성실하고 유능하여 민추 발전에 기여한 바 매우 크다. 2013년 11월 22일 내가 병으로 자리에 누웠을 때 두 벗이 내 집을 찾아왔다. 하루하루가 건조한 때 두 벗의 방문은 옥액과 금단보다 나았으니 지금 나를 찾음이 그 해와 거의 같다. 즐겁게 담소하였다. 발길을 돌려 돌아가니 헤어질 때 아쉬움이 더욱 간절하다. 이에 7절 1수를 짓는다.

一貫行如日出東[1]　　일관행여 일출동 하고
　　　　일관된 행동은 해가 동쪽에서 뜨는 것과 같고,

身修恒德兩位同　　신수항덕 양위동 이라
　　　　항상 덕으로써 몸을 닦음이 두 분 똑 같네.

稟天資質元溫雅　　품천자질 원온아 하니
　　　　천품과 자질이 원래 따뜻하고 우아하니,

醞藉於君永不窮[2]　　온자어군 영불궁 이라

---

1) #두 사람의 행보가 항상 일관되고 같다. 兩君行步, 常一貫同一.

2) #온자(醞藉): 행동이 성색에서 드러나지 않지만, 화기 있고 인정이 두터운 뜻

그대들의 넓고 중후한 마음은 영원무궁하리라.

이 많이 함축되어 있음을 말한다. 言行不顯于聲色, 然多有含蓄渾厚之旨.
#영불궁(永不窮): 마음이 넓고 중후한 모습은 늘 그대와 더불어 하리라. 醞藉
之態, 恒時與君.

6.18. 桑海故鄕

상전벽해가 된 고향

[2018.02.13.]

鄕容長在目　향용 장재목 하니
고향의 모습은 오랫동안 내 눈에 있으니,

寧止苦思歸　영지 고사귀 리요
어찌 돌아갈 생각 골똘함을 그만두리오?

往世仁風毓　왕세 인풍육 하나
지난 세월에는 어진 풍속을 길렀으나,

近年傳習微　근년 전습미 라
근년에 와서는 전해 받은 것을 익힘이 적어졌다네.

急車超速走　급거 초속주 하고
급한 수레는 초고속으로 내달리고,

北客兩韓飛　북객 양한비 라
북에서 온 나그네 두 한국을 날아다니네.

伊昔民裝整　이석 민장정 하니
옛날 백성들은 옷을 반듯하게 입었는데,

如今半裸衣　여금 반라의 라
지금은 반쯤 옷을 벗고 있다네.

6.19. 歲暮
세모에

[2018.02.13.]

蒼霄疑失性　　창소 의실성 하니
푸른 하늘이 실성했나 의심이 드니,

軌道脫難歸　　궤도 탈난귀 라
궤도를 벗어나 돌아가기 어렵다네.

風雪西東過　　풍설 서동과 면
바람과 눈이 서쪽에서 동쪽으로 지나가면,

兩韓禍較微　　양한 화교미 라
두 나라(남북한) 재앙이 비교적 적어지리.

環球氷海解　　환구 빙해해 하고
지구촌에는 북극의 얼음이 녹고,

大陸凍霜飛　　대륙 동상비 라
대륙에는 얼음과 서리가 날아다닌다고 하네.

春節無溫氣　　춘절 무온기 하니
설에는 따뜻한 기운이 없으니,

難看女短衣　　난간 여단의 라
짧은 옷 입은 여자 보기가 어렵구나.

又
또

[2018.02.13.]

小園裸木欲溫衣1)　소원나목 욕온의 하나
　　작은 정원의 벗은 나무는 따뜻한 옷을 입자 하나,

白雪滿空春信微　백설만공 춘신미 라
　　흰 눈이 하늘 가득하니 봄소식은 희미하네.

北極氷融吹凍颶2)　북극빙융 취동구 하니
　　북극에 얼음이 녹고 바다에 얼음 태풍이 부니,

沍寒暖氣每相違3)　호한난기 매상위 라
　　차고 따뜻한 기운이 매번 서로 어긋난다네.

---

1) #욕온의(欲溫衣): 따뜻한 옷을 입다. 나뭇잎이 그 얼어 있는 몸을 따뜻하게
　　하다. 生葉而溫其凍体.
2) #구(颶): 바다에서 이는 큰 바람. 海中大風.
3) #추운 계절에 온기가 힘이 없다. 沍寒時節, 暖氣無力.

6.20. 向後十年
향후 10년

[2018.02.13.]

享壽九旬那蜃樓　향수구순 나신루 오
　　90을 살았으니 어찌 신기루를 바라랴?

況餘此岸十春秋1)　황여차안 십춘추 랴
　　하물며 이 세상에서 10년을 더 살까?

東西南北之何處2)　동서남북 지하처 오
　　동서남북 어디로 갈 것인가?

欲筮生前五大洲　욕서생전 오대주 라
　　생전에 오대주 정세를 점쳐 보고 싶구나.

---

1) #차안(此岸): 이 세상, 현세 此世: 現世. cf. 피안彼岸: 저 세상.
2) #동서(東西): 중국과 미국. 中國與美國.
　#남북(南北): 남한과 북한. 南韓與北韓.

6.21. 除夜　用一唐詩韻
제야 - 당시의 운자를 사용하여

[2018.03.12.]

燈深孤老苦難眠　　등심고로 고난면 하니
　　　외로운 늙은이 밤 깊어도 잠들기 어려우니,

寂寞周圍氣鬱然　　적막주위 기울연 이라
　　　주위가 적막하여 기분마저 울적하다네.

家眷四方離散住　　가권사방 이산주 하니
　　　집안 식구들 사방에 흩어져 사니,

明朝應到祝新年　　명조응도 축신년 이라
　　　내일 아침 틀림없이 새해 인사 오겠네.

6.22. 故鄕山川

고향산천

[2018.03.12.]

莊嚴艷麗故山川　　장엄염려 고산천 이
장엄하고 아름다운 고향 산천이,

鍾愛人間凡幾年　　종애인간 범기년 고
인간을 한결같이 귀여워한 것이 무릇 몇 년이던고?

奧運斬傷佳景窟　　오운참상 가경굴 하고
올림픽 준비라고 좋은 경치 모인 곳을 파헤치고,

斷崖塡谷雪氷筵　　단애전곡 설빙연 이라
벼랑 깎고 골짜기 메워 눈과 얼음 자리 폈다네.

五臺古刹禪源處 1)　　오대고찰 선원처 요
오대산 오래된 절은 참선의 근원이요,

鏡浦名軒儒道泉 2)　　경포명헌 유도천 이라
경포대 앞 이름난 누각은 유가의 샘일러라.

競技終餘聲譽擾　　경기종여 성예요 하니
경기 끝나고 잘 되었다는 소리만 어지러우니,

地靈見放到那邊 3)　　지령견방 도나변 고
땅의 혼령은 쫓겨나 어디로 갔을꼬?

---

1) #오대산고찰(五臺山古刹): 월정사, 상원사 적멸보궁에서 방한암 선사 같은 고
   승이 배출되었다. 月精寺, 上院寺, 寂滅寶宮, 輩出高僧, 如方漢巖禪師.

2) #경포명헌(鏡浦名軒): 경포대 오죽헌은 신사임당의 고택이자 율곡선생께서 태
   어나신 곳이다. 鏡浦烏竹軒: 申師任堂古宅, 栗谷先生生家.

3) #지령견방(地靈見放): 땅의 혼령이 화를 입어 다른 곳으로 달아나 어디로 갔는
   지 알지 못하다. 地靈被禍, 遁逃此鄕, 去不知何處.

6.23. 憶冠岳山仙遊泉汲水
관악산 선유천에서 물 긷던 생각에

[2018.03.12.]

每曉擔囊上峽川　　매효담낭 상협천 하여
　　매일 새벽에 물통을 메고 골짜기를 올라가서,

頂邊汲水地中泉¹⁾　정변급수 지중천 이라
　　꼭대기 부근 땅 속 샘에서 물을 길었다네.

當年新友如飛鳥　　당년신우 여비조 하여
　　그 당시의 새 친구들은 날아다니는 철새처럼,

一別無音五十年　　일별무음 오십년 이라
　　한번 헤어진 뒤 50년을 소식조차 없구나.

---

1) #지중천(地中泉): 원래 이름은 선유천이다. 천변에 평평한 땅 몇 평을 만들어
　물을 뜨러 온 사람들이 체조를 하였다. 原名, 仙遊泉. 泉前設平地數坪, 供給
　水者體操.

6.24. 思名勝地口占 1)
명승지 생각에 즉석에서 짓다

[2018.03.12.]

東西南北幾山川   동서남북 기산천 고
동서남북에 얼마나 많은 산천이 있는가?

春夏秋冬也周年   춘하추동 야망년 이라
봄·여름·가을·겨울 해가는 줄 몰랐구나.

長白南坡神斧谷   장백남파 신부곡 하니
백두산 남쪽 언덕에는 귀신이 도끼로 다듬은 골짜
기 있었고,

寶宮寂滅 2) 鬼刀筵   보궁적멸 귀도연 이라
보궁적멸에는 귀신이 칼로 다진 자리 남아 있더라.

---

1) *구점(口占): 즉석에서 시를 입에서 나오는 대로 지음.

2) *보궁적멸(寶宮寂滅): 여기서는 아마도 요녕성 본계(本溪)시에 있는 세계에서
가장 길다는 지하 동굴을 말하는 것 같음.

6.25. 春來遲遲, 春分後, 雪片飄風. 今庭前春
花齊發, 居室新備器物

봄이 오는 것이 더디고 춘분 뒤에도 눈이 뿌리고
바람이 불지만, 지금 뜰 앞에 봄꽃이 가지런히 피
고, 거실에는 새로 기물을 갖추었다

[2018.04.17.]

天暗空中冷氣橫　　천암공중 냉기횡 하니
　　하늘은 어둡고 공중에 냉기가 횡행하고 있으니,

春分已過雪飜京　　춘분이과 설편경 이라
　　춘분이 이미 지났건만 서울에는 눈이 날리네.

鳥群啞啞叢中囀　　조군아아 총중전 하고
　　새떼들은 시끄럽게 소리 내며 나무떨기 맴돌고,

男女喃喃路上聲　　남녀남남 로상성 이라
　　남녀들은 길거리에서 재잘대며 다닌다네.

梅綻靑紅寒士屋　　매탄청홍 한사옥 하여
　　청매 홍매 꽃망울 터트리니 선비 집은 서늘한데,

桃花萬朶武陵城　　도화만타 무릉성 이라
　　복사꽃 봉오리 수만 송이 무릉도원 되었구나.

雅筌爲我書床備1)　　아전위아 서상비 하니

1) #아전(雅筌): 내 둘째 며느리 공예품 작가 현용숙의 호다. 공예에 관해 따로
배우지 않았지만, 기예를 터득하여 강릉시에 공방을 열었다. 근일에 강릉에
서 오크 장판과 상다리를 내 집 거실에 보냈다. 조립을 하고 보니 중후하고
도 우아한 책상이 되어 간소한 책방이 갑자기 아름다운 서재가 되었다. 余之
次子婦工藝品作家玄龍淑之號. 關于工藝, 她不學而擄得技藝, 開工房于江陵

둘째 며느리 나를 위해 새 책상을 보내주니,

怡目如看美畵屛　이목여간 미화병 이라

눈에 즐겁기가 아름다운 그림 병풍을 바라보는 듯
하네.

市. 近日, 她自江陵, 運搬欅材(OAK)長板與床脚于余居室. 組立爲重厚優雅
之冊床. 簡易書房, 遽爲壯麗書齋.

6.26. 微細汚塵
미세먼지 오염

[2018.04.17.]

微細汚塵瘴氣橫　미세오진 장기횡 하니
더러운 미세 먼지에 전염병이 횡행하니,

行人掩口步街京　행인엄구 보가경 이라
서울거리 사람들은 입 가리고 다닌다네.

此民愷悌淸澄國　차민개제 청징국 하니
이 백성들은 단아하고 깨끗한 나라 사람들인데,

盍黜微塵萬衆聲1)　합출미진 만중성 이리오
어찌 만민이 소리쳐 미세먼지 물리치지 못하는가?

---

1) #합(盍): 어찌~하지 않겠는가? 何不.

6.27. 春來到處, 未到我廬
봄이 곳곳에 왔는데 내 집에는 안 왔네

[2018.04.17.]

溫氣山河淨　온기 산하정 하고
따뜻한 기운이 산하를 맑게 하고,

路邊草色橫　노변 초색횡 이라
길가에는 초록색이 질펀하구나.

嵐遮冠嶽麓　남차 관악록 하고
안개가 관악산 기슭을 가리고,

葉掩萬民京　엽엄 만민경 이라
잎들은 뭇사람들이 사는 서울을 가렸다네.

片片庭花落　편편 정화락 하고
정원의 꽃들이 편편이 떨어지고,

啾啾冷雨聲　추추 냉우성 이라
후두둑 후두둑 차가운 빗소리 나네.

春來疎不漏　춘래 소불루 하니
봄이 성글게 와도 샐 틈은 없으니,

陋巷亦春城　누항 역춘성 이라
누추한 이 골목도 또한 봄 동산이로세.

6.28. 春去夏來
봄이 가고 여름이 왔다.

[2018.05.03.]

忖度誰能天地心[1)]   촌탁수능 천지심 고
누가 천지의 마음을 헤아릴 수 있겠는가?

春來幾日夏炎臨   춘래기일 하염임
봄 온 지 며칠 만에 여름 폭염 닥쳐오네.

和平廢核希南北   화평폐핵 희남북 하니
핵 폐기로 남북한이 평화롭기를 바라니,

治亂興亡是古今   치란흥망 시고금 이라
죽느냐 사느냐? 하는 것이 바로 지금이라네.

陰雨淋漓方漸霽   음우림리 방점제 하고
먹구름 장맛비 지루하다가 바야흐로 점점 개고,

牧丹大顆幸凌侵   목란대과 행능침 이라
모란 큰 떨기는 다행히 넘쳐나네.

輸贏於我秖虛事   수영어아 지허사 하니
이기고 지는 것 내게는 오직 부질없는 일이니,

望嶽披襟自唱吟   망악피금 자창음 이라
산을 바라보며 흉금을 펴서 스스로 읊어 본다네.

---

1) #촌탁수능(忖度誰能): 누가 능히 헤아리겠는가. 억지로 헤아리기는 어려우니
타인이 품고 있는 마음을 내가 헤아려서 안다. 誰能忖度 强制忖度之難. 他
人有心, 予忖度之. 『詩經』 「小雅 小旻之什 巧言」.
*남의 마음을 미루어 헤아림.

6.29. 北美會談可期成功
북한과 미국의 회담이 성공하기 바란다

[2018.05.03.]

吐辯縱橫輒變心1)　　토변종횡 첩변심 하고
　　함부로 말을 토하여 내다가 문득문득 변심하고,

對人睥睨每君臨2)　　대인비예 매군림 이라
　　사람들을 낮추어 보고 매번 임금처럼 행세한다네.

特金峰會成功邁　　특김봉회 성공이 하니
　　트럼프 김정은 정상회담 성공은 아득하니,

異曲同工度古今3)　　이곡동공 탁고금 이라
　　다른 노래 같이 부른 일 있는지 옛날부터 지금까
　　지 헤아려 본다네.

---

1) #트럼프 언행의 특징이다. 特朗普言行之特徵.

2) #김정은을 대하는 일반 통념. 對金正恩一般通念.
　*비예(睥睨): 위세를 부리며 노려봄.

3) #동공이곡(同工異曲): 동공: 두 사람의 수완이 탁월하다. 이곡: 두 사람의 행
　적이 자못 다르나. 그 품성은 서로 비슷하다. 그러므로 북한과 미국의 예와
　지금의 큰 차이를 헤아려 볼 수 있다. 同工: 兩人手腕卓越. 異曲: 兩人行績
　頗異, 然其稟性相似. 故想能度北美古今之大差.
　*글을 짓는 기교는 옛 문장과 같으나 그 취향은 다르다는 뜻으로 원래 칭찬
　하는 말이었으나 요즘에는 겉만 다를 뿐 속을 알고 보면 똑같다는 경멸의
　뜻으로 씀.

6.30. 孟夏
초여름

[2018.06.05.]

峥嶸冠岳帶煙霞1)   쟁영관악 대연하 하고
우뚝 솟은 관악산에 안개가 덮이고,

山麓街衢萬衆家   산록가구 만중가 라
산기슭 마을에 수많은 집이 있네.

峰會雙嬴星港角2)   봉회쌍영 성항각 하니
싱가포르 정상회담은 서로 이긴 형세이니,

曙光和睦兩韓涯3)   서광화목 량한애 라
한반도 남북한에 화목의 서광이 비추이네.

常看樹裏飛群鳥   상간수리 비군조 하고
숲속의 새떼 날아오르는 모습 늘 보이고,

稀聽高空啼衆鴉   희청고공 제중아 라
높은 하늘 까마귀떼 울음소리 희미하게 들리네.

孟夏風光渾淡綠   맹하풍광 혼담록 이나
초여름 풍광은 사뭇 옅은 녹색이나,

薔薇芍藥發紅花   장미작약 발홍화 라
장미와 작약이 붉은 꽃을 피우네.

---

1) *쟁영(峥嶸): 산이 높고 가파르다. 깊고 위험하다. 세월이 오래다.

2) #쌍영(雙嬴): 둘 다 이김. win win.

   #성항각(星港角): 싱가포르 일각.

3) #양한애(兩韓涯): 한반도 바닷가. 半島海涯.

6.31. 老懷
늙음을 생각하니

[2018.06.05.]

往時今已矣 　왕시 금이의 라
　지나간 때를 지금은 어찌할 수 없구나!

記憶薄如霞 　기억 박여하 라
　기억은 희미하게 안개 같다네.

莫慮將來事 　막려 장래사 라
　장래의 일을 걱정하지 말라.

兒孫善繼家 　아손 선계가 리라
　아들 손자가 집안을 잘 이어가리라.

九旬風雪裏 　구순 풍설리 하니
　아흔 해 동안 심한 고난을 겪었으나,

好運伴生涯 　호운 반생애 라
　사는 동안 더러 좋은 운도 따랐다네.

療院衰顔貌1) 　요원 쇠안모 가
　요양원에 있는 집사람의 쇠약한 얼굴이,

溫柔野菊花 　온유 야국화 라
　들국화처럼 부드럽고 따뜻하구나.

---

1) #집사람이 지금 요양원에 있음을 가리킨다. 指內子, 方在療養院.

6.32. 回顧幼少年時節
유소년 시절을 돌아보며

[2018.07.04.]

緬懷望百滿歡哀　　면회망백 만환애 한데
　　90이 넘어 돌이켜보니 기쁨과 슬픔이 가득한데,

往古風情追憶回　　왕고풍정 추억회 라
　　지난날의 풍정을 되찾아 보며 추억하게 되는구나.

幼少稀有風雪冒　　유소희유 풍설모 나
　　어려서는 눈바람 덮어 쓸 일 드물었지만,

壯齡桑海毁鄉來[1)]　　장령상해 훼향래 라
　　장년 되어 돌아온 고향은 상전벽해 되었다네.

六年習聽松籟曲[2)]　　육년습청 송뢰곡 하고
　　6년이나 등굣길 소나무 숲 울림을 들었고,

夏放啖瓜屯地臺[3)]　　하방담과 둔지대 라
　　여름 방학 때에 둔지대의 참외를 서리하였다네.

增歲親朋彼岸渡　　증세친붕 피안도 하니

---

1) #노래상해훼향래(老大桑海毁鄉來): 고속도로와 철로가 사통 오달하여 옛 구릉
　이 파헤쳐졌다. 高速路, 鐵路四通五達: 斬破丘陵.
2) #육년습청송뢰곡(六年習聽松籟曲): 당시 학산 출신 강릉보통학교 학생 십 수명이
　매일 소나무 숲길로 통학하며 소나무 울림 소리와 같은 미묘한 곡조를 늘 들었
　다. 當時鶴山出身, 江普校生十數名, 每日通學松林山路. 習聽松籟之妙曲.
3) #하방담과둔지대(夏放啖瓜屯地臺): 여름 방학 때 우리들은 자주 아버지께서 둔
　지 밭에서 기르시던 참외를 서리했다. 夏季放學時, 余輩好啖家翁所栽甘瓜于
　屯地田.

나이 들어 친구들이 저세상으로 떠나가니,

貽余無伴與酬杯　　이여무반 여수배 라

나에게는 동반하여 술잔 나눌 친구도 없어 졌다네.

6.33. 偶吟

문득 읊다

[2018.07.04.]

百年元是足悲哀　　백년원시 족비애 하니
　　인생살이 백 년은 본래 슬픔이 가득하니,

八苦無邊反復回1)　　팔고무변 반복회 라
　　여덟 가지 고통이 끝없이 되풀이된다네.

到老馳驅身孑孑　　도로치구 신혈혈 하여
　　늙도록 달리던 몸 혈혈단신 되었으니,

救人活佛適時來　　구인활불 적시래 라
　　사람 구할 생불 때 맞추어 오시리.

---

1) #팔고(八苦): 생고, 노고, 병고, 사고, 애별리고, 원증회고, 구부득고, 오음성
고. 生苦, 老苦, 病苦, 死苦, 愛別離苦, 怨憎會苦, 求不得苦, 五陰盛苦.

6.34. 夏雨吼天地
소낙비가 천지를 흔드네

[2018.07.04.]

杲杲朝暾旱[1]　고고 조돈한 하니
　　　　　쨍쨍하게 아침 해가 떠오르니,

黎民其雨哀　여민 기우애 라
　　　　　백성들은 애타게 비 오기만 빈다네.

突風天地暗　돌풍 천지암 하니
　　　　　돌풍에 천지가 어두워지더니,

驟雨電雷回[2]　취우 전뢰회 라
　　　　　천둥번개 소낙비가 쏟아지네.

竹幹枝低伏　죽간 지저복 하고
　　　　　대나무 줄기 바람에 쓰러지고,

園花早落來　원화 조락래 라
　　　　　정원에 꽃들도 일찍 떨어지네.

麥秋收穫滯　맥추 수확체 하니
　　　　　초여름 보리 수확이 지체되니,

篤薦祝融杯　독천 축융배 라
　　　　　여름 축융신에게 특별히 술잔을 올릴 것인지?

---

1) #고고(杲杲): 해 뜨는 모양. 높고 밝다. 日出貌. 高也: 明也.
　　#기其: 빌다. 祈: 冀.
　　#'비 오려나 비 오려나 하였더니, 쨍쨍 해만 뜨는구나.' 其雨其雨, 杲杲出日
　　『詩經』「衛風 伯兮」.
2) #전(電): 번개. 뢰(雷): 천둥.

6.35. 盛夏
한여름

[2018.08.08.]

千山渺漠帶霞煙　　천산묘막 대하연　하고
온 산에 아득하게 안개가 끼었고,

萬水淋漓潤自然　　만수림리 윤자연　이라
온갖 물은 자연을 흥건히 적신다네.

草木受陽成養毓　　초목수양 성양육　하고
초목은 양기를 받아 길러지고,

道人窮理竟知天　　도인궁리 경지천　이라
도인은 이치를 궁구하여 끝내 하늘의 이치를 안다네.

眼前夏景渾青色　　안전하경 혼청색　하니
눈앞에 여름 경치 온통 푸른빛이니,

綠裏幽光錦繡船　　녹리유광 금수선　이라
푸름 속에 그윽한 빛은 비단으로 수놓은 배 같다네.

有物森羅仍有則1)　　유물삼라 잉유칙　하니
삼라만상 만물이 있는 것은 모두 법도를 따라서지만,

吾生八苦不堪憐　　오생팔고 불감련　이라
내 삶에 여덟 가지 고통은 감당하기 어렵다네.

---

1) #만물이 있으면 법도가 있다. '하늘이 사람을 이 세상에 내실 적에, 누구나
하늘의 원리가 그 속에 깃들게 하였다.' 有物仍有則. 天生蒸民, 有物有則.
『詩經』「蒸民」.
#증蒸: 많다. 衆也.
#삼라森羅: 땅 위의 모든 것이다. 地上萬物.

6.36. 憂我邦未來
우리나라의 미래를 걱정하다

[2018.07.04.]

如何經濟狀 　여하 경제 상 고
경제 상황이 어찌될꼬?

都鄙圍炎煙 　도비 어염연 이라
서울과 시골이 불꽃 연기 속에 갇혔다네.

政策違常識 　정책 위상식 이니
정부 정책은 상식을 어긋났으니,

民生苦必然 　민생 고필연 이라
국민들의 고통은 필연이라네.

高官無異庶 　고관 무이서 하여
높은 벼슬아치도 서민과 다름이 없어,

謀利不拘天 　모리 불구천 이라
이익을 도모함에 하늘을 두려워하지 않는다네.

壯厭嬰兒産1) 　장염 영아산 하고
장년들이 아이 낳기를 싫어하고,

老嫌彼岸船2) 　노혐 피안선 이라
노인들은 극락정토 가는 배 타기를 싫어한다네.

---

1) #장염(壯厭): 장년층이 임신을 피하여 출산율 세계 최저. 壯年避妊, 出産率世
界最低.
2) #노혐(老嫌): 노인들이 죽음을 싫어하여 이 나라 인구가 고속으로 감소하니
이것이 진실로 국가 위기이다. 老人嫌死, 此國人口高速減少, 是眞國家危機.
#피안(彼岸): 극락정토. 極樂淨土.

信誠那盡滅³⁾　　신 성 나 진 멸
　　　진실함과 성실함은 어디로 다 사라지고,

叔季⁴⁾未來憐　　숙계 미 래 련 이라
　　　말세라 미래가 안타깝도다.

---

3) #진실과 성실함은 인간사회의 반드시 갖추어야 할 덕목이나 불행하게도 우
　 리나라는 떳떳한 덕이 땅을 빗자루로 쓴 듯 사뭇 사라졌다. 信與誠, 人間社
　 會必需之德目. 不幸我國, 懿德, 蕩然掃地.
4) *숙계(叔季): 말세(末世)를 뜻함.

6.37. 新秋
초가을

[2018.09.10.]

江水藍淸露岸州   강수람청 노안주 하고
　　강물은 쪽빛으로 맑고 모래톱엔 이슬 내려,

東風颯爽熱炎收   동풍삽상 열염수 라
　　시원한 동풍이 불어 뜨거운 기운을 거두어가네.

老生書室稀新景   노생서실 희신경 한데
　　늙은이의 서실에서는 새로운 풍경 보기가 드문데,

詰抗1)蜻蛉幸告秋   힐항청령 행고추 라
　　서로 겨루듯 잠자리가 가을이라 알려주네.

---

1) *힐항(詰抗): 서로 트집을 잡아 비난하며 맞서서 겨룸. 비슷한 힘으로 서로
맞서 버팀.

6.38. 迎秋老懷
가을을 맞이하는 늙은이의 마음

[2018.09.10.]

蜻蛉翔赤尾 청령 상적미 하고
　　고추잠자리는 붉은 꼬리로 날아오르고,

鴨聚漢江洲 압취 한강주 라
　　한강 모래톱에는 물오리떼 모여드네.

半島颱風盡 반도 태풍진 하니
　　한반도에 태풍이 사그라지니,

晝宵熱焰收 주소 열염수 라
　　밤낮 뜨거웠던 열기 거두어졌네.

老齡知正命[1] 노령 지정명 하여
　　나이가 들면 정명을 알아야 할 터인데,

詩想苦頑頭 시상 고완두 라
　　시상을 찾음에 둔한 머리 괴롭다네.

莫使平心動 막사 평심동 하라
　　평정심을 움직이게 하지 말라!

那關歲月流 나관 세월류 오
　　어찌 세월의 흐름에 관계하리오?

庭前渾綠葉 정전 혼록엽 하니

---

1) #순정명(順正命): 맹자 가라사대 천명이 아닌 것이 없으니, 그 바름을 따라
　　받아야 하리라. 孟子曰, 莫非命也. 順受其正. 『孟子』「盡心 上」.

정원 앞의 모든 푸른 잎들이,

烏兔自迎秋[2]　　오 토 자 영 추 라
세월 따라 절로 가을을 맞이한다네.

---

2) #오토(烏兔): 해와 달이다. 日月.

6.39. 偶吟
문득 읊다

[2018.10.02.]

吾廬前苑景   오려 전원경 은
내 집 앞 동산의 풍경은,

叢樹尙靑濃   총수 상청농 이라
모든 나무들이 오히려 푸르고 짙구나.

隔葉望冠嶽   격엽 망관악 하니
잎들 사이로 관악산을 바라보니,

越霞瞻主峯   월하 첨주봉 이라
안개 넘어 관악산 주봉이 쳐다보이네.

秋頭連夏尾   추두 연하미 하고
초가을이 늦여름에 이어지고,

江水四時龍   강수 사시룡 이라
강물은 사계절 용과 같구나.

陋巷淸貧洞   누항 청빈동 에
뒷골목 가난한 동네에,

行商擾打鐘   행상 요타종 이라
행상의 종치는 소리 요란하다네.

莫憂終在邇1)   막우 종재이 이니
생을 마침이 머잖은 곳에 있음을 걱정 않으리니,

---

1) #종(終): 삶을 마치다. 終生.

爾命幸迎逢　　이명 행영봉 이라
　　　이 운명을 행복하게 맞아들여야겠네.

6.40. 冠嶽山
관악산

[2018.10.02.]

遍野北風秋氣濃   편야북풍 추기농 한데
　　온 들판에 북풍 불어 가을 기운 짙어지는데,

忠臣形像仰高峰   충신형상 앙고봉 이라
　　충신의 모습이 높은 봉우리를 우러러보네.

遠望冠嶽炎焚嶂   원망관악 염분장 하고
　　멀리서 본 관악산은 단풍으로 불타는 병풍 같고,

俯瞰山容爬上龍   부감산용 파상룡 이라
　　산 모양을 굽어보면 기어오르는 용 모양일세.

6.41. 秋懷
가을 느낌

[2018.11.05.]

叢樹前園尚綠衣　　총수전원 상록의 하나
　　앞 뜰에 우거진 나무들은 아직도 푸른 옷을 입었으나,

帶黃柿果誘鴉歸　　대황시과 유아귀 라
　　누렇게 익은 감홍시는 까마귀를 유혹하네.

縱觀世界亂題溢　　종관세계 란제일 하고
　　세상을 세로로 보니 어려운 문제들 넘쳐나고,

簡閱韓邦秩序稀1)　　간열한방 질서희 라
　　우리나라 낱낱이 살펴보니 질서도 희미하네.

出産處崖常軌脫　　출산처애 상궤탈 하고
　　출산율은 벼랑 끝에 있어 상식의 범위 벗어나고,

政經沈滯歲猶飛　　정경침체 세유비 라
　　정치 경제가 침체되어 세월은 날아가는 것 같네.

未來逆睹危機熟　　미래역도 위기숙 한데
　　미래를 예측하니 위기가 많을 것은 불 보듯 한데,

權柄蹉跎2)衆冀違　　권병차타 중기위 라
　　권력을 잡은 사람들은 어영부영 군중들의 희망을
　　어기고 있구나.

---

1) *간열(簡閱): 낱낱이 검열(檢閱)함. 가려서 조사(調査)함.

2) *차타(蹉跎): 불우(不遇)하여 뜻을 얻지 못한 것, 또는 세월을 낭비하는 것을
　　형용하는 의태어.

又
또

寒露山川降　　한로 산천강 하니
　　찬서리가 산천에 내리니,

橙黃果樹衣　　등황 과수의 라
　　등자 노란빛 과실나무 옷을 바꾸었다네.

森林將赤裸　　삼림 장적라 하고
　　삼림은 장차 발가벗게 되고,

落葉木根歸　　낙엽 목근귀 라
　　낙엽은 나무뿌리로 돌아가리라.

造物藏無盡　　조물 장무진 하여
　　조물주가 가진 것은 무진장하여,

創新不暫稀　　창신 부잠희 라
　　새로 만든 것이 별안간 드물어지지 않는다네.

順天知守分　　순천 지수분 하야
　　천명을 따라 분수를 지킬 줄 알아야,

正命受無違　　정명 수무위 라
　　정명을 받아 어김이 없으리라.

6.42. 晚秋古廬
늦가을 옛집

[2018.12.10.]

結廬貧洞作書堂　　결려빈동 작서당 하여
　　가난한 동네에 집을 지어 서당으로 만들려고,

空闊無隣立柱梁　　공활무린 입주량 이라
　　이웃 없이 탁 트인 곳에 기둥과 서까래를 세웠네.

冠嶽崢嶸1)楓葉景　　관악쟁영 풍엽경 하고
　　우뚝한 관악산의 단풍잎이 아름답고,

庭園叢樹晚秋陽　　정원총수 만추양 이라
　　정원에 우거진 나무들 늦가을 볕에 빛나네.

繞家草木今皆老　　요가초목 금개로 하니
　　집 주위 풀과 나무들 지금 다 익숙한 풍경이라,

鑑賞翁婆樂可長　　감상옹파 낙가장 이라
　　구경하는 우리 내외의 즐거움이 길었다네.

霜落秋花尤可愛　　상락추화 우가애 하니
　　서리에 떨어지는 가을꽃들이 더욱 사랑스러우니,

紅薇競艶菊橙黃　　홍미경염 국등황 이라
　　붉은 장미는 노란 국화, 귤나무와 예쁨을 다투는구나.

---

1) *쟁영(崢嶸): 산이 높고 가파르다. 깊고 위험하다. 세월이 오래다.

又
또

少泉書舍我名堂　　소천서사 아명당 한데
　　소천서사는 내가 이름 지은 집인데,

山腹空臺好上梁　　산복공대 호상량 이라
　　산등성이 빈 누대에 대들보 올릴 때 좋았다네.

內眷欲歸憫不得[1]　　내권욕귀 민부득 하고
　　요양원에 있는 집사람이 돌아오길 바라지만 어찌할
　　수 없고,

獨居老主曝秋陽[2]　　독거로주 폭추양 이라
　　홀로 집에 있는 늙은 주인 가을볕만 쪼인다네.

---

1) #우리 집사람은 요양원에 있다. 汝內子在療養院.
2) #강수(江水)·한수(漢水)에 씻고 가을볕에 말린 것처럼 깨끗하다. 江漢以濯之,
　　秋陽以曝之. 『孟子』 「滕文公 上」.

6.43. 大英帝國落照
대영제국의 낙조

[2018.12.10.]

威勢環球擅　　위세 환구천 하고
한 때는 위세가 온 세상을 마음대로 했고,

島邦世界梁　　도방 세계량 이라
섬나라가 세상의 다리가 되었다네.

六洲英領散　　육주 영령산 하여
여섯 대륙에 영연방이 산재해 있어,

無日沒晡陽　　무일 몰포양 이라
저녁에도 해가 지지 않는다 하였다네.

戀古歐盟脫　　연고 구맹탈 하니
옛날을 그리워하여 유럽연합을 탈퇴하니,

未料崇禍長1)　미료 수화장 이라
재앙의 빌미가 얼마나 클지 헤아리지 못하네.

孤高浮北海2)　고고 부북해 하니
외로이 북해에 높이 떠 있으니,

落照地平黃　　낙조 지평황 이라
지는 햇살이 지평선을 누렇게 물들였으리.

---

1) #수(祟): 화가 만들어지는 원인. 生禍原因: 빌미.

2) #대영제국시대 영국인들이 유럽대륙의 전통에 대해 '장대하고 빛나는 고
립'이라 자평했다. 금일 영국의 고립은 장대하고 빛나는 모습을 조금도 볼
수 없다. 大英帝國時代, 英國人對歐洲大陸傳統自評日, 'splendid isolation':
壯大光輝的孤立. 今日英國孤立. 少無壯大光輝之貌.

6.44. 周遊平壤牡丹峯一帶 余平壤高普在學時
평양 모란봉 일대를 주유하며
―내가 평양고보를 다닐 때

[2019.01.14.]

最勝臺邊新客遊[1]　　최승대변 신객유 하니
　　　절경 누대 곁에서 새 나그네 되어 노닐었는데,

俯看漲水大河流　　부간창수 대하류 라
　　　굽어보니 붉은 물, 큰 강이 흘렀다네.

遠天渺漠田園野　　원천묘막 전원야 하고
　　　먼 하늘 밖 논밭 들판 아득하고,

近市繁華土産丘　　근시번화 토산구 라
　　　가까운 번화한 시장에는 토산품이 언덕을 이루었다네.

萬象森羅隨造物　　만상삼라 수조물 이요
　　　삼라만상은 조물주를 따랐고,

文明傳播晚開洲　　문명전파 만개주 라
　　　문명의 전파됨이 늦어서야 이 고을을 열었다네.

東夷民族遺多蹟[2]　　동이민족 유다적 하여
　　　동이민족의 유적이 많이 남아있어서,

---

1) #최승대(最勝臺): 모란봉 위에 있는 대의 이름이 최승대이다. 牡丹峰上有臺曰 最勝臺.
　　#신객(新客): 작자 자신. 作者自身.
2) #동이민족(東夷民族): 고조선 시대와 은나라 말기 기자조선 시대와 낙랑군, 고구려 시대의 동이 민족의 유물 유적이 서북조선에 산재해 있다. 古朝鮮時代, 殷末箕子時代, 樂浪郡, 高句麗各時代, 東夷民族之遺物遺蹟, 散在於西北朝鮮.

歷史尙含歡與愁　역사상함 환여수 라
　　오히려 역사 속 기쁨과 근심을 머금었다네.

6.45. 平壤高普萬壽臺
평양고보와 만수대

[2019.01.14.]

萬壽臺邊志學遊[1]   만수대변 지학유 에
열다섯에 만수대 가에서 놀던 때,

松籟妙曲五詢流[2]   송뢰묘곡 오순류 라
묘한 소나무 울림소리 오순정에 울렸다네.

當年未覺臺亭美   당년미각(교?) 대정미 하여
당시에는 만수대와 오순정 아름다움 깨닫지 못했는데,

今日傳聞作土丘   금일전문 작토구 라
오늘날 들으니 흙 언덕이 되었다 하네.

---

1) #만수대는 평양고보 뒤뜰에 있는 높은 누대로 만수대라 부른다. 금수산 모란
봉 꼬리 부분에 있는 곳이다. 萬壽臺平高後庭高臺, 曰萬壽臺: 牡丹峯錦繡山
景末尾之處.
　#지학(志學): 15세 학생. 공자께서 '나는 열다섯 살에 학문에 뜻을 두었다.' 하
셨다. 十五歲學生. 孔子曰, 吾十有五而志于學.

2) #오순(五詢): 만수대 위에 오순정이 있다. 이 정자는 구한말에 세워진 것으로
생각되지만 기둥과 대들보에 매달린 현판이 하나도 없었다. 까닭에 오순의
뜻을 알 수가 없었다. 이것들의 참고자료는 평양고보 설립 당시, 당국자(일
본인?)가 철거한 것으로 생각된다. 내가 재학할 당시에 주변에 오히려 하늘
을 찌르는 노송이 여러 그루가 있어 소나무 울림소리가 자못 운치가 있었는
데 오순에서 시작하여 오순정으로 흘러 나갔다. 萬壽臺上有五詢亭. 此亭想
必舊韓時代所建. 而無一懸板繫于柱梁. 故無以知五詢之意. 此等參考資料, 想
必平高設立當時當局者(日本人?)所撤去. 余在學當時, 周邊尙有數株參天老松.
松籟頗有韻致. 五詢流自五詢亭流出.

6.46. 老懷

늙은이의 회포

[2019.01.14.]

未嘗好優遊　　미상 호우유 하고
일찍이 놀기를 좋아하지 않고,

秪任歲空流　　지임 세공류 라
다만 세월이 가는 대로 하염없이 살아왔다네.

蒙惠深如海　　몽혜 심여해 나
그동안 입은 은혜는 바다 같이 깊으나,

難酬積恩丘　　난수 적은구 라
산 같이 쌓인 은혜 갚기가 어렵다네.

莫關天下事　　막관 천하사 하니
세상일에 마음 두지 않고,

放念美亞洲　　방념 미아주 라
미국과 아시아의 일에도 걱정을 말자고 생각하네.

內子痾長臥　　내자 아장와 하니
집사람이 숙환으로 누운 지 오래이니,

祈痊暫捨愁　　기전 잠사수 라
병 낫기를 빌며 잠시라도 딴생각은 버리려네.

6.47. 歲暮
세모에

[2019.02.11.]

望百老軀殘幾年　　망백노구 잔기년 고
백 살을 바라보는 늙은 몸 남은 해 얼마일꼬?

餘生應負苦辛千　　여생응부 고신천 이라
남은 생도 마땅히 천신만고 짊어져야 하리.

單身獨立宜行己　　단신독립 의행기 하고
내 한 몸으로 독립하고 자기가 할 일을 해가야 마땅
하고,

敦誼親民可則天　　돈의친민 가칙천 이라
의리를 돈독하게 하고 남들과 친함을 하늘의 법
칙으로 삼아야 하네.

庶衆平常求足食　　서중평상 구족식 이나
젊은 사람들은 평소 먹고 사는 데 만족함을 구하나,

吾儕身健要安眠　　오제신건 요안면 이라
우리들은 몸 건강하고 편안한 잠자리가 필요하다네.

蹉跎國步之何處¹⁾　　차타국보 지하처 오
뒤뚱거리는 나라의 장래는 어디로 갈까?

不顧民情眞啞然　　불고민정 진아연 이라
국민들의 진정을 돌아보지 않으니 아연할 뿐이라네.

---

1) *차타(蹉跎): 불우(不遇)하여 뜻을 얻지 못한 것, 또는 세월을 낭비하는 것을
형용하는 의태어.

6.48. 除夕

한 해를 보내며

[2019.02.11.]

書舍孤燈送戌年　　서사고등 송술년 하며
　　책방에 등불 하나 켜고 무술년을 보내면서,

緬懷無盡想回天　　면회무진 상회천 이라
　　물끄러미 지난날을 회상하여 보니 감회가 무진하네.

寒波暴雪東南海　　한파폭설 동남해 하니
　　동남쪽 바다에는 한파에 폭설이 쏟아진다니,

離散翁婆共凍天　　이산옹파 공동천 이라
　　흩어진 우리 노부부가 추운 계절을 함께 넘기고 있
　　구나.

6.49. 老懷

노회

[2019.02.11.]

久住桑楡域1)   구주 상유역 하니
오랫동안 늙은 나이에 머물렀으니,

緬懷凡幾年   면회 범기년 고
지난 일을 물끄러미 돌아본 지 무릇 몇 년인가?

輸贏痕沒地   수영 흔몰지 한데
승부의 흔적은 땅속에 묻어 버리고,

忍苦道明天   인고 도명천 이라
괴로움을 참고 오는 세월을 따라가리라.

內子憑醫療   내자 빙의료 하니
집사람을 병원에 맡겨 치료를 하고 있으니,

老翁獨食眠   노옹 독식면 이라
늙은 이 몸 홀로 자고 혼자 먹는다네.

人間芻狗役2)   인간 추구역 이니
사람이란 하늘이 쓰고 버리는 물건이니,

---

1) *상유역(桑楡域): 해가 기우는 지역. 중국 옛 신화에 낮에는 희화(羲和)라는 거
  인이 해를 들고 다니다가 저녁이 되면 해를 부상(扶桑)이라는 곳에 있는 큰
  뽕나무에 묶어 둔다고 함.

2) #추구역(芻狗役): 노자 왈, 천지가 불인하니 만물은 짚으로 만든 개와 같고,
  성인이 불인하니 백성을 추구로 여길 뿐. 老子曰, 天地不仁, 以萬物爲芻狗:
  聖人不仁, 以百姓爲芻狗. 『老子』「翼卷之一 上篇 第五章」.
  *추구(芻狗): 필요할 때는 이용하고 그 일이 끝나면 내버리는 물건. 예전에
  중국에서 제사 지낼 때 쓰던 짚으로 만든 개를 이르던 말.

用盡捨當然 용진 사당연 이라
　　쓰임을 다하면 버리는 것이 당연하리라.

6.50. 雲
구름

[2019.03.11.]

浮雲一片動隨風　　부운일편 동수풍 하니
　　뜬구름 한 조각 바람 따라 움직이니,

出岫無心西又東1)　출수무심 서우동 이라
　　무심히 산마루에서 나와 이쪽저쪽 흘러가네.

勝景行雲生誕處　　승경행운 생탄처 요
　　좋은 경치는 지나가는 구름의 탄생처요,

碧溪流水大瀛通　　벽계유수 대영통 이라
　　벽계수 흐르는 물은 큰 바다로 통한다네.

奇峰夏嶂僧頭禿2)　기봉하장 승두독 하고
　　여름날 기이한 구름 봉우리는 스님의 맨머리 같고,

艶麗曙霞女飾紅3)　염려서하 여식홍 이라
　　아름다운 아침 서광은 여자의 머리 장식처럼 붉구나.

列國風塵難逆睹4)　열국풍진 난역도 하니
　　여러 나라 어지러운 일들 차마 좋게 보기 어려우니,

---

1) #출수무심(出岫無心): 구름은 무심하게 산마루에서 나온다. 雲無心而出岫. 陶
　淵明「歸去來辭」.
2) #기봉하장(奇峰夏嶂): 여름 구름은 기이한 봉우리가 많다. 夏雲多奇峰.
　#독(禿): 머리카락이 없음. 無髮.
3) *서하(曙霞): 아침놀. 바람과 티끌, 세상에 일어나는 어지러운 일.
4) *역도(逆睹): 좋게 본다. '逆'자는 '맞을 영(迎)'자와 같은 뜻.

興衰光速似飄蓬⁵⁾　흥쇠광속 사표봉 이라
　　빛처럼 빠른 흥망성쇠 바람에 날리는 쑥대 같다네.

---

5) *표봉(飄蓬): 바람에 흩날리는 쑥대.

6.51. 園梅開花
정원에 핀 매화

[2019.03.11.]

早梅蓓蕾綻窓東1)　　조매배뢰 탄창동 하니
　　이른 매화 동쪽 창에 꽃봉오리 터지려 하니,

醇美園花發白紅　　순미원화 발백홍 이라
　　순수하고 아름다운 정원의 꽃들 희고 붉게 피어나
　　리라.

凍土結氷難釋解　　동토결빙 난석해 한데
　　얼어붙은 땅 굳은 얼음 정말 풀기 어려운데,

肇春先驅冒霜風　　조춘선구 모상풍 이라
　　일찍 온 봄기운이 앞장서 찬바람 무릅쓰고 추위
　　를 몰아내었다네.

---

1) *배뢰(蓓蕾): 막 피려는 꽃봉오리.

6.52. 偶吟
문득 읊다

[2019.03.11.]

人生常有癖　　인생 상유벽 한데
　　사람이 살면서 늘 하는 버릇이 있는데,

吾尙保村風　　오상 보촌풍 이라
　　나는 늘 시골 풍속을 지키려 한다네.

十五年戈裏[1)]　　십오 년과리 에
　　십오 년 전쟁 속에,

芻狗運命通　　추구 운명통 이라
　　짚으로 만든 개 같은 운명처럼 살았다네.

呼號迎解放　　호호 영해방 이나
　　광복을 맞아 환호했지만,

牆鬩血流紅[2)]　　장혁 혈류홍 이라
　　형제간의 싸움으로 붉은 피가 흘러내렸다네.

---

1) #십오 년 전쟁(十五年戰爭): 일본 역사학자 야나베가 만든 말이다. 그 뜻은 일본이 일으킨 만주사변, 중일전쟁, 태평양전쟁이다. 이 전쟁을 15년 전쟁이라 한다. 1931년부터 1945년까지 15년 동안 전쟁이 확대된 것은 일본 정부의 구조적 결함과 정부와 군부의 무능과 몽매함에 말미암은 것이다. 日本歷史學者家永三郎(야나베)之造語,　其意卽日本挑發滿洲事變(1931),　中日戰爭(1937), 太平洋戰爭(1941-45). 此等一連戰爭, 一個十五年戰爭, 自1931至1945, 十五年也. 戰爭之擴大, 由于日本政府構造的缺陷, 與政府軍府之無能蒙昧.

2) #장혁(牆鬩): 형제가 서로 담장 안에서 싸우다. 兄弟相鬪於牆內. 형제가 집안에서는 싸우지만 밖에서는 업신여김을 막는다. 兄弟鬩于牆, 外禦其侮. 『詩經』「小雅 棠棣」.

河內和親裂3)   하내 화친열 이나
           하노이의 북미회담 깨어졌으나,

但望雨霽東4)   단망 우제동 이라
           다만 한반도에 비 개기를 바란다네.

────────────────

3) *하내(河內): 베트남의 도시 하노이(Hà Nội).
4) #동(東): 한반도韓半島.

6.53. 偶吟

문득 읊다

[2019.04.08.]

大旱半年梅蕾綻　　대한반년 매뢰탄 한데
　　반 년 동안 큰 가뭄에도 매화 봉오리가 터졌는데,

眺望田野自生愁　　조망전야 자생수 라
　　넓은 들판 바라보니 근심이 저절로 솟아나네.

地中水渴樹根枯　　지중수갈 수근고 하고
　　땅속에 물이 말라 나무뿌리도 말라가고,

春晚氣寒新葉柔　　춘만기한 신엽유 라
　　늦은 봄에도 기온이 차니 새잎들도 힘이 없네.

冀雨飛塵嫌大陸　　기우비진 혐대륙 한데
　　비를 바라지만 먼지만 날리니 중국 대륙이 싫어지
　　는데,

滿目市村作炭丘1)　　만목시촌 작탄구 라
　　숯덩이 된 도시며 농촌이 눈에 가득하구나.

---

1) #이 연은 동해안에 큰불이 났음을 가리킨다. 此聯指東海岸大火災.

6.54. 詠史 — 漢留侯張良
역사이야기 — 한나라 유후 장량

[2019.04.08.]

圍幄張良毫不愁[1]　　위악장량 호불수 하고
　　천막 안에서 추호도 근심하지 않고,

運籌決勝用軍柔　　운주결승 용군유 라
　　이길 운세 점쳐 군대를 유연하게 썼다 하네.

睿知可定萬千里　　예지가정 만천리 나
　　천만리 멀리까지 정해진 일 미리 밝게 알았으나,

志在安居仙境丘[2]　　지재안거 선경구 라
　　뜻은 신선의 경계에서 편히 쉼에 두었다네.

---

1) #자방(子房): 장량의 자이다. 장량의 점치기는 신묘하여서 장막 속에서 천리 밖의 승리를 이끌었다. 張良之字. 張良運籌神妙, 而圍幄之中, 決勝于千里之外.『史記』.

2) #안거선경구(安居仙境丘): 장량은 평소에 적송자와 더불어 놀기를 원했다. 張良平素欲與赤松子遊.
　*적송자(赤松子)는 중국 전설시대 선인(仙人)의 이름으로 신농(神農) 때의 우사(雨師)이며 후에 곤륜산에 들어가 선인이 되었다고 한다.

又
또

赤松子友固無愁 적송자우 고무수 하니
　　적송자와 친구하려 하니 진실로 근심이 없으니,

邂逅圯橋遇老柔1) 해후이교 우로유 라
　　이교에서 황석공과 해후하여 늙은이의 부드러움을
　　따랐다네.

三傑漢初功績首 삼걸한초 공적수 하는
　　한나라 초기 세 영웅 중 공적이 으뜸인 사람은,

全身仙骨是留侯2) 전신선골 시유후 라
　　온몸이 선풍도골(仙風道骨)인 바로 이 장량이로구나.

---

1) *이교(圯橋): 『한서』복건(服虔)의 주에 의하면 초나라 사람들은 교(橋)를 이
   (圯)라고 한다. 중국 장쑤성(江蘇省)에 있던 흙다리. 장량이 황석공(黃石公)으
   로부터 태공(太公)의 병법을 전수 받은 곳이다.

2) *유후(留侯): 한나라가 건립되고 장량이 유후(留侯)에 봉해진 뒤에 속세의 미
   련을 버리고 신선술을 닦으면서 말하기를 '지금 세 치의 혀를 가지고 임금의
   스승이 되었을 뿐만 아니라, 만호에 봉해지고 열후의 지위에 올랐으니, 이
   는 포의가 누릴 수 있는 최대의 영광으로서 나에게는 이미 충분하다고 하겠
   다. 따라서 이제는 인간 세상의 일을 버리고 적송자를 따라 노닐고 싶다.
   [今以三寸舌爲帝者師, 封萬戶位列侯, 此布衣之極, 於良足矣. 願棄人間事,
   欲從赤松子遊耳.]'라고 하였다는 기록이 『사기(史記)』 권55 「유후세가(留侯
   世家)」에 보임.

6.55. 老懷

늙은이의 회포

[2019.04.08.]

久居貧陋巷　　구거 빈루항 하니
가난한 동네에 오래 살다 보니,

心裏寡藏愁　　심리 과장수 라
마음속 담아 둔 근심이 적어졌다네.

伊昔勤兼毅　　이석 근겸의 가
그 옛날 근면 겸손하던 떳떳한 모습이,

如今懈且柔　　여금 해차유 라
이제는 게으르고 또 부드러워졌다네.

世間庸劣漢　　세간 용렬한 이
세상에는 용렬한 사람들이,

權柄擢公侯　　권병 탁공후 라
권력을 잡아 높은 벼슬자리에 뽑히기도 한다네.

敎育愚民造　　교육 우민조 하니
교육은 어리석은 백성을 만들어 내니,

國風壞落丘　　국풍 괴락구 라
나라의 품격이 언덕에서 무너지고 떨어졌다네.

6.56. 春不似春
봄 같지 않은 봄

[2019.05.13.]

春晚風調冷氣偏 　　춘만풍조 냉기편 하여
늦은 봄 바람결에 찬 기운이 반이라,

行人裝套厚如前 　　행인장투 후여전 이라
행인들 외투입기가 두텁기 겨울 같다네.

花開花落紅盈地 　　화개화락 홍영지 하고
꽃이 피고 꽃이 지니 붉은빛 땅을 가득 채우고,

塵滿塵飛暗染天 　　진만진비 암염천 이라
컴컴함 하늘 가득 먼지만 날린다네.

氛勝氤氳知夏氣1) 　　분승인온 지하기 하고
기운이 어리어 기온이 올라 여름인가 하고,

霞含暖汗告炎煙 　　하함난한 고염연 이라
저녁노을 따뜻하고 땀이 나니 더운 기미 예고한다네.

應將夏跨春江渡 　　응장하과 춘강도 하나
마땅히 봄 강을 건너 여름으로 건너가야 하나,

嘯傲閑居我是仙 　　소오한거 아시선 이라
휘파람 불며 한가로이 거하니 내가 바로 신선일세.

---

1) *인온(氤氳): 기운, 조짐. 기운이 성함. 기운이 어리는 모양.

6.57. 回顧鶴山舊家
학산 옛집을 돌아보다

[2019.05.13.]

古洞吾家臺上偏　　고동오가 대상편 한데
　옛 동네 우리 집은 돈대 위에 있어서,

鄕村睥睨閱營前1)　　향촌비예 열영전 이라
　고향 마을 성가퀴에서는 영문 앞을 살펴볼 수 있었
　다네.

往時景色今桑海　　왕시경색 금상해 하니
　지나간 날의 주변 풍경 지금은 상전벽해가 되었으니,

俯瞰新容聊仰天　　부감신용 요앙천 이라
　새로운 모습 굽어보다 멍하니 하늘만 쳐다보네.

---

1) *비예(睥睨): '俾倪'와 같은 말이다. 성 위에 낮게 쌓은 담을 뜻한다. 성가퀴.

6.58. 此邦將來
이 나라의 미래

[2019.05.13.]

正誤無關權柄偏   정오무관 권병편 하여
옳고 그름과 상관없이 권력에만 치우쳐서,

衆人聲討闕門前[1]   중인성토 궐문전 이라
뭇사람들이 청와대 문 앞에서 성토한다네.

此邦治術君應識   차방치술 군응식 하여
이 나라의 통치 방식을 그대도 마땅히 알아야지.

廢政苦民秖怨天   폐정고민 지원천 이라
정치는 잘못되고 백성들은 괴로운데 다만 하늘만을
원망하네.

---

1) #궐문(闕門): 청와대 출입문. 靑瓦臺出入門.

6.59. 牡丹花
모란꽃

[2019.05.13.]

牡丹開蓓蕾　　모란 개배뢰 한데
모란 꽃송이 막 피어나는데,

初夏滿窓前　　초하 만창전 이라
초여름이 내 창 앞에 가득하네.

五色玲瓏顆　　오색 영롱과 가
오색 영롱한 꽃송이,

橙紅照映天　　등홍 조영천 이라
노랗고 붉은빛 하늘에 붉게 비치네.

軟花安綠葉　　연화 안녹엽 하고
부드러운 꽃은 푸른 잎에 받혀져,

硬瓣隱濃煙　　경판 은농연 이라
딱딱한 꽃술은 짙은 연기를 숨기네.

艶麗心怡富　　염려 심이부 하여
고운 모습 마음을 기쁘고 여유롭게 하며,

微香想遠仙　　미향 상원선 이라
은은한 향기는 먼 데 신선을 생각나게 하네.

6.60. 偶成

우연히 지음

[2019.06.11.]

山川青綠醞人情　　산천청록 온인정 하여
　　자연의 푸르름은 사람 마음을 조화롭게 만들어서,

人道或添天道誠1)　　인도혹첨 천도성 이라
　　사람의 도리에 간혹 천도의 성실함을 더하게 한다네.

積弊何能清算改　　적폐하능 청산개 오
　　적폐를 어찌 청산하고 고칠 수 있으랴?

悖倫難可復元更　　패륜난가 복원경 이라
　　어그러진 법도를 다시 원래대로 고치기 어렵다네.

國家未富奢風起　　국가미부 사풍기 하고
　　나라가 부유하기 전에 사치 풍조가 일어나고,

民庶常貧繼苦生　　민서상빈 계고생 이라
　　서민은 늘 가난하여 고생이 이어지고 있다네.

叔季官衙清白遠2)　　숙계관아 청백원 하니
　　말세의 관가는 청렴결백과 거리가 머니,

舊韓末狀與相爭　　구한말상 여상쟁 이라
　　구한말 고약한 모습과 서로 어금버금하리라.

---

1) #천도성(天道誠): 성은 하늘의 도리이고, 성하는 것은 사람의 도리이다. 誠者,
　天之道也. 誠之者 人之道也. 『中庸』.
2) #숙계(叔季): 말세末世.
　#관아(官衙): 관가(官街), 관변(官邊).

又
又
또

[2019.06.11.]

政治違常逆性情   정치위상 역성정 하며
　　정치는 상식을 벗어나 성정을 거스르며,

經營乖離也無誠   경영괴리 야무성 이라
　　경영도 정도에서 어긋나 성실함이 없다네.

官民征利交忘分1)   관민정리 교망분 하고
　　관리와 국민들 서로 이익을 다투며 본분을 잊고,

浪費公金上下爭   낭비공금 상하쟁 이라
　　공금을 낭비하는 데 상하가 경쟁한다네.

---

1) #정리교망분(征利交忘分): 정(征)은 취한다는 뜻. 분(分)은 측성일 때는 본분,
　　신분이다. 征: 取也. 分(仄聲): 本分, 身分.
　　※ 『맹자 양혜왕 상』 '왕이 어찌하면 내 나라를 이롭게 할 수 있겠습니까?
　　하고, 대부는 어찌하면 내 집을 이롭게 할까 하며, 사와 서인들은 어떻게 하
　　면 내 몸을 이롭게 할까 하여, 상하가 서로 이익을 다투니 나라가 위태로울
　　것입니다.' 『孟子 梁惠王 上』孟子對曰--略-- 王曰 何以利吾國,　大夫曰
　　何以利吾家,　士庶人曰 何以利吾身,　上下交征利,　而國危矣.

6.61. 傷冠岳山毀損
관악산을 훼손함에 마음 아파하다

[2019.07.08.]

冠嶽吾儕欲護持　　관악오제 욕호지 는
　　관악산을 우리들이 보호하고 지키고자 함은,

漢南聳立壯容猗　　한남용립 장용의 라
　　한강 남쪽에 우뚝 솟아 웅장한 모습이기 때문이라.

四周侵蝕山靈嘆　　사주침식 산령탄 하고
　　사방을 파고드니 산신령이 탄식하고,

國大徒肥識者知1)　　국대도비 식자지 라
　　국립대학 터무니없이 비대함을 알 사람은 안다네.

東北施工多異趣　　동북시공 다이취 하고
　　동북쪽은 공사하여 풍취가 많이 달라졌고,

西南群棟罕相離　　서남군동 한상리 라
　　서남쪽은 여러 채의 건물들 서로 떨어진 것 드물다네.

紫霞勝境將回復2)　　자하승경 장회복 고
　　자하동 멋진 풍경 장차 회복할 수 있을까?

---

1) #이 나라 대학 건물이 비록 크고 많지만, 기초 학문과 교육의 질은 부실을
　　면치 못하니 이것이 식자의 소회이다. 此邦大學建物雖宏多, 基學問與敎育之
　　質, 未免不實, 是識者所懷也.

2) #자하승경(紫霞勝境): 일찍이 관악산 북쪽 기슭의 경사지역(현재 서울대학교 입
　　구 부분)을 자하동이라 불렀다. 嘗聞冠嶽北麓傾斜地域(現今서울大入口附近)稱紫
　　霞洞.

宣誓常難實跡隨3)　　선서상난 실적수 라
　　약속은 하나 실제 모습 따르기가 항상 어렵다네.

---

3) #건축 당사자는 항상 훼손한 관악산의 옛 모습을 우리가 복원하겠다고 약속
　　했다. 建築當事者, 常誓如有毁損冠嶽幽境處, 吾等誓將復元.

6.62. 吾園夏景
내 집 정원 여름 풍경

[2019.07.08.]

夏來叢樹綠猗猗　　하래총수 녹의의 하니
　　여름 오니 우거진 숲에 푸르름이 짙은데,

冠嶽遙望影護持　　관악요망 영호지 라
　　멀리 바라보니 관악산 그림자가 지켜주네.

遐邇四周瞻勝景　　하이사주 첨승경 하니
　　원근 사방에 멋진 경치 볼만하니,

少時仙遊老年隨　　소시선유 노년수 라
　　젊어서 신선처럼 놀던 일 노년에도 따라 한다네.

6.63. 傅作義總司令. 看中國TV連續劇 北平戰與和
부작의[1] 총사령관. 『북경 일대 평정 전투와 평화』 중국TV 연속극을 보고서

[2019.07.08.]

總統選名將　　총통 선명장 하여
　　총통이 명장을 뽑아서,

平津任護持　　평진 임호지 라
　　북경과 천진을 보호하라는 임무 맡겼다네.

將軍令切切　　장군 영절절 하니
　　이 장군이 전투를 피하려는 명령이 절실하니,

智勇譽猗猗　　지용 예의의 라
　　지혜와 용기 갖추었다는 명예가 아름답도다.

血海骸山伴　　혈해 해산반 하고
　　피가 바다를 이루고 해골이 산 같아질 것을,

闕園碌礫知　　궐원 녹력지 라
　　궁궐 정원의 자갈과 돌들도 다 알았다네.

和成衛戌撤　　화성 위수철 하니
　　평화를 이루려 지키던 주둔지를 철수하니,

---

1) *부작의(Fu Zuoyi, 傅作義): 장개석 정부의 북경지역 총사령관이었으나, 중공군이 태항(太行)산맥을 넘어 북경 쪽으로 공격해 오자, 전투로 생길 막대한 피해를 염려하고 중공군에게 순조롭게 입성하도록 길을 터 준 국민당 측의 장군. 공산정권이 대륙 석권 뒤에 장관 직위를 받고 전쟁 피해를 복구하는 데 진력하였음.

未見庶民離　　미견 서민리 라
　　서민들의 보금자리 떠남을 볼 수 없었다네.

大義捐生死　　대의 연생사 하니
　　대의를 위해 자신의 목숨을 버렸으니,

芳名竹帛隨　　방명 죽백수 라
　　아름다운 이름은 청사에 이어지리라.

6.64. 少泉書舍四十年
소천서사 사십 년

[2019.08.12.]

結廬此地裸斜庭1)　결려차지 나사정 하여
　　이 땅에 집을 엮으니 정원은 훤하고 비스듬한데,

陋屋情懷老不醒　누옥정회 노불성 이라
　　누옥에 얽힌 정회는 늙어도 깨지 않는다네.

眼隔丘陵山頂仰　안격구릉 산정앙 하며
　　눈길은 구릉을 넘어 관악 산꼭대기 쳐다보며,

遮霞高嶂暮鴉聽　차하고장 모아청 이라
　　노을이 걸린 높은 봉우리에 저녁 까마귀 소리 들
　　려오네.

老齡舊友難相伴　노령구우 난상반 하니
　　옛 친구들 나이 들어 서로 만나기 어려우니,

孤苦吾身久落零　고고오신 구낙영 이라
　　외롭고 고달픈 이내 몸은 영락한 지 오래되었네.

十五兒孫擔己分2)　십오아손 담기분 하여
　　15명 아들 손자 자기 본분을 감당하고,

古家叢樹尚濃靑　고가총수 상농청 이라
　　옛집에 우거진 나무 갈수록 푸르름이 짙어가네.

---

1) *나사정(裸斜庭): 봉천동 비탈에 집을 지을 때, 정원을 지형에 따라서 두 층으로 나누어 설치하였는데, 낮은 데서 쳐다보면 훤하게 보인다는 말임.

2) #아들 4인, 손자 8인이다. 증손 3인은 다 어린데, 그 부모와 중국 북경에 있다.
子4人, 孫8人(男4, 女4). 曾孫3人(男2, 女1)皆幼. 與其父母在中國北京.

又
또

[2019.08.12.]

骨董珍廬在我庭1)　골동진려 재아정 이니
　　골동품 같은 진기한 집이 우리 정원에 있으니,

少泉幻想老泉醒2)　소천환상 노천성 이라
　　소천의 환상이 노천되자 깨어났다네.

自然遮眼山難瞻3)　자연차안 산난첨 하나
　　자연이 눈앞을 가리니 산 바라보기 어려우나,

戀主疎鐘響紗聽4)　연주소종 향묘청 이라
　　연주암 성근 종소리 아련하게 들려오는 것 같다네.

·

---

1) #골동진려(骨董珍廬): 나전 공예작가 길정본 여사가 나를 찾아와서 '이 집이
　꼭 골동품 같다.'라고 하였다. 螺鈿藝術作家 吉正本女史 訪余日, 此家恰如
　一介骨董品.

2) #인간의 모든 업은 원래 무상한 것이다. 人間諸業元無常.

3) #자연(自然): 초목이 울창하여지고, 고층 건물이 신축되는 것 등. 草木鬱蒼:
　高層建物新築等.

4) #연주(戀主): 연주암. 戀主庵.
　#묘(紗): 아련히, 가늘게.

6.65. 吾廬數日
내 집에서 며칠

[2019.09.09.]

蜻蛉赤翅蔽空徊1)　청령적시 폐공회 하니
　　고추잠자리 붉은 날개로 빙빙 하늘을 돌며,

告歲秋來求舞臺　고세추래 구무대 라
　　가을이 왔음을 알리려 춤출 무대를 구하네.

炎熱祝融猶未閉　염열축융 유미폐 나
　　여름 뜨거운 열기 아직 문을 닫지 않았지만,

新涼節候已初開　신량절후 이초개 라
　　서늘한 새 계절은 이미 시작되었다네.

蜉蝣濕處隱休息　부유습처 은휴식 하고
　　하루살이 습기 찬 곳에 숨어 쉬고 있고,

鳥雀晨昏逐餌來　조작신혼 축이래 라
　　새들은 아침저녁 먹이 쫓아온다네.

隣國天災難忍見　인국천재 난인견 하나
　　이웃나라 천재지변을 차마 눈뜨고 보기 어려우나,

颱風北去歲豊陪2)　태풍북거 세풍배 라
　　태풍이 북쪽으로 물러가며 올해 풍작 도우네.

---

1) #시(翅): 날개. 회徊: 방황하다. 彷徨.
2) #배(陪): 돕다. 助也.

6.66. 偶吟

우연히 읊다

[2019.09.09.]

棲遲晚歲獨盤徊　서지만세 독반회 하니
　　느긋하게 살면서 만년에 홀로 돌아다녀 보니,

行步徐如上峭臺　행보서여 상초대 라
　　발걸음 더디기가 가파른 누대에 오르는 듯하네.

此國世情君何判　차국세정 군하판 고
　　이 나라의 세상 정황을 그대는 어떻게 판단하는가?

無誠背信鬼顏開　무성배신 귀안개 라
　　정성 없이 믿음을 등지는 귀신의 얼굴 열렸구나.

6.67. 懷古
회고

[2019.10.14.]

力挽平生礫圃牛　　역만평생 역포우 하니
평생을 자갈밭에 일소처럼 힘써 당겼으니,

豊凶自足一飛鷗　　풍흉자족 일비구 라
풍년이든 흉년이든 스스로 만족하는 한 마리 갈매기였네.

靑雲晩學難堪睡　　청운만학 난감수 하고
청운의 뜻을 품고 늦은 나이 공부할 때 쏟아지는 잠을 견디기 어려웠고,

誦讀晨昏逸暇休　　송독신혼 일가휴 라
새벽부터 저녁까지 읽고 외우며 쉴 틈이 없었네.

鄕第童孩常健勝　　향제동해 상건승 이나
고향집에서 어린아이들은 늘 건승하였으나,

當家姑婦苦春秋　　당가고부 고춘추 라
살림 맡은 어머님과 아내는 해마다 고생스러웠네.

老齡望百憂家眷　　노령망백 우가권 이나
백 살을 바라보는 늙은 나이 안식구가 걱정이나,

知命靈臺鮮蜃樓[1]　　지명영대 선신루 라
운명을 아는 내 마음에 신기루 같은 기적은 나타나지 않으리라.

---

1) *영대(靈臺): 『시경詩經』 「대아(大雅) 영대(靈臺)」 편에서 유래한 말로, 주 문왕(周文王)의 덕을 칭송한 시이다. 사람 마음의 본체를 비유하기도 함.

6.68. 金光坪牧牛
금광평에서 소를 치다

[2019.10.14.]

幼少金光坪牧牛　　유소금광 평목우 하니
　　금광평에서 소 치던 어린 시절,

鬱蒼林野滿鳩鷗　　울창임야 만구구 라
　　울창한 숲 들판에는 비둘기 갈매기 가득했다네.

窟山寺址幢竿柱　　굴산사지 당간주 는
　　굴산사 터 당간지주는,

遊牧兒童好處休　　유목아동 호처휴 라
　　소치는 아이들의 좋은 쉼터였다네.

6.69. 獨居老懷
홀로 지내는 노인의 회한

[2019.11.11.]

旣無冠帶鮮頭巾　　기무관대 선두건 이나
이미 관직도 없고 두건도 없어졌으나,

蒙賜年金未甚貧　　몽사연금 미심빈 이라
연금 혜택을 받아 몹시 가난하지는 않다네.

四十多年同寓寄　　사십다년 동우기 나
사십여 년을 한집에 살면서 타향살이하고 있으나,

半生陋屋古園馴　　반생누옥 고원순 이라
반평생 산 이 누추한 집과 오래된 정원에 익숙하다네.

飛來鳩鵲歸巢造　　비래구작 귀소조 하나
비둘기 참새 날아와 보금자리를 짓지만,

尋訪親知異昔人　　심방친지 이석인 이라
찾아오는 친지들은 옛 얼굴이 보이지 않네.

療養婆容依舊瘠　　요양파용 의구척 하니
요양원 있는 집사람 모습은 여전히 수척하니,

奈何醫術尙靡新　　내하의술 상미신 고
어찌하여 의술은 오히려 새로워지지 않는고?

6.70. 大氣沍寒多塵, 切冀暖春速來
날씨가 매우 춥고 먼지도 많아 따뜻한 봄이 오기를 간절히 바라며

[2019.12.09.]

遮日蔽空微細塵　　차일폐공 미세진 이
　　해를 가리고 하늘을 뒤덮은 미세먼지가,

黃砂同伴雨風頻　　황사동반 우풍빈 이라
　　황사를 동반하고 비바람도 잦다네.

吼來半島無南北　　후래반도 무남북 하야
　　한반도 남북한 가리지 않고 마구 불어와서,

擊去都村等富貧　　격거도촌 등부빈 이라
　　도시와 농촌, 부자와 가난한 자 모두 공격하네.

氣候匡持誰責任[1)　　기후광지 수책임 고
　　기후를 바로 잡아 지키는 것은 누구의 책임인고?

淨氣負荷政經人　　정분부하 정경인 이라
　　대기 정화는 정치 경영하는 이의 책임이리라.

雪寒季節思遙遠　　설한계절 사요원 하며
　　눈 내리고 차가운 계절 먼 데 일을 생각하고,

苦待氤氳鼠歲春[2)　　고대인온 서세춘 이라
　　경자년 새봄에는 건강해지기를 고대한다네.

---

1) #광지(匡持): 바르게 하여 지켜가다. 匡正而維持.
2) #서세(鼠歲): 내년 세차가 경자년이다. 明年歲次庚子年.

6.71. 偶吟

문득 읊다

[2019.12.09.]

往年懷緬滿風塵　　왕년회면 만풍진 한데
　　지난날을 생각하면 풍진으로 가득한데,

成敗交叉兩共頻　　성패교차 양공빈 이라
　　성공과 실패가 교차함이 둘 다 함께 많았다네.

錦繡江山叢樹擅　　금수강산 총수천 이나
　　금수강산 우거진 숲은 뛰어나지만,

鬱蒼雜木好材貧　　울창잡목 호재빈 이라
　　잡목만 울창하니 좋은 재목 드물다네.

6.72. 自遣
스스로 위로하며

[2019.12.09.]

泉翁書舍老　　천옹 서사로 하니
소천옹이 책 속에서 늙어가니,

胸臆未汚塵　　흉억 미오진 이라
가슴 속이 티끌로 더럽혀지지는 않았다네.

出入閑廬罕　　출입 한려한 하고
드나드는 이 드물어 오두막은 한가하고,

往來療院頻　　왕래 요원빈 이라
요양원 왕래만 잦다네.

獨居忘世事　　독거 망세사 하니
홀로 지내며 세상사를 잊고 사니,

知足不憂貧　　지족 불우빈 이라
만족할 줄 알아 가난을 근심하진 않는다네.

雪寒如穿骨　　설한 여천골 하니
눈 추위 뼈를 뚫을 것 같으니,

餘命幾新春　　여명 기신춘 이리
여생에 새봄을 몇 번이나 더 볼꼬?

6.73. 老懷
늙어가며

[2020.01.13.]

主翁矍鑠獨居豪　　주옹확삭 독거호 하니
　　주인장 기력이 정정하여 홀로 잘 지내는데,

整貌園叢勵剪刀　　정모원총 여전도 라
　　정원 수풀 다듬느라 가위질을 독려한다네.

盡去輸贏安樂滿　　진거수영 안락만 하니
　　승패 다 지나가니 편안하고 즐거움만 가득하니,

罕來時運氣焰高　　한래시운 기염고 라
　　시운을 타고 기염 높일 일 드물어졌다네.

陰陽天上常無變　　음양천상 상무변 이나
　　천상의 음양은 늘 변함이 없으나,

毀譽人間莫可逃　　훼예인간 막가도 라
　　인간 세상의 비방과 칭찬은 도망칠 수가 없다네.

緬想往年眞可笑　　면상왕년 진가소 한데
　　물끄러미 지난날을 돌아보니 정말 가소로운데,

農袍何異比帝袍　　농포하이 비제포 리오
　　농부의 옷이 황제의 옷에 비하여 무슨 차이 있으리오?

6.74. 讀「孟子集註序說」而想起孟子
「맹자집주서설」을 읽고 맹자가 생각나서

孟子浩然天資豪　　맹자호연 천자호 나
맹자의 호연지기는 하늘에서 받은 호탕함인데,

三遷母訓斷機刀　　삼천모훈 단기도 라
세 번 이사하던 어머님의 가르침은 짜던 베를 끊을
정도였다네.

生民未有先師仰1)　　생민미유 선사앙 하니
사람이 세상에 태어난 이래 공자처럼 우러러 볼 만
한 사람이 없다고 보고,

征利危邦說義高2)　　정리위방 설의고 라
이로움만을 다투면 나라가 위태로워진다고 의리를
설파한 뜻이 높도다.

---

1) #생민미유(生民未有): 맹자 말씀하시길 사람이 세상에 태어난 이래로 공자보
　다 훌륭한 이가 없었다.　孟子曰 自生民以來, 未有盛於夫子.
　#부자(夫子): 공자 孔子. 또 말하기를 '제가 보건대 선생님은 요·순보다 훨
　씬 뛰어나십니다.' 라고 하였다. 又曰, 以子觀於夫子, 賢於堯舜, 遠矣.
2) #정리위방(征利危邦): 맹자왈 위와 아래 사람이 서로 이로움을 다투면, 나라
　가 위태로워진다. 孟子曰---上下交征利, 而國危矣.

6.75. 除夜
제야

[2020.02.10.]

奉洞今宵街色寬　　봉동금소 가색관 한데
오늘 밤 봉천동 길거리 불빛이 느슨한데,

新禧民庶似無歡　　신희민서 사무환 이라
새해 맞는 사람들은 기뻐함이 없는 듯하네.

稀看老少衣冠整　　희간노소 의관정 이나
옷을 단정히 차려입은 노인과 젊은이 드물게 보이나,

重服忘憂子歲寒[1]　　중복망우 자세한 이라
많이 입고 경자년 추위 잊어버려야 한다네.

---

1) #자세(子歲): 경자년庚子年.

6.76. 歎國情混亂加重
국정의 혼란함이 가중됨을 탄식하며

[2020.02.10.]

外患内憂何處寛　　외환내우 하처관 고
내우외환을 어떻게 떨칠꼬?

兩韓孤立各無歡　　양한고립 각무환 이라
남북한 고립되어 각각 기쁠 일이 없다네.

北方制裁難輕減　　북방제재 난경감 이나
북한을 제재함을 경감하기 어려우나,

南半恒思戴自冠　　남반항사 대자관 이라
남한은 항상 스스로 승리관 쓸 것을 생각하네.

經濟沈淪民益苦　　경제침륜 민익고 하고
경제가 침체되어 국민들 고통은 더해지고,

政刑脫軌慣尤寒　　정형탈궤 관우한 이라
정치와 형벌이 궤도를 벗어나니 풍습이 더욱 차갑
다네.

縱橫濊習盈都鄙　　종횡예습 영도비 하니
더러운 풍습이 횡행하여 도시나 시골이나 가득하니,

清白儔儔永不看　　청백주주 영불간 이라
청렴결백한 이들을 영원히 볼 수 없으리.

6.77. 少泉書舍建立四十年
소천서사 건립 40년

[2020.02.10.]

容膝陋廬愜¹⁾　　용슬 누려협 하니
　　무릎을 들여놓을 만한 누추한 집이 상쾌하니,

主翁住此寬　　주옹 주차관 이라
　　주인장은 여기 살면서도 느긋하다네.

長江淸水漲　　장강 청수창 하고
　　한강은 맑은 물이 넘치고,

高壑白雲冠　　고학 백운관 이라
　　높은 골짜기 흰 구름이 걸렸네.

天氣擔心晏　　천기 담심안 하고
　　하늘은 마음의 편안함을 담당하고,

地形防體寒　　지형 방체한 이라
　　땅의 모양은 몸의 한기를 막아주네.

獨居思療院　　독거 사료원 하니
　　홀로 지내며 요양원에 있는 사람을 생각하니,

乃貌泫然看²⁾　　내모 현연간 이라
　　흐르는 눈물 너머 그 사람 보이는 것 같구나.

---

1) *용슬(容膝): 무릎을 들여놓을 만한.
2) *현연(泫然): (주로 눈물이) 뚝뚝 떨어지는 모양.

6.78. 夏來秋思
여름이 오니 가을을 생각하네

[2020.05.11.]

牡丹各色落蒼苔　　모란각색 낙창태 한데
색색의 모란꽃 푸른 이끼 위에 떨어지는데,

草木庭園識自栽　　초목정원 식자재 라
정원의 초목들을 스스로 재배할 줄 알았구나.

節候何由遲速到　　절후하유 지속도 오
24절기는 왜 오는 게 더디고 빠른가?

四時秩序立功來1)　　사시질서 입공래 라
사계절의 질서는 각기 할 일을 하면 물러나나니.

貧民那可望高閣　　빈민나가 망고각 가
가난한 백성이 어찌 높은 누각 바라보리오.

老耄當炎選廣臺　　노모당염 선광대 라
늙은이 더위 맞아 너른 누대만 선호하네.

夏尾秋頭相近接　　하미추두 상근접 하니
여름 끝 가을 첫머리가 서로 가까이 접했으니,

山川花白想秋開2)　　산천화백 상추개 라
산천에 핀 흰 꽃 보니 곧 가을이 오겠네.

---

1) #입공래(立功來): 사계절의 차례는 각기 할 일을 다 하면 물러난다. 四時之序
   成功者去. 『史記』.
2) #산천화백(山川花白): 여름철 산천에 피어 있는 꽃은 흰색이다. 夏節山川有花
   則白色.

6.79. 偶吟－有物有則

문득 읊다－만물이 있으면 법칙도 있다

[2020.05.11.]

瓦石古廬盈綠苔　　와석고려 영녹태 하니
옛집 기왓장에 푸른 이끼 가득한데,

苔生瓦上仍長栽　　태생와상 잉장재 라
기와 위에 이끼 생겨 더욱 길게 자라나도다.

天生萬物皆隨則1)　천생만물 개수칙 하니
하늘이 만물을 만들 때 모두 법칙을 따랐으니,

微物猶知天則來2)　미물유지 천칙래 라
미물도 오히려 하늘의 법칙 따르는구나.

---

1) #천생만물개수칙(天生萬物皆隨則): 하늘이 백성을 내심에 만물이 있으면 법칙
　도 있다. 天生蒸民, 有物有則. 『詩經』.
2) #미물(微物): 바위 이끼를 가리킨다. 指巖苔.

6.80. 偶吟

문득 읊다

[2020.06.08.]

衰脚微蘇歡且驚　　쇠각미소 환차경 하니
쇠약한 다리 조금 회복되니 기쁘고도 놀라운데,

健身天惠賜人營　　건신천혜 사인영 이라
건강한 몸은 하늘이 사람으로 하여금 경영하게 하
는 것이라.

不憂忘得心安泰　　불우망득 심안태 하니
근심하지 않다가 마음의 편안함을 잊어버리면,

寡識貧功意罔旌　　과식빈공 의망정 이라
아는 것도 드물어지고 공도 없어지고 뜻을 펼칠 것
도 없어진다네.

知彼知己常勝將　　지피지기 상승장 이요
지피지기하면 항상 이길 장군이 될 것이요,

豪言壯談竟降城　　호언장담 경항성 이라
호언장담하면 끝내 성을 항복하는 장수가 되리라.

汶汶此世遺何事1)　　문문차세 유하사 리오
이 혼탁한 세상에 무엇을 남기리오?

滄浪淸流濯爾纓2)　　창랑청류 탁이영 이라
창랑에 맑은 물이 흐르면 너의 갓끈을 씻으라.

---

1) #문문(汶汶): 더러운 것. 어찌 몸이 깨끗한데 만물의 더러움을 받으리? -굴
원의 말. 汚穢: 豈以身之察察, 受物之汶汶乎. 屈原之語. 『楚辭』「漁父辭」.
2) #창랑의 물이 맑으면 내 갓끈을 씻고, 창랑의 물이 더러우면 내 발을 씻으
리. 滄浪之水淸兮, 可以濯我纓. 滄浪之水濁兮, 可以濯我足. 「漁父辭」.

6.81. 少泉書舍諸物宛似骨董品

소천서사의 모든 물건들은 완연히 골동품과 비슷
하다고

[2020.06.08.]

螺鈿細工藝術家吉正本女史, 訪書舍時評曰. 此家諸
物宛似骨董品也.

나전 세공예술가 길정본 여사가 소천서사를 방문하여 평하
기를 '이 집의 모든 물건은 완연히 골동품 비슷하다'라고
하였다.

陋巷吾廬訪客驚　　누항오려 방객경 하여

누추한 내 오두막을 찾은 손님 놀라며,

衆評書舍好修營　　중평서사 호수영 이라

여러 사람들 소천서사 수리하는 게 좋다 하네.

家容骨董蒼然色　　가용골동 창연색 하니

내 집 모습 골동품이라 고색이 창연하다고 하니,

泉老心怡骨董旌　　천로심이 골동정 이라

소천 늙은이 마음 기뻐 골동품 깃발 내걸고자 하네.

6.82. 獨居老懷
홀로 지내는 노년의 회고

[2020.07.13.]

望百高齡享樂空　　망백고령 향락공 하고
아흔 살 고령에 즐길 일이 없고,

遠離家族散西東　　원리가족 산서동 이라
가족들과 멀리 떨어져 동쪽 서쪽 흩어져 산다네.

權謀策略罕從正　　권모책략 한종정 하고
권모 술수 쓰는 사람 바름을 좇는 것 드물고,

衆庶言行鮮執中1)　　중서언행 선집중 이라
뭇사람들의 언행에 윤집궐중 함이 드물다네.

送歲餘生應雨雪　　송세여생 응우설 하니
세월만 보내고 있는 남은 생애에도 틀림없이 눈과
비 있으리니,

亂來殘運類秋蓬　　난래잔운 유추봉 이라
난리 뒤에 이은 조잔한 운세 가을날 쑥대 같았다네.

希吾險路終平坦　　희오험로 종평탄 하니
내 험한 길이 마지막은 평탄하기를 바라나니,

知命從天坦路同2)　　지명종천 탄로동 이라

---

1) #중은 중용이다. 中: 中庸.
　#선집중(鮮執中): 중용을 지키는 자가 드물다. 참고: 공자 말씀하시기를, 중
　용 그 지극함이여, 백성 중에 실천할 수 있는 이 드문 지 오래구나. 執中庸
　者鮮矣. 參考: 子曰, 中庸其至矣乎. 民鮮能, 久矣. 『中庸』.
2) #지명순천(知命順天): 맹자 왈, 천명이 아닌 것이 없으니 그 바른 것을 따라야

운명을 알고 하늘의 뜻을 따른다면 평탄한 길 같으리.

한다. 그러므로 천명을 아는 자는 담장 아래 서지 않는다. 孟子曰, 莫非命也
順受其正. 是故知命者不立乎巖牆之下. 『孟子』.

6.83. 老齡獨樂
늙어 홀로 즐김

[2020.07.13.]

獨居求樂悉皆空　　독거구락 실개공 한데
　　홀로 지내며 즐거움을 구하려고 한 일 다 헛된 일
　　되고 말았는데,

悲喜何關桑海東1)　　비희하관 상해동 고
　　기쁨과 즐거움 동해안의 상전벽해와 무슨 상관 있
　　으리오?

望百健身何念慮　　망백건신 하염려 하니
　　백 살 바라보는 몸에 건강문제 무엇을 염려하리?

日常自省爭心中　　일상자성 쟁심중 이라
　　일상 속에 마음의 다툼을 스스로 살펴본다네.

---

1) #상해동(桑海東): 근년에 동해안 일대에 인공 변화가 많은데, 방파제와 인공
　항 같은 것을 만들어 울릉도, 독도 등과 연결한다니, 진짜 상전벽해라 할 것
　이다. 近年東海岸一帶人工變化, 如防波堤, 人工港, 連結鬱陵島, 獨島等. 眞
　可謂桑田碧海.

6.84. 回顧今昔四十年
지나온 40년을 돌아보고

[2020.08.10.]

陋屋周邊滿綠林　　누옥주변 만녹림 하니
누추한 집 주변에 푸른 숲이 가득하니,

鳩鷗索餌樹間陰　　구구색이 수간음 이라
비둘기 갈매기 수풀 속에 먹이 찾아다니네.

夏山艶麗白花爽1)　하산염려 백화상 하니
여름 산은 아름답고 흰 꽃은 시원하며,

溪水潺湲谷景深　　계수잔원 곡경심 이라
계곡 물 잔잔하고 골짜기 풍경도 깊었다네.

歡叫仙遊泉始湧2)　환규선유 천시용 이나
선유천에 처음 물이 솟을 때는 기뻐 소리쳤으나,

時移興奮轉常心　　시이흥분 전상심 이라
세월이 흐르니 흥분된 마음도 평상심으로 바뀌었다네.

屢看女飾同時改　　누간여식 동시개 하니
여인네 치장이 동시에 바뀜을 여러 차례 보았는데,

---

1) #백화(白花): 여름 꽃은 희지 않은 것이 없다. 夏花無非白色.
2) #선유천(仙遊泉): 봉천 11동 계곡은 관악 능선 동쪽 끝에 가깝다. 일찍이 용천
   수가 하나 있어 40년쯤 전 내가 매일 새벽에 배낭을 지고 계곡 좁은 길을
   올라 샘에 이르러 샘물을 길어 집으로 돌아왔다. 당시 11동 청년 4~5인도
   또한 선유천에서 물을 길어 집으로 돌아갔다. 奉天11洞溪谷近於冠岳稜線東
   端, 嘗有一泉湧水. 約40年前, 余每晨負背囊, 登溪谷峽路, 到泉汲泉水歸家.
   當時11洞靑年4-5負囊人亦於〈仙遊泉〉汲水而還家.

桑海呻吟吐是簪　　상해신음 토시잠 이라
상전벽해 됨에 신음을 토해냄이 이 쓰던 비녀 버림
과 같았다네.

6.85. 老懷
노회

[2020.08.10.]

書舍陋廬叢樹林　　서사누려 총수림 하니
　　우거진 수풀 속 누추한 소천서사에,

四周氛氣影愁陰　　사주분기 영수음 이라
　　사방 둘러싼 기운 근심스럽고 어둡다네.

內人宿患憑醫療　　내인숙환 빙의료 하고
　　집사람 묵은 병을 의원에 맡겨 치료하고,

我獨棲遲念願深　　아독서지 염원심 이라
　　나 홀로 서성이며 안타까움 깊어만 가네.

6.86. 看漢江有感
한강을 보고 느낌이 있어

[2020.09.14.]

漢水罕臨舟且洲　　한수한림 주차주 하니
한강 물에 배와 모래톱 드물게 보이니,

江非道路驅心頭　　강비도로 구심두 라
강이 길이 되지 못하고 마음을 거스르게 하는구나.

五臺禪氣管淸水　　오대선기 관청수 하고
오대산 신선기운은 맑은 강물을 관리하고,

長白天池保淨流　　장백천지 보정류 라
백두산 천지는 맑은 흐름 지키고 있네.

兩水合成金字塔　　양수합성 금자탑 하고
두 물을 합하여 금자탑을 이루었으나,

雙江那矜作蜃樓　　쌍강나긍 작신루 오
두 강이 어찌 신기루 만들어낼 수 있으리?

想廻此民情緖態　　상회차민 정서태 하니
이 민족의 정서와 태도 되돌려서 생각하여 보니,

照鑑古今難禁愁　　조감고금 난금수 라
예전과 지금 대조하여 비춰보니 근심을 금하기 어렵구나.

6.87. 無題
무제

[2020.09.14.]

環球六大洲　환구 육대주 에
　　　　　지구촌 여섯 대륙에,

中美雙巨頭　중미 쌍거두 라
　　　　　중국 미국이 두 우두머리라.

未來難逆睹　미래 난역도 하니
　　　　　미래를 미리 보기 어려우니,

心中歲月流　심중 세월류 라
　　　　　마음속에 세월만 흐른다네.

소천 조순 선생 난사시 국역 편집 후기

조순 선생 한시집을 역주하게 된 것은 작년부터 행파 이용태 선생 한시를 역주하던 중에 평소 조순 선생을 존경하시는 반농 이장우 교수님의 권유로 시작하게 되었습니다.

《奉天昏曉五十年》이라 이름하게 된 것은 이미 발표된 〈조순 선생 문집〉과 더불어 난사시회에 실린 한시를 모아 팔순을 기념하여 출간한 《奉天昏曉五十年》 1, 2집에 이은 3집이라 할 수 있을 것입니다.

《奉天昏曉五十年》에는 군자의 덕성을 상징하는 난(蘭)과 같은 분들이 사십년 전부터 한 달에 한 번씩 모여 써오신 난사시집 4집과 5집에 실린 소천 선생의 시들을 뽑고, 미발간 시들 중에 소천 선생의 시를 모아 역주하게 된 것입니다.

시의 앞부분은 남옥주 씨가 뒷부분은 제가(주동일) 초역을 하고 이장우 선생님께서 교열과 윤문을 하시고, 이상진, 신보균 선생께서 교정을 도와주셨습니다.

《奉天昏曉五十年》 역주에 소천 선생께서 시 속에 세계와 국가 경제에 관한, 미국과 일본 중국 사이 외교와 정치, 양한(兩韓)과 통일에 대한 전망, 쇠퇴해 가는 인문학에 대한 우려, 노년의 건강과 가족에 대한 애정 등에 관한 내용을 다양한 형태의 한시로 표현하셨습니다. 이 시들의 본의를 충분히 살리면서도 독자 누구나 쉽게 이해할 수 있도록 평이한 문체를 사용해 풀이하도록 노력하였습니다.

소천 선생은 시의 이해를 돕기 위해 두주(頭註)와 각주(脚註)를 자주 활용하여서 저자의 주(#표시) 풀이에 정확을 기하려 하였고, 역주자의 보충 설명에 "*" 표하여 시에 대한 이해에 충실하고자 하였습니다.

선생께서 평소 실사구시(實事求是)를 지향하시어 어느 한쪽으로 치우치지 않고 사안에 따라서 현실에 맞게 대처하는 것이 최선이라고 하신 말씀을 시 속에서 자주 확인할 수 있었습니다.

정치, 경제, 사회, 문화, 환경 등 다양한 분야에 대한 관심이 한시에 표현된 것은 지금도 매일 독서와 세계 각국의 최신 정보와 신문을 원어로 읽으시는 부단한 연구와 노력의 결과라 할 수 있을 것입니다. 작금에 한국의 어떤 지도자나 경제학자가 한시(漢詩)도 짓고 붓글씨도 쓰며 중국의 〈인민일보(人民日報)〉까지 읽는 분이 있을까? 자못 궁금하기도 합니다.

이 시를 읽는 여러분께서는 위수(渭水)에서 빈 낚시를 드리우고 세월을 낚던 태공망(太公望)을 만나는 감격을 누리게 될 것이라 생각합니다. 올해 아흔넷 되신 소천 조순 선생의 건강이 예전과 같지 않으시다는 말씀을 전해 듣고 우려되는 바 없지 않습니다만, 말학(末學)에 천학비재(淺學非才)로 소천 선생의 한시집을 역주하게 된 것이 매우 영광스러운 일이지만, 행여 선생의 높은 뜻을 왜곡하거나 과장되게 표현하지 않았을까 하는 두려움도 큽니다.

부디 소천 선생의 만수무강과 앞으로도 나라와 겨레를 위해 선생의 혜안으로 현명한 판단을 깨우쳐 주는 영원한 한국의 포청천으로 남아 주시기를 빌며 편집 후기에 가름하고자 합니다.

2021년 9월 늦여름
역주자 주동일, 남옥주 삼가 씁니다.

[著者 略歴]

趙 淳

號 少泉, 若泉, 奉天學人.

1928년 2월 1일
江原道 江陵市 鶴山里 출생

경기고 졸업
서울대 상대 전문부(3년) 졸업
미국 보오든 대학(Bowdoin) 졸업
미국 캘리포니아 주립대학(Berkeley) 대학원 졸업, 경제학 박사

미국 뉴 햄프셔 주립대학교 조교수(1964~1965)
서울대학교 사회과학대학 교수(1975~1988), 초대학장(1975~1979)
한국국제경제학회 초대회장(1979~1981)
부총리겸 경제기획원 장관(1988~1990)
이화여자대학교 석좌교수(1994~1995)
서울특별시 초대 민선 시장(1995~1997)
민족문화추진회 회장(2002~2007)
자랑스런 서울대인에 선정(2008)
한국학중앙연구원 이사장(2005~2008)
대한민국학술원 회원(1981~현재)
서울대학교 명예교수(2002~현재)

著書
『경제학원론』(1974)
『창조와 破壞』(1999)
The Dynamics of Korean Economic Development(1994)
이 時代의 希望과 現實(Ⅰ~Ⅳ)(2010)
奉天昏曉三十年: 趙淳 漢詩集(2010) 等